J.M. ERRE

J.M. Erre est né en 1971 à Perpignan. Il est professeur de français à Sète et vit à Montpellier. Il a publié quatre romans aux éditions Buchet-Chastel : *Prenez soin du chien* (2006), *Made in China* (2008), *Série Z* (2010) et *Le Mystère Sherlock* (2012). Ses ouvrages sont une curiosité dans le paysage littéraire français : une narration au rythme soutenu et l'usage d'un humour frisant l'absurde en font toute la saveur. Le comique de langage y côtoie le comique de situation et provoque une avalanche de surprises et de rebondissements.
Son nouvel opus, *La Fin du monde a du retard*, paraît en février 2014 chez le même éditeur.

SÉRIE Z

DU MÊME AUTEUR
CHEZ POCKET

LE MYSTÈRE SHERLOCK
SÉRIE Z

J. M. ERRE

SÉRIE Z

BUCHET • CHASTEL

MIXTE
Papier issu de sources responsables
FSC® C003309

Pocket, une marque d'Univers Poche,
est un éditeur qui s'engage pour la préservation
de son environnement et qui utilise du papier fabriqué
à partir de bois provenant de forêts gérées
de manière responsable.

ISBN : 978-2-266-24493-0

Série Z

alias *L'Asile maudit du mystérieux professeur Schlockoff*
alias *La Fille du docteur Z contre les triplés diaboliques*
alias *L'infirmière de nuit fait des vagues à l'hospice*
alias *Le Retour du troisième âge en folie*
alias *Du rififi à la Niche*

À mes parents,
per molts anys !

À propos du titre

Au cinéma, on désigne sous le nom de « série Z » une catégorie de films moqués pour leur budget insignifiant, leur médiocrité technique et leur pauvreté artistique. Il n'en reste pas moins que nombre de séries Z ont atteint le statut de film culte dans des cercles de cinéphiles initiés et/ou alcoolisés.

Le lecteur non initié et/ou non alcoolisé doit être averti qu'explorer les eaux troubles de ce cinéma « différent » n'est pas sans conséquences. L'auteur ne saurait donc être tenu pour responsable des dommages émotionnels que pourraient occasionner la puissance évocatrice et l'insondable poésie de titres tels que *L'Attaque de la moussaka géante, L'Homme homard venu de Mars*, ou encore *Arrête de ramer, t'attaques la falaise*. Tous les titres cités dans ce roman étant garantis rigoureusement authentiques.

Cela étant dit, bonne lecture et/ou bon courage.

Prologue
En forme de conte défait

Il était une fois, il y a bien longtemps, un enfant qui courait sous un ciel sans lune. Fille ou garçon ? Impossible à dire. Parce qu'une longue cape rouge le recouvrait, parce que la nuit était profonde, et surtout parce que ça gâcherait le suspense si l'on donnait son identité dès la première page.

L'enfant portait un panier contenant une galette et un petit pot de beurre, ce qui lui aurait rappelé quelque chose s'il avait eu un peu de culture générale. Mais le frêle enfant n'avait jamais connu les joies complices du conte de fées chuchoté sur les rives du sommeil, car sa maman était muette et son papa avait des difficultés d'élocution quand il revenait du café.

La forêt était épaisse, dense et touffue, ce qui faisait beaucoup. Mais l'enfant n'avait pas le choix. Il devait la traverser pour atteindre les baraques de bois et de tôles que sa famille avait installées au bord de la décharge publique, car les pauvres ont l'esprit pratique.

C'était là, dans son écrin de cagettes, que vivait Martine Leloup, la grand-mère de l'enfant. Ou plutôt c'était là qu'elle était en train de mourir.

L'enfant ne s'embarrassa pas de chevillettes et bobinettes : la porte était pétée. Mamie était au lit avec ses grandes oreilles sourdes. Elle agonisait avec retenue, car les pauvres ont le sens de l'économie. L'arrivée de l'enfant lui offrit un second souffle, elle entrouvrit un œil et dit « breuaaah ».

Galette, beurre, l'enfant les passa sous le grand nez de mémé qui avait perdu l'odorat depuis longtemps, mais c'est le geste qui compte. Puis l'enfant ouvrit la bouche de la vieille femme, pleine du souvenir de ses grandes dents, et la maintint ouverte à l'aide d'un bout de bois, car les pauvres sont ingénieux. D'un doigt chétif, l'enfant badigeonna de beurre la langue et les gencives de mémé. Avec ses menottes fragiles, il émietta la galette dans l'orifice tartiné. Puis il referma la bouche en oubliant le morceau de bois à l'intérieur, mais c'était l'émotion.

Enfin, l'enfant posa un baiser et un oreiller sur le visage de la vieille femme qui râlait de bonheur. Et il appuya. Longtemps.

Comme mère-grand le lui avait demandé.

Quand l'enfant quitta la baraque de bois et de tôles, il était empli d'un drôle de mélange de tristesse et de joie. Il regarda le ciel, la lune était apparue, victorieuse de son combat contre les nuages. Alors l'enfant se mit à courir dans la forêt profonde, secoué de rires et de larmes, jusqu'au bout de la nuit.

Et on se demande bien qui pourrait en tirer une moralité.

I

Paris, de nos jours

1

Le jour se lève et les conneries commencent (Claude Mulot, 1981)

Mardi 20 avril, 7 h – Rue Mouffetard

Tous les matins, c'était l'odeur qui réveillait Félix (trente-trois ans, soixante-dix kilos, un mètre soixante-seize d'inquiétudes existentielles). À sept heures précises, le chat Krasucki (dix ans, dix kilos, cinquante centimètres de molle obésité) se hissait péniblement sur le lit de ses humains de compagnie et venait balader son haleine rance sous le nez de Félix, le distributeur de croquettes. C'était un peu rude, certes, mais ça faisait des économies de réveil. Et puis ça vous rappelait que la vraie vie – là-bas, hors de la couette – n'était pas une partie de plaisir.

Félix n'aimait pas le changement. Sortir du lit lui était aussi difficile que d'y entrer. Le sommeil l'avait toujours inquiété : disparaître dans le néant, comme ça, pendant des heures… Comment faisaient les autres pour trouver ça naturel ? Le pire, c'est que si, par malheur, on ne se réveillait pas, on ne le saurait jamais, et cette idée lui donnait des insomnies.

L'autre peur de Félix, c'était de se lever un matin sans mémoire, comme si tout s'était effacé pendant la nuit. C'est pourquoi, chaque soir, il complétait le carnet où étaient notés les repères de sa vie, et le plaçait sur sa table de chevet. Pour se souvenir. Au cas où.

Ton nom est Félix Zac. Tu vis à Paris au début du XXIe siècle. Tu viens de te faire réveiller par un immonde quadrupède adipeux ressemblant vaguement à un chat. Ta première mission du matin, prioritaire sur toute autre, consiste à lui donner ses croquettes bio au saumon sauvage (rangées dans le placard sous l'évier de la cuisine). Dépêche-toi d'y aller, sinon il va te griffer.

« J'ai les crocs ! » miaula Krasucki dans un souffle fétide. Félix alluma l'ampoule basse consommation de sa lampe de chevet, s'assit au bord de son futon en carton recyclé et enfila sa tong droite pendant que Krasucki trottinait vers la cuisine avec la gauche dans la gueule. C'est alors que la couette en fibre de bambou grommela : « Lumière ! »

La personne qui se trouve à ta droite dans le lit s'appelle Sophie. Son diminutif est Soso. Vous êtes pacsés depuis trois ans parce que vous êtes contre le mariage (surtout elle, toi tu n'as pas trop d'avis sur la question). Elle est prof de sciences naturelles dans un collège classé ZEP, et en plus, elle aime ça (tu l'appelles « Soso la maso »). Écologiste ~~intégriste~~ convaincue, elle milite pour un monde meilleur au sein de l'association Fuck the OGM. *Enfin, elle déteste que tu laisses la lumière allumée pendant que* TU *vas donner à manger à* SON *chat (croquettes roses sous l'évier de la cuisine). Dépêche-toi d'éteindre, sinon elle va te griffer.*

Extrait du scénario de L'Hospice de l'Angoisse

MAISON DE RETRAITE/PARC – EXT. NUIT

Plan général de la maison de retraite la Niche Saint-Luc. Il fait nuit noire, des éclairs déchirent le ciel, faisant apparaître par intermittence un bâtiment lugubre et délabré. Quelques fenêtres éclairées sont disposées de façon à figurer un visage grimaçant. Un orage éclate.

VOIX OFF *(Timbre chaleureux, diction publicitaire.)*

Bienvenue à la Niche Saint-Luc, la maison de retraite des artistes du spectacle. Manoir de prestige *(Plan sur des tuiles qui se délitent, éclair)*, havre de verdure *(Plan sur une mare bourbeuse où surnage un pneu, éclair)*, c'est dans ce cadre enchanteur que ceux qui nous ont fait rêver sur les écrans ou sur les planches viennent profiter d'un repos bien mérité. *(Éclair et tonnerre assourdissant.)* Dans le calme et la sérénité. *(Nouvel éclair, un terrible hurlement se fait entendre.)*

MAISON DE RETRAITE/COULOIR – INT. NUIT

Ouverture sur un couloir mal éclairé dans lequel court à petits pas une pensionnaire en robe de chambre. La caméra, en vision subjective, la suit. La vieille femme se retourne sans cesse, présentant un visage déformé par l'effroi. On entend son souffle rapide, elle pousse des cris de souris.

VOIX OFF *(Toujours sur le même ton.)*

Quel bonheur de parcourir les riantes allées de cette vénérable bâtisse ! *(Gros plan sur le visage de la vieille femme, yeux exorbités.)* Tout ici a été pensé pour satisfaire les pensionnaires les plus exigeants. *(Gros plan sur les chaussures du poursuivant.)* Un personnel attentionné, des équipements dernier cri, une prise en charge personnalisée. *(La vieille femme tombe par terre.)* Pour votre retraite, pensez à la Niche Saint-Luc ! *(Les pas se rapprochent, la pensionnaire lève un bras comme pour se protéger.)* Vous ne le regretterez pas !

Gros plan sur la vieille femme qui hurle. Éclair.
Écran noir dans un grand fracas. Silence.
Début du générique.

Mardi 20 avril, 7 h 5 – Rue Mouffetard

La graisseuse bedaine krasuckienne dodelinait de jubilation. Le distributeur à deux pattes venait de déverser dans la gamelle quelques kilos de croquettes que minou attaqua à la sauvage. Pendant que la bête se déchaussait les mandibules, Félix se lança dans la périlleuse préparation du petit déjeuner de Sophie.

Sache que ta Sophie n'est pas du matin, et que c'est rien de le dire. Le plus raisonnable est de rester invisible jusqu'à ce qu'elle ait bu son deuxième bol de café équitable (en cas de communication urgente, utiliser un Post-it en papier recyclé).

Tu as rencontré Sophie il y a cinq ans devant le Panthéon. Un vrai choc : tu traversais un passage piéton, elle t'a écrasé avec sa voiture électrique. Elle est venue te voir tous les jours à l'hôpital, puis elle s'est installée chez toi pour t'aider pendant ta convalescence. Elle y est toujours.

Parfois tu te demandes si c'est parce qu'elle t'aime. Ou bien parce qu'elle pense que tu n'es pas encore guéri...

Sept heures sept, Krasucki se léchait les babines devant une écuelle sinistrée, ronronnant d'un vieux râle asthmatique à l'idée que la préposée au brossage allait bientôt se réveiller. Félix était rassuré, il ne se ferait pas attaquer. Pas comme la veille, quand l'animal avait exigé du rab en labourant de ses griffes jaunâtres les mollets de son esclave humanoïde.

Tout en faisant brûler quelques toasts de pain complet au quinoa, Félix rêvassait. Jusqu'à ce jour, son existence n'avait pas été celle qu'il espérait. Toujours cette impression d'être décalé, comme s'il avait pris un temps de retard à la naissance et qu'il n'avait jamais réussi à le rattraper. Il n'était jamais loin de son but, mais « jamais loin », ce n'était jamais assez près…

Mais ce matin-là n'était pas comme les autres, Félix le savait. Dans quelques heures, il se rendrait à un rendez-vous décisif pour la suite de son existence. Il sentait que tout allait changer pour lui.

Enfin.

Sophie a de nombreuses qualités. La plus remarquable, d'après ta sœur Marie-Jo, c'est qu'elle arrive à te supporter (si tu as oublié qui est ta sœur, profite de cet exceptionnel moment de répit). Bien sûr, il lui arrive d'émettre des doutes sur ta santé mentale parce que le cinéphile que tu es a tendance à mélanger le cinéma et la vie réelle. Mais cela n'est pas grave, tu y es habitué. Car ta famille a toujours dit que tu étais bizarre. Ainsi que tes amis. Et la majorité des gens que tu croises.

Ce qui a tendance à te faire réfléchir.

Extrait du scénario de L'Hospice de l'Angoisse

MAISON DE RETRAITE/SALLE POLYVALENTE – INT. JOUR

Interview de Ferdinand Bic, comédien de troisième zone, par un journaliste chevelu. Les deux hommes sont attablés devant des tasses de tisane, des lettres de Scrabble, un demi-dentier et un truc marron bizarre non identifié. Des pensionnaires défilent derrière eux avec le regard fixe et la démarche saccadée de zombies en promenade digestive. Certains interrompent la discussion pour dire « bonjour » ou « grtozurtsnye ». D'autres toussent, bavent, crient ou commencent à se diriger vers le réfectoire car on sert le dîner dans moins de deux heures.

LE JOURNALISTE, *enthousiaste*

Monsieur Bic, merci de me recevoir à la Niche Saint-Luc, la maison de retraite des gens du spectacle. J'enquête sur une rumeur selon laquelle trois pensionnaires auraient disparu sans laisser de trace, ces derniers mois. La direction reste confuse dans ses explications. Vivez-vous dans la peur ?

FÉLICIEN BIC, *après une longue inspiration*

Quand on a fait une carrière comme la mienne dans le film d'horreur, on n'a peur de rien, jeune homme ! Peut-être m'avez-vous vu décapiter un nain albinos dans *Les Week-ends maléfiques du comte Zaroff* ?

LE JOURNALISTE

Je ne suis pas sûr…

FÉLICIEN BIC

Et dans *Flashman contre les hommes invisibles* ? J'y crève l'écran !

LE JOURNALISTE

Vous faisiez Flashman ?

FÉLICIEN BIC

Non… Un homme invisible… Mais j'avais beaucoup de scènes !

LE JOURNALISTE

Je suis désolé, je ne suis pas un grand cinéphile… Sinon, pour en revenir aux disparitions, vous avez des explications ?

FÉLICIEN BIC, *concentré*

J'y ai beaucoup réfléchi, et je vois trois possibilités. Un, ce sont des extraterrestres qui viennent chercher des pensionnaires pour les étudier dans leurs laboratoires secrets sur la Lune.

LE JOURNALISTE, *attentif*

Hum, hum…

FÉLICIEN BIC

Deux, la Niche a été construite sur un ancien cimetière indien et notre directeur est possédé par l'esprit du Grand Sachem. Il organise des messes noires à la cave et sacrifie des pensionnaires pour assouvir les plaisirs pervers des notables du coin.

LE JOURNALISTE, *regardant sa montre*

D'accord…

FÉLICIEN BIC, *soudain mystérieux*

Trois, et c'est l'hypothèse qui a mes faveurs… Personne n'a disparu !

LE JOURNALISTE, *intéressé*

C'est-à-dire ?

FÉLICIEN BIC

Les pensionnaires ont peut-être rapetissé, comme dans *L'homme qui rétrécit*. Ils sont encore à la

Niche, mais nous ne pouvons pas les voir. C'est pourquoi je demande à tout le monde de faire bien attention à ne pas leur marcher dessus.

LE JOURNALISTE, *fatigué*

Ah oui…

FÉLICIEN BIC, *enthousiaste*

Convaincu ?

LE JOURNALISTE

Euh… Je me demandais une chose en vous écoutant… Ces disparitions, ça ne pourrait pas être des fugues, tout simplement ?

FÉLICIEN BIC

Des fugues ? *(Il se met à rire, doucement puis de plus en plus fort, jusqu'aux larmes, avant de reprendre.)* Nooon… Pas crédible !

Mardi 20 avril, 7 h 10 – Rue Mouffetard

Pendant que le pur arabica équitable des hauts plateaux péruviens aux arômes floraux et acidulés commençait à embaumer la cuisine, Félix passa au salon car il n'aimait pas le café. Comme tous les matins, son bol de chocolat à la main, il rendait visite à sa collection. Tout était rangé avec soin, car les classements rassuraient Félix, lui donnaient l'impression d'apporter de la cohérence à une réalité qui lui était toujours apparue terriblement bordélique. Il y avait là des centaines de cassettes vidéo et de DVD. Un panorama exceptionnel de ce qu'on appelle le « cinéma bis ». De l'érotico-fantastique, du western spaghetti, de la comédie franchouillarde, de l'horreur fauchée, du giallo italien, du film d'action postapocalyptique…

Combien de chefs-d'œuvre inconnus qui avaient fait les beaux soirs des cinémas de quartier, les mythiques Midi-Minuit, Colorado et autres Brady ?

Félix se voyait comme le gardien d'un culte dont sa vidéothèque était le temple. Mais il avait du mal à partager sa passion avec Sophie.

Ou avec toute autre personne un minimum équilibrée.

D'après ta sœur Marie-Jo (qui ne veut que ton bien), ta passion pour le cinéma relève d'une pathologie mêlant autisme et schizophrénie (ta sœur est taquine). Ta découverte tardive de l'entité nommée « femme », l'inégalable médiocrité de tes années d'études, ta relation distante avec le concept de « travail », tout cela viendrait de ta tendance à ingurgiter trois films par jour depuis vingt ans. Pour ta part, tu penses qu'il y a une autre explication ; mais tu n'as pas encore trouvé laquelle.

En ce moment, ton activité principale consiste à alimenter un blog Internet sur le cinéma bis sous le nom de « Docteur Z ». Tu chroniques des films, tu compiles des titres, et tu dialogues avec quelques cinéphiles passionnés qui te laissent des commentaires stimulants (et que ta sœur appelle « les malades »).

Pour résumer, tu vis aux crochets de Sophie.

CinéBisBlog – Les Zélucubrations du docteur Z

Chers camarades Zinéphiles, bien le bonjour. Aujourd'hui, puisque vous préférez assouvir sur ce blog vos passions inavouables plutôt que de vous chercher une copine, que diriez-vous de faire une autoanalyse sans concession ?

« Ah, non, pas ça ! Ma mère □, ma sœur □, le monde entier □ m'a déjà fait la morale. » (Cochez la case adéquate.) J'entends d'ici l'humilié qui est en vous pester contre le thème du jour, mais je suis votre ami et je veux vous aider. Je sais ce que vous ressentez quand autrui vous regarde comme un adolescent attardé □, un psychopathe en puissance □, les deux à la fois □ (cochez, ça vous fera du bien). Tout ça parce que vous aimez les films mal cadrés où l'on ne croise que des serial killers au ketchup, des extraterrestres en plastique et des Paul Préboist !

Autrui est cruel. Voici comment lui rabattre son caquet.

D'une voix forte, en fixant votre interlocuteur dans les yeux, commencez par affirmer : « Le cinéma bis est une expérience artistique révolutionnaire scandaleusement incomprise. » Pendant qu'autrui est sous le choc, et juste avant qu'il ne vous rie au nez, déroulez votre démonstration : « Le cinéma bis déstabilise le spectateur en remettant en question la notion même de genre cinématographique. Ainsi, dans le bis, le film comique ne fait pas rire et le film d'horreur ne fait pas peur. Mieux encore : dans le bis, le film d'horreur fait rire et le film comique finit par angoisser les esprits les plus résistants » (menacer l'interlocuteur dubitatif de lui montrer *L'émir préfère les blondes* avec Paul Préboist). Enfin, concluez d'un ton triomphant : « L'accusation de médiocrité ne sert donc qu'à masquer la peur d'esprits petits-bourgeois installés dans leur conformisme culturel face à un art fondamentalement libre. » Et toc.

Voilà, camarades Zinéphiles, vous pouvez maintenant vous regarder sans honte dans une glace et aller, la tête haute, répandre de par le monde la bonne parole du bis. Amen.

Commentaires

kes tu rakont docteur Z ? kom c tro moisi lé film ke tu kif ! jdékouvr ton blog, c tro 2 la touf !

Commentaire n° 1 posté par : DJ RayBane

Bonjour, je cherche la recette de la tarte aux pommes tibétaine. Merci d'avance.

Commentaire n° 2 posté par : Georgette en cuisine

y fo d pom é du beur de yak, mémé. kiss ma pom !

Commentaire n° 3 posté par : DJ RayBane

J'ai bien connu Paul Préboist au championnat du monde d'haltérophilie. Il faisait du 150 kg en épaulé-jeté. Sacré Paulo, tu cachais bien ton jeu.

Commentaire n° 4 posté par : Godzilla34

Hi ! Je être Samantha. Do you want to enlarge your penis ?

Commentaire n° 5 posté par : Samantha

Mardi 20 avril, 7 h 20 – Rue Mouffetard

Le regard flottant sur les trésors de sa vidéothèque, Félix pensait à son rendez-vous. Plus que quelques heures et les choses sérieuses pourraient commencer. Fini les justifications et les leçons de morale, il allait réaliser son rêve. Un producteur de cinéma était prêt à lui acheter un scénario.

Isidore Boudini. C'était lui que Félix devait rencontrer à onze heures ce matin-là pour lui présenter son chef-d'œuvre au titre accrocheur, *L'Hospice de l'Angoisse*. Une histoire de disparitions mystérieuses dans une maison de retraite pour vieux acteurs. Le début d'une longue carrière, Félix en était sûr, et cette pensée fit fleurir un sourire bêta sur son visage encore fripé par la nuit.

Mais le bonheur n'est qu'un feu de paille, comme disent les poètes bien informés, et l'innocent rictus de Félix se flétrit soudain lorsqu'un terrible cri retentit. Quelque chose entre le hurlement de l'épicière éviscérée du *Retour des tomates tueuses* et les vociférations des touristes de *L'Attaque des sangsues géantes*.

Dans la chambre du fond, au bout du couloir.

Extrait du scénario de L'Hospice de l'Angoisse

MAISON DE RETRAITE/CHAMBRE SUZANNE – INT. JOUR

Ouverture écran noir.

VOIX OFF SUZANNE BORNIOL, *criant*

Aaaaaaahhhhhh ! Lâchez-moi ! Je suis une star ! J'ai tourné avec Alfred Hitchcock !

Zoom arrière : on sort de la bouche d'une vieille femme. Gros plan sur son visage décomposé par la terreur.

VOIX HORS CHAMP

Calmez-vous, madame Borniol.

SUZANNE

Au secours ! Les extraterrestres m'enlèvent !

Plan général sur une salle de bains. Deux aides-soignantes s'occupent d'une pensionnaire. L'une lui tient les poignets pendant que l'autre tente de la déshabiller.

SUZANNE, *déchaînée*

Au viol !

AIDE-SOIGNANTE, *avec douceur*

C'est juste la toilette, comme tous les matins. Laissez-vous faire.

SUZANNE, *suspicieuse*

Pourquoi elle me tient, elle, si c'est pas une extraterrestre ?

AIDE-SOIGNANTE, *soupirant*

Pour éviter ce qui s'est passé hier.

SUZANNE

Qu'est-ce qui s'est passé, hier ?

AIDE-SOIGNANTE, *gentiment*

Vous m'avez giflée, madame Borniol…

SUZANNE, *larmoyante*

Ah oui ? J'ai pas fait exprès, je le referai plus. Dites-lui de me lâcher, ça me fait mal !

AIDE-SOIGNANTE, *attendrie*

D'accord… Si vous promettez d'être sage.

SUZANNE, *contrite*

Je promets.

L'aide-soignante lâche les poignets de Suzanne, qui en profite pour mettre une grande claque dans la figure de la jeune femme.

SUZANNE, *jubilant*

Ah, ah ! Celle-là, tu l'as pas volée, espèce de grosse Alien !

Mardi 20 avril, 7 h 23 – Rue Mouffetard

Les hurlements redoublèrent d'intensité apocalyptique. Félix courut dans le couloir, prêt à affronter le démon qui venait de toute évidence de se matérialiser dans la chambre du fond, comme dans *Magdalena la sexorcisée*, visionné la veille pendant que Sophie, consternée, corrigeait ses copies.

Vers 7 h 30, tu entendras des cris de bête qu'on écartèle. N'aie pas peur, il s'agit de Zoé, ~~ta croix~~ ta petite fille. Elle a douze mois et ressemble beaucoup à sa mère quant à la bonne humeur au réveil. Ta mission consiste à changer sa couche en évitant une perte définitive de l'audition (les bouchons d'oreilles sont sur l'étagère de la salle de bains), puis de lui donner son biberon en vérifiant qu'elle ne dévisse pas la tétine pour inonder son lit (son activité favorite).

Et maintenant, bonne chance.

Au moment où Félix entra dans la chambre, les cris s'arrêtèrent. Il sentit tout de suite que quelque chose clochait. Il alluma la lampe bolivienne en papier mâché, s'avança vers le lit à barreaux garanti artisanat pygmée du Cameroun et ouvrit la bouche de surprise. Au milieu du lit, il y avait une couche en papier recyclé non blanchi au chlore. Pleine à ras bord.

Mais sans Zoé dedans.

Zoé est ~~un monstre ingérable~~ une enfant espiègle. Pendant la grossesse, Sophie s'étonnait déjà de son ~~hyperactivité pathologique~~ dynamisme exceptionnel, et ce, malgré l'écoute quotidienne du CD « Harmonie du fœtus », à base de flûte de Pan et de cui-cui de piafs. Passons sur les coups de pied et autres retournements intempestifs, la spécialité de Zoé était plus originale : elle prenait un malin plaisir à chatouiller du bout des doigts la paroi utérine de sa mère. Des chatouillis de l'intérieur. *Une variante des supplices chinois.*

La période la plus éprouvante fut celle de la découverte des orifices. Avalage de sucette, dilatation nasale à la cacahouète, prise de température avec un Playmobil : aux urgences de l'hôpital Broca, les internes ont mis sa photo dans leur salle de repos avec la mention « Microbe résistant ». Comme ils ont beaucoup d'humour, ils vous ont offert une carte de fidélité pour Noël.

Enfin, est-il besoin de préciser que vous êtes grillés chez les baby-sitters à cinquante kilomètres à la ronde ?

CinéBisBlog – Les Miscellanées Zinéphiliques du docteur Z

Chère progéniture…
La Fille de Dracula (Jesus Franco, 1972)
La Fille de Frankenstein (Mel Welles, 1971)
La Fille de Jack l'Éventreur (Peter Sasdy, 1971)
La Fille du docteur Jekyll (Edgar G. Ulmer, 1957)
À tourner : *La Fille de Félix & Soso*

Mardi 20 avril, 7 h 24 – Rue Mouffetard

Où était Zoé ? Félix se dit que sa fille avait encore progressé dans l'apprentissage de l'autonomie. Petit a, elle savait défaire une couche toute seule ; petit b, elle arrivait à escalader un lit à barreaux en solo. Comme il devait rester quelques jours avant qu'elle parvienne à ouvrir les portes, une conclusion s'imposait : elle était toujours dans la chambre. Oui, mais où ?

Rien dans le coffre à jouets en fer tissé du Honduras, rien dans le placard en laine de yack du Népal, Félix trouvait le silence de plus en plus inquiétant. Son esprit était parasité par des images du *Vampire a soif*, dans lequel Bébé Dracula vide de son sang toute une halte-garderie à l'aide d'une paille. Une idée persistante l'invitait à regarder le plafond, mais il résistait pour ne pas être ridicule à ses propres yeux. Vérifier le plafond, c'était penser que Zoé était capable d'y être accrochée telle Spiderwoman, et il préférait garder l'illusion que sa fille ne possédait pas de pouvoirs diaboliques.

Soudain il entendit un drôle de bruit au-dessus de sa tête.

Alors il regarda le plafond.

Extrait du scénario de L'Hospice de l'Angoisse

MAISON DE RETRAITE/CHAMBRE 69 – INT. NUIT

Une chambre dans la pénombre. Deux pensionnaires de la Niche sont assis devant la télévision : Charles et Madeleine Desflanelles, cent deux et cent cinq ans. Au-dessus du poste, un crucifix et des images pieuses. On entend des grognements, des miaulements et des bruits de ventouse débouchant un évier. Charles et Madeleine se tiennent par la main, l'air concentré. Ils regardent un film pornographique en suçotant des bonbons.

MADELEINE

Tu sais qu'un journaliste est venu ce matin enquêter sur les disparus ? Odette Flonflon lui a dit qu'à son avis un cinéphile fou enlevait des acteurs pour les empailler et les exposer dans son musée personnel.

CHARLES, *admiratif*

Elle est sacrément souple !

MADELEINE

Qui ? Odette ?

CHARLES, *un doigt tendu vers l'écran de télévision*
Mais non, la petite blonde, là ! En sandwich entre les deux Blacks. Holà, tu as vu comment ils te l'ont retournée ? Ça ne te rappelle rien ? Je te faisais la même chose dans *Auscultez-moi docteur*, en 1927 ou 28. On ne risque plus d'y arriver, aujourd'hui…

MADELEINE, *pensive*
Faut voir… Peut-être qu'en faisant levier avec ton déambulateur ? *(Un temps.)* Dis, Charles, tu crois qu'ils ont souffert ?

CHARLES
Bah, tu sais, un godemiché de cette taille, c'est jamais du gâteau.

MADELEINE
Je parlais de nos trois camarades disparus, pas du film !

CHARLES, *agacé*
Ne te monte pas la tête et profite du spectacle. *(Fixant l'écran avec intérêt.)* À notre époque, il n'y avait pas tous ces objets en plastique. Tu te souviens quand on tournait *Margot servante docile* ? On utilisait des manches à balai, c'était nettement plus rugueux.

MADELEINE
Oui, mais c'était plus naturel.

CHARLES, *déboutonnant son pantalon*
Alerte ! Je crois que mon Viagra commence à faire effet. Allez, dépêche-toi de virer ta gaine, ça ne dure jamais longtemps.

MADELEINE, *fronçant les sourcils*

Je te vois venir, tu vas encore me sucrer mes préliminaires !

CHARLES, *empoignant ses béquilles*

T'inquiète, on finira par des mignardises. Fais-moi confiance, tu vas monter au plafond.

Mardi 20 avril, 7 h 25 – Rue Mouffetard

Félix avait les yeux fixés au plafond, et il s'en voulait.

Il n'y avait rien là-haut, évidemment. À moins que ? Félix tourna la tête, il avait entendu un bruissement. Quelque chose avait bougé dans le carton de jouets au-dessus du placard, comme dans *Les Clowns tueurs venus de l'espace*, un des rares films osant aborder le tabou de la coulrophobie, cette peur des clowns que cachent tant d'adultes traumatisés dans leur enfance par Achille Zavatta et sa tribu. Mais revenons plutôt à Félix.

Il monta sur une chaise, approcha une main fébrile, décida de renvoyer à plus tard une explication rationnelle du comment-Zoé-a-réussi-à-monter-là-dessus-c'est-impossible, et plongea la main dans le carton. Il trifouilla un moment, toucha un pied, empoigna une jambe, entendit crier « maman ! ». Et sentit un liquide lui inonder la main.

Félix avait quitté son lit depuis vingt-cinq minutes à peine et il regrettait déjà cette grave erreur, qu'il répétait tous les matins. « Comme tout le monde », se dit-il avant de comprendre que l'heure n'était pas à la philosophie de haute volée. Car Sophie venait d'entrer dans la chambre avec Krasucki (aïe), en demandant ce que c'était que ce boucan (re-aïe), et en tenant Zoé dans les bras (hein ?).

— Elle était où ? s'étonna Félix. Je la cherche partout !

— Au-dessus du placard ? ironisa Sophie.

— Mais…

— C'est vrai que tu avais toutes tes chances, elle y monte souvent en plantant ses griffes dans le bois.

— Je…

— Tiens, ma petite mutante adorée, dis bonjour à papa en agitant ton troisième bras.

— Bon, ça va, elle était où ?

— Derrière la porte de sa chambre. Tu l'avais coincée là en entrant.

— …

— Allez, viens déjeuner, conclut Sophie. Et puis lâche ça, tu es grotesque.

Sophie tourna les talons, une Zoé hilare dans les bras et un chat ricanant à sa suite. Félix se sentit soudain très seul, debout sur sa chaise, dans la chambre d'enfant au parfum vénéneux. Alors il la serra fort dans ses bras.

La poupée équitable Poppy « qui dit maman, qui fait pipi ».

Tu t'es toujours senti concerné par le thème de l'humiliation. Il y a des gens gais, des gens tristes ; chez toi, le sentiment qui domine, c'est la honte. « Mauvais karma, dit ta sœur, tu as dû faire de belles saloperies dans ta vie antérieure. » À l'adolescence, tu rougissais si souvent que les gens croyaient que tu faisais de l'allergie. « L'avantage d'être si rouge, c'est que ça masque presque ton acné », répétait ta sœur pour te remonter le moral.

Ta sœur pense que ton étonnante prédisposition au ridicule explique ta passion pour le cinéma bis. Si tu aimes voir de mauvais films, c'est pour te sentir meilleur, pour te valoriser à peu de frais sur le dos d'un tâcheron.

Heureusement, tu sais qu'elle a tort. Sinon ce serait pitoyable.

Extrait du scénario de L'Hospice de l'Angoisse

MAISON DE RETRAITE/SALLE POLYVALENTE – INT. JOUR

Les pensionnaires vaquent à diverses occupations : jeux de société, gobage de mouches, raclements de glaires. Impression de somnolence généralisée car on a eu droit à un demi-verre de rosé à midi pour fêter saint Luc, le patron des artistes. Au centre de la pièce trône un aquarium dans lequel Ferdinand Bic a plongé son bras jusqu'à l'épaule. Suzanne Borniol fait son entrée, guidée par l'aide-soignante giflée.

AIDE-SOIGNANTE, *maternelle*

Voilà, madame Borniol. Mettez-vous à la table de Mlle Chaminou.

SUZANNE, *furieuse*

Ah non, pas la naine ! Elle a le cerveau en purée !

Marinette Chaminou ne réagit pas. Sa main tend une pièce de puzzle comme si elle l'offrait à un compagnon invisible. Elle est ridée dans les grandes largeurs, toute rabougrie et surélevée par trois gros coussins.

AIDE-SOIGNANTE, *se tournant vers Ferdinand Bic*

Monsieur Bic, vous voulez que je vous aide ? Sortez votre bras de l'aquarium !

FERDINAND, *exalté*

Je sais ce que sont devenus les pensionnaires disparus ! J'ai reconnu les yeux de mon camarade Aimé Fricotin. Il s'est transformé en poisson clown !

AIDE-SOIGNANTE

Bien sûr, monsieur Bic… Je peux vous dire que c'est fini pour vous le rosé à midi ! Quant à vous, madame Borniol, je vous laisse là.

SUZANNE

Je refuse de m'asseoir à côté de cette harpie ! Elle a essayé de me piquer mon rôle dans le film d'Alfred Hitchcock !

AIDE-SOIGNANTE

C'était il y a cinquante ans ! En plus, ça n'a rien changé, puisque Hitchcock a coupé votre rôle au montage. Vous allez faire un puzzle ensemble pour vous réconcilier. Mlle Chaminou est très gentille.

SUZANNE

Tous les légumes sont gentils ! C'est pas pour ça que je vais aller taper la causette avec les courgettes du potager !

AIDE-SOIGNANTE, *en s'éloignant*

Allez, régalez-vous bien.

SUZANNE, *marmonnant*

C'est ça, oui… Tu vas t'en prendre une autre dans la poire, tu vas comprendre. Bon. *(Regardant sa voisine qui tient toujours une pièce de puzzle dans sa main dressée.)* Ça va, ma vieille ? Les neurones repoussent ? *(Un temps. Mlle Chaminou garde l'œil vide.)* Ça doit être un beau puzzle dans ta tête aussi… Et la tuyauterie, ça tient le coup ? *(Elle se penche, regarde sous la table.)* On n'a pas mis la coucouche aujourd'hui ? *(Elle observe autour d'elle, puis prend un verre d'eau sur la table et le verse entre les jambes de Mlle Chaminou. Elle repose le verre, se retourne pour attirer le regard d'une aide-soignante et désigne sa voisine.)* Infirmière ! Accident ! *(Puis, entre les dents.)* À dégager, la courgette !

Mardi 20 avril, 7 h 35 – Rue Mouffetard

Sophie étalait une marmelade de goyave sur son pain aux graines d'épeautre en feuilletant le dernier *Belle & Biocompatible Hebdo*. Zoé engloutissait son biberon de lait de soja dépelliculé. Félix ne tenait pas en place.

— Arrête de tourner en rond de bon matin, dit Sophie.

— Je m'assois, dit Félix en restant debout. Tiens, à propos… Tu as lu mon scénario ?

Un ange passa.

— Je l'ai juste parcouru, dit Sophie, tu ne me l'as donné qu'hier soir.

— Qu'est-ce que tu en penses ?

Un troupeau entier d'anges défila à son tour.

— Tiens, il y a un test à faire à deux, dit Sophie en montrant sa revue. « Calculez le bilan carbone érotique de votre couple », ça a l'air bien.

— Tu n'as pas aimé mon histoire, c'est ça ? gémit Félix, avec une grimace d'un érotisme très modéré.

Quelques archanges se joignirent à la manif.

— Si… mais c'est un peu… dégoûtant, non ? Deux vieux croulants qui se matent un porno, une mémé qui torture sa voisine…

— Eh ben ? C'est original ! Personne ne l'a jamais fait !

— Justement, tu ne t'es pas demandé pourquoi ?

— Gagababa ! lança Zoé en arrachant son bavoir.

— En plus, je n'ai pas bien compris où se déroulait l'histoire, continua Sophie. C'est une maison de retraite pour les acteurs ? Ça existe, ça ?

— Bien sûr. On y accueille des comédiens qui ont fait des petites carrières au théâtre ou au cinéma.

— Mouais… Pas très palpitant…

— Gagabeubeu ! soutint Zoé en dévissant la tétine de son biberon.

— Je préférais l'histoire sur laquelle tu travaillais ces derniers temps.

— Le film de science-fiction sur les sextuplés qui se font cloner pour monter une équipe de foot ?

— Ah non, je ne le connaissais pas, celui-là… Je pensais à l'histoire du détective narcoleptique qui a du mal à mener ses enquêtes parce qu'il dort vingt heures par jour.

— Ah oui ! C'est en stand-by.

— Tes scénarios sont toujours en stand-by.

— Celui-ci est fini !

— Gagabibi ? suggéra Zoé en levant son biberon au-dessus de sa tête.

— À ce propos, tu n'aurais pas une autre fin ? demanda Sophie.

— Pourquoi ? Qu'est-ce qui ne va pas ?

— Non, rien… Oublie.

— Tu ne peux pas me laisser comme ça ! Dis-moi quelque chose !

— D'accord : c'est à ton tour d'aller laver Zoé, elle s'est fait un shampoing au soja.

Tu t'es spécialisé dans l'écriture de débuts de scénarios ; après tu bloques. Tu es allé consulter un psy pour essayer de comprendre, il t'a demandé si tu étais éjaculateur précoce. Tu as répondu que tu ne voyais pas le rapport, il a hoché la tête et il a noté sur sa fiche : « éjac. préc. honteux ».

Pour t'aider, chacun y est allé de son conseil. Sophie t'a invité à suivre des ateliers d'écriture, ta sœur t'a proposé de faire du sport, ta mère t'a conseillé d'abandonner.

Mais cette fois, tu en es sûr, tu tiens le bon bout.

Zoé trônait dans sa mini-baignoire. Pendant que son père lui rinçait les cheveux, la petite travaillait à son développement psychomoteur par une approche tactile des notions de contenu et de contenant. En clair, elle vidait sa baignoire avec un gobelet.

— Non, Zoé, intervint Sophie. Il ne faut pas gaspiller l'eau. C'est un bien précieux que nous offre Dame Nature.

— Gagatuture ! acquiesça Zoé en aspergeant son père.

— Qu'est-ce qui ne va pas avec la fin de mon scénario ? reprit un Félix dégoulinant.

— Je ne sais pas comment dire… Elle est bizarre, ta fin. Le tueur arrive comme un cheveu sur la soupe. Pourquoi il zigouille les vieux, déjà ?

— C'est un fonctionnaire très attaché au service public qui disjoncte quand il apprend que le gouvernement veut privatiser l'accès aux soins.

— Franchement, Félix…

— En supprimant des personnes âgées, il cherche à sauver la Sécu.

— Gagacucu ? s'intéressa Zoé.

Sophie afficha une mine désespérée.

— La Sécu… Non, là c'est plus possible…

— C'est l'arrière-plan politique du film ! se défendit Félix. Il y a un message social !

— Tu ne peux pas trouver autre chose ?

En adepte de la communication non verbale, Félix

se lança dans la destruction cathartique d'un gant de toilette 100 % fibres naturelles.

— Je verrai avec le producteur ce qu'il en pense, reprit Félix en mâchouillant ses fibres.

— O.K., c'est toi qui décides… Tiens, une dernière chose à propos de ton histoire : pourquoi as-tu appelé le tueur Émile Gariguette ? Ce n'est pas le nom de l'acteur obscur que tu es allé interviewer ?

— Si… Quand j'ai appris sa mort hier, j'ai eu envie de lui faire un clin d'œil. Pauvre Émile…

— C'est ta faute, fit Sophie en riant. Personne ne s'est intéressé à lui pendant soixante ans. Il rencontre son seul fan au monde et crac, il clamse. Ça lui a fait trop d'émotion.

— C'est malin… Sache que j'ai publié aujourd'hui un hommage sur mon blog et que j'ai eu plein de commentaires émus à propos d'Émile !

— Plein ? J'ai hâte de voir ça.

CinéBisBlog – Les Zélucubrations du docteur Z

Chers camarades Zinéphiles, bien le bonjour. Aujourd'hui, puisque vous préférez rester avachis devant ce blog plutôt que de travailler au redressement de la France, que diriez-vous de rendre hommage à Émile Gariguette, mort hier dans l'indifférence générale ?

Émile qui ? Je vous entends d'ici vous demander quel illustre inconnu ce bon docteur Z est encore allé chercher dans les bas-fonds du cinéma bis. Émile Gariguette n'a jamais connu les honneurs d'aucun dictionnaire du cinéma, pourtant son destin n'a pas d'équivalent dans l'histoire du septième art. Toujours maquillé, masqué ou costumé, il est le seul acteur au monde dont nul spectateur n'a jamais vu le vrai visage. Bidasse en tenue camouflage dans le comique troupier *Soldat Duroc, ça va être ta fête*, gorille en rut dans le film de jungle *Tarzana, sexe sauvage*, guérillero à la barbe abondante dans le western spaghetti *Sartana, si ton bras gauche te gêne, coupe-le*, plus de cent films et pas une scène à visage découvert !

La malédiction de l'acteur invisible s'acharnera sur Émile jusqu'au coup de fil fatal qui l'éloignera définitivement du cinéma. Un soir de l'hiver 1974, il reçoit un appel de Jean-Pierre Mocky à propos d'un film érotique que le réalisateur a tourné sous le pseudonyme de Serge Batman : *Les Couilles en or* (œuvre dont il révélera l'existence en 2001 dans ses mémoires intitulés *M le Mocky)*. Émile attend la sortie de ce film avec beaucoup d'impatience, car il y tient le rôle principal. Et surtout, pour la première fois, il y apparaît sous son vrai visage, sans le moindre costume, en tenue d'Adam. Enfin.

Mais si Mocky l'appelle, c'est pour lui annoncer une terrible nouvelle. Une des actrices qui se dévêtait dans le film avait épousé un riche industriel. Ce dernier venait d'offrir une grosse somme d'argent au producteur pour racheter le négatif du film. Puis il l'avait détruit.

Pour Émile, ce fut le coup de grâce. Il arrêta le métier et devint projectionniste au Brady, célèbre cinéma populaire du boulevard de Strasbourg, que, comble de l'ironie, Jean-Pierre Mocky rachètera en 1998.

C'est ce destin étonnant que votre docteur Z a eu le privilège de découvrir ces dernières semaines au cours d'émouvants entretiens avec Émile, interrompus par son décès brutal, hier matin.

Émile était devenu un familier de ce blog sur lequel il laissait des commentaires avisés sous le nom de « Jean Brady ». Ayons donc une pensée pour celui qui restera à jamais l'homme invisible du cinéma français.

Émile Gariguette, mon ami.

Commentaires

Tro duuuuuur ! jvé pleré ! ilé tro lakrimojèn ton blog docteur Z !

Commentaire n° 1 posté par : DJ RayBane

J'ai bien connu Émile Gariguette sur les bancs de la maternelle. Depuis, nous ne nous étions plus revus, mais je suis anéanti par sa mort. Infâme Camarde, n'arrêteras-tu donc jamais ta sinistre besogne ?

Commentaire n° 2 posté par : Godzilla34

Bonjour, je cherche la recette du rosbif congolais. Merci d'avance.

Commentaire n° 3 posté par : Georgette en cuisine

i fo 1 vache congolez mémé.

Commentaire n° 4 posté par : DJ RayBane

Salut ! Je être Samantha 22 ans et je sentir seule le soir après séance photos top model. Toi vouloir appeler moi ? (and enlarge your penis ?)

Commentaire n° 5 posté par : Samantha

Mardi 20 avril, 9 h – Rue Mouffetard

Félix était sur le départ. Tel Ulysse quittant Ithaque, il regardait sa Pénélope d'un œil humide. Tel le héros aux mille ruses, il faisait voile vers son destin. Tel le pourfendeur du Cyclope, il avait mal au bide (mais ça, Homère en parle peu). L'odyssée de Félix sur les flots tourmentés du cinéma allait débuter à onze heures tapantes dans le bureau d'Isidore Boudini, producteur.

— Au fait, il est connu ton Boudini ? demanda Pénélope.

— Je ne sais pas grand-chose de lui. Il n'avait pas

le temps de me parler au téléphone, il a préféré me donner rendez-vous.

— Il est dans quel quartier ?

— Euh… À Rungis.

— Rungis ? C'est pas connu pour le cinéma !

— Peu importe, son annonce dans *Libé* était claire : « Producteur cherche auteur pour scénario de film d'horreur. » C'était pour moi !

— Si tu le dis…

— Nous allons ressusciter le cinéma populaire du samedi soir !

— O.K. pour la Résurrection, mais en attendant il faudrait gérer le Déluge. Tu pourrais éponger la salle de bains avant de partir ?

— Gagabinbin ! confirma Zoé.

— Je n'ai pas le temps ! C'est le rendez-vous de ma vie !

— D'accord… File, je m'occupe de notre petite plaie d'Égypte.

C'était parti. Félix s'installa sur son scooter et vérifia une dernière fois la sacoche qui contenait deux exemplaires de son scénario. Il mit son casque en se disant qu'il transportait là tous ses rêves ; et il avait raison. Il démarra en pensant qu'à partir de ce jour, plus rien ne serait pareil ; et il avait raison. Il grilla un feu rouge en chantonnant, persuadé qu'enfin tout irait mieux.

Mais là, il avait tort. Sacrément tort.

Et pas seulement parce qu'il y avait des gendarmes à dix mètres du feu.

Pendant ce temps, à Knokke-le-Zoute…

M. Hubert C., homme de goût et fin lettré, s'installe confortablement dans son fauteuil de lecture. C'est là qu'à la nuit tombée, accompagné d'un petit verre de cognac, il aime à explorer les territoires infinis de la littérature. Car M. Hubert C. l'a toujours dit : « Poésie du soir, espoir. »

Aujourd'hui, il se plonge dans un roman qu'un de ses amis lui a offert. L'auteur lui est inconnu, le titre est étrange, mais il paraît que c'est distrayant. Et M. Hubert C. l'a toujours dit : « Saine hilarité, bonne santé. »

M. Hubert C. chausse ses lunettes et ouvre la première page de *Série Z* de Jean-Marcel Erre aux éditions Buchet/Chastel.

Nous lui souhaitons la bienvenue, et une excellente lecture.

2

Le Désosseur de cadavres
(William Castle, 1959)

Mardi 20 avril, 11 h 3 – Rungis

Parmi toutes les insuffisances qui font de Félix un personnage auquel le lecteur moyen peut s'identifier, il en est une qui dépasse toutes les autres : l'exceptionnelle déficience de son sens de l'orientation. Cette tare l'avait amené à développer une technique compensatoire fondée sur un très ancien proverbe chinois trouvé dans un emballage de Carambar : « Puisque tu ne trouves pas en cherchant, tu trouveras en ne cherchant pas. » En partant à l'avance, avec un esprit positif et un jerrican d'essence de secours, ça marche.

Félix profita des charmes insoupçonnés de Rungis en faisant deux fois et demie le tour de la ville avant que les lois de probabilité lui permettent de tomber sur l'adresse recherchée. Un hangar de la zone industrielle dont les subtiles tonalités ocre bouillasse sublimaient l'avenue Crosfeld-Jacob. Surpris, il vérifia l'adresse. C'était pourtant bien ça… Un panneau peinturluré annonçait « Bidoche & Cie, SARL » dans un lettrage charcutier, assemblage de saucisses, de côtelettes et de manchons de poulets. Le tout ponctué d'une tête de cochon loucheur au groin couperosé.

— Brzzzecritchbrzzcrhiiiihhi ? demanda l'interphone sur lequel Félix avait graissé son index gauche.

— Bonjour, je suis Félix Zac. J'ai rendez-vous avec M. Boudini.

— Grrrreechritgrrrrebrrrzzzz ! confirma joyeusement l'interphone.

— Merci beaucoup, c'est gentil. Vous pouvez m'ouvrir ?

— Brzzz ! Brzzz !

— De même.

Dès qu'il eut franchi le seuil, Félix fut saisi par de subtiles fragrances de pourriture et de détergent hospitalier (un peu de lavande aussi peut-être, mais discret). Derrière lui, la porte se refermait en grinçant comme pour le supplier de rebrousser chemin. Devant, des néons blafards clignotaient comme pour le prévenir de ne pas avancer. Mais Félix n'écoutait que la voix des Muses. Il serra son scénario contre sa poitrine et avança sur le lino brillant, le long de murs blancs, en se disant « c'est marrant, on se croirait à la morgue ».

Mais le plus marrant, ce fut quand il tomba nez à nez avec eux.

Des cadavres. À perte de vue.

Extrait du scénario de L'Hospice de l'Angoisse

MAISON DE RETRAITE/CHAMBRE 69 – INT. NUIT

Charles et Madeleine Desflanelles sont au lit. Au-dessus d'eux, une affiche d'un succès du cinéma polisson des années vingt, *Trous de serrures*, sur laquelle Charles en palefrenier moustachu fesse avec vigueur une Madeleine aux jupons retroussés. On entend un bruit sourd. Madeleine allume sa lampe de chevet, plonge la main dans un verre d'eau et récupère son dentier.

MADELEINE, *chuchotant*
Charles ! Réveille-toi !

CHARLES, *sursautant*
Qu'est-ce qu'il y a ? Tu veux encore une gâterie ? C'est que je n'ai plus l'âge des douze coups de minuit !

MADELEINE
Chut ! C'est pas ça. Tu as entendu ?

CHARLES, *essayant de se tourner vers sa femme, en vain*
Non…

MADELEINE
Il y a du bruit dans le couloir.

CHARLES, *essayant de se redresser sur son lit, en vain*
C'est l'abbé Saint-Freu qui traque le démon. Il repeint les murs à l'eau bénite toutes les nuits.

MADELEINE
Non, il est déjà passé tout à l'heure. Je crois que c'est…

CHARLES, *essayant de lever un bras, en vain*
Qui ça ?

MADELEINE
Tu sais bien ! Écoute, on vient d'entrer chez Marinette Chaminou !

CHARLES, *n'essayant plus rien*
Tant mieux pour elle, ça fait si longtemps ! On

devrait accompagner le mouvement : qu'est-ce que tu dirais de rejouer la scène des menottes de *Monsieur a sonné* ?

MADELEINE

On n'a pas de menottes.

CHARLES

Pas grave. On prendra tes bas à varices.

MADELEINE, *émoustillée*

Coquin, va.

Mardi 20 avril, 11 h 10 – Rungis

Dans la salle glaciale où Félix tremblait devant une armée de chairs pendantes, deux pièces de bœuf s'écartèrent. Un homme apparut, portant une blouse blanche tachée de sang. Il était joufflu comme un porcelet boulimique et aussi rouge que la viande. Du ton sur ton, très seyant.

— Enchanté, monsieur Zac ! fit le gros homme d'un ton jovial. Je suis Isidore Boudini. Entrez et découvrez mon royaume !

— C'est original, ici, dit Félix. C'est le décor d'un de vos films ?

— Où ça ?

— Ben… La viande qui pend… Le côté « frigo de serial killer ».

— Ce sont nos entrepôts ! Nous sommes numéro 1 du secteur, au sommet depuis quinze ans !

— Je ne comprends pas…

— Isidore Boudini, le roi de la bidoche discount ! Hôpitaux, cantines scolaires, maisons de vieux, c'est moi qui régale tout ce beau monde ! On a eu quelques problèmes avec la vache folle, mais depuis que j'ai mis

« BIO » en gros sur mes étiquettes, c'est reparti. BIO ! Boudini Isidore Organisation ! Ah, y en a là-dedans !

Grand rire d'Isidore qui tapa des deux mains sur son ventre, puis sur une pièce de bœuf, et enfin sur l'épaule de Félix.

— Vous n'êtes pas producteur de cinéma ? s'inquiéta Félix en massant son épaule mi-congelée, mi-déboîtée.

— Je débute ! Mais rassurez-vous, Isidore apprend vite ! Je vais tout vous expliquer, allez-y, entrez dans mon bureau.

Boudini ouvrit la porte d'une pièce aux dimensions impressionnantes. Félix se raidit en voyant les gigantesques tableaux qui ornaient les murs. Des toiles torturées, lacérées, où s'étalaient de larges éclaboussures rouges.

— Vous aimez ? J'ai demandé à un artiste contemporain d'exprimer sa vision de la boucherie. Ça en jette, hein ? fit Isidore en se laissant tomber dans un grand fauteuil.

— C'est… puissant.

— Comme votre scénario, j'en suis sûr ! Asseyez-vous, je vous explique l'affaire. Mon fils, Isidore Junior, s'est mis en tête de devenir réalisateur. On est un peu en froid parce que je le voyais plutôt reprendre la boucherie.

— Ah oui ?

— J'ai décidé de produire son premier film pour me rapprocher de lui. Comme ça, il fait son caprice, il nous pond son boudin et il reprend la boutique ! Vous voyez la stratégie ?

— Je vois…

Isidore fit une pause, son visage devint grave.

— Voyez-vous, Junior est un adolescent perturbé. Il a une conduite à risques qui m'inquiète beaucoup.

— Il boit ?

— Si ce n'était que ça, on prendrait l'apéro ensemble !

— Il se drogue ?

— Pire.

— Il se scarifie ?

— Pire encore, il est devenu végétarien ! Vous imaginez ? L'héritier de l'empire Bidoche ! Il a besoin d'être recadré, c'est pour ça que je vous ai commandé un scénario. Lui n'est pas fichu d'en écrire un, cet illettré ! Sa passion, c'est les films d'horreur. Le style geysers de sang et mutilations cradingues. Elle est bien dégoulinante au moins votre histoire ?

— Euh…

— L'avantage, c'est qu'on pourra faire des économies grâce à la boucherie. Je fournirai de la barbaque pour les effets gore et du sang par hectolitres. Il y a des cannibales dans votre scénar ?

— Ben… Pas vraiment…

— C'est dommage, il aime ça les cannibales, Junior… On ne pourrait pas en rajouter un ou deux ?

— Ça va être difficile… L'action se déroule dans une maison de retraite. Ils vont plutôt avaler de la soupe…

— C'est embêtant… Je compte sur ce film pour redonner le goût de la viande au fiston, alors plus il y en aura, mieux ça sera. Un cannibale, ça renvoie au plaisir de la chair. Plaisir de la chair ! Ah, ah, vous avez entendu ?

— Quoi ?

— J'ai fait un jeu de mots ! Ah, ah ! Tiens, à propos de plaisir de la chair, il y a du sexe dans votre histoire ?

— Ah, ça oui, il y en a.

— Parfait. Le petit est en pleine poussée hormonale,

je suis sûr qu'il sera ravi de filmer quelques nénettes à poil.

— Le problème, c'est que les scènes un peu… enfin, le côté sexuel du film concerne surtout un couple de centenaires…

— Pardon ?

— Mais ce sont d'anciens acteurs du porno !

— Ah oui ? Mais quand même, des vieux… Ça ne va pas être un peu dégueu comme scènes ?

— Vous vouliez un film d'horreur !

— Avec des filles jeunes ! Le genre qui se balade topless avant de se faire découper en rondelles. Vous voyez ce que je veux dire ?

— Oui… On appelle ça un « plan nichon » dans le cinéma bis… Mais je… je voulais éviter les clichés…

Isidore Boudini afficha une moue contrariée.

— Ça vous regarde, mais personnellement, le cliché de la fille topless, je ne m'en lasse pas.

— Je vais voir ce que je peux faire… On peut toujours récrire certaines scènes…

— Voilà une bonne idée ! fit Boudini. Je suis sûr qu'on va arriver à s'entendre artistiquement parlant. Vous allez me rajouter de la mamelle et du cannibale, d'accord ?

— Je…

— Et aussi un monstre marin tant que vous y êtes. Le fiston adore ça.

— Ça risque de faire un drôle de mélange. J'ai peur que le film ne perde en qualité…

— Tant mieux ! Plus ça sera raté, plus vite Junior reviendra à la boucherie ! C'est la stratégie ! Allez, je ne vous retiens pas. Vous devez déjà avoir plein d'idées qui se bousculent. Laissez-moi le premier jet et remettez-vous au boulot. Je vous rappelle dès que j'ai fini de lire.

Félix se retrouva sur le trottoir sans avoir pu placer un mot. Boudini lui serra la main avec vigueur, lui offrit un saucisson et deux pâtés de foie, puis disparut. Félix enfourcha son scooter, l'esprit confus. Juste avant de démarrer, il entendit la porte se rouvrir et la voix de Boudini retentir.

— Dites-moi, Zac… Et de l'extraterrestre ? Vous ne pourriez pas m'en mettre un peu aussi ?

Extrait du scénario de L'Hospice de l'Angoisse

MAISON DE RETRAITE/BUREAU DU DIRECTEUR – INT. JOUR

Ouverture sur un renard, gueule béante et œil vide. Plan large sur la pièce : meubles vieillots, bibliothèque informe et, partout, des animaux empaillés. Assis face à face, le professeur Schlockoff, directeur de la Niche Saint-Luc, et Mlle Fisher, infirmière en chef.

Gros plan sur le professeur. Visage émacié, cheveux rares, tic nerveux à la paupière. Une fouine grimaçante et rongée par les vers se délite à sa droite.

PROFESSEUR SCHLOCKOFF

Alors ?

Contrechamp sur Mlle Fisher, cheveux noirs en chignon, blouse boutonnée jusqu'au col. Au-dessus d'elle, accrochée au mur, une tête de sanglier.

MADEMOISELLE FISHER, *visage fermé*

C'est Marinette Chaminou, cette fois. La quatrième en six mois !

PROFESSEUR SCHLOCKOFF, *effondré*

C'est une catastrophe…

MADEMOISELLE FISHER

Les rumeurs vont bon train. Chez certains, ça tourne à la psychose. L'abbé Saint-Freu s'est barricadé dans sa chambre toute la journée. Il a mis un panneau « Satan go home » sur sa porte, et quand une infirmière a voulu passer en force, il a essayé de l'étrangler avec sa sonde urinaire.

Gros plan sur le directeur et sa fouine, bouche bée.

MADEMOISELLE FISHER

Vous vous chargez d'avertir la famille Chaminou ?

PROFESSEUR SCHLOCKOFF

Ce n'est pas le plus difficile à gérer, les familles râlent pour la forme, mais on sent bien qu'elles sont soulagées. Finalement, c'est bon pour nous. Si les gens savent qu'on disparaît à la Niche, ils y mettront plus facilement leurs vieux parents !

Mines réprobatrices de Mlle Fisher et du sanglier.

PROFESSEUR SCHLOCKOFF

Excusez-moi, je plaisante mais c'est nerveux. Qu'est-ce que vous voulez que je fasse ? La police n'a aucune piste. Quelques vieillards en moins, ça n'a pas l'air de les perturber beaucoup !

MADEMOISELLE FISHER

Pour l'instant, on a réussi à éviter que ça filtre vers l'extérieur, mais ça ne va pas durer. Un journaliste est venu fureter ce matin.

Musique stridente. Zoom sur le visage du professeur, une goutte de sueur dégouline de son front. Il s'empare d'un hamster empaillé qu'il se met à malaxer nerveusement.

PROFESSEUR SCHLOCKOFF, *mine défaite*

Fifi… Je crois qu'on est mal…

Silence. Gros plan sur Mlle Fisher et le sanglier, regards perçants.

MADEMOISELLE FISHER

J'en ai bien peur, mon gros matou… Tu veux un câlin ?

Contrechamp sur le directeur, son tic nerveux s'accélère, son hamster est tout chiffonné, il fait oui de la tête.

~~Soudain, dans un bruit effrayant, surgit un extraterrestre cannibale qui a pris l'apparence d'une jeune femme topless.~~

Mardi 20 avril, 14 h 30 – Place de la Contrescarpe

Attablé à une terrasse de café depuis trois bières et demie, Félix complétait son scénario pour répondre aux exigences de Boudini. Mais, entre ajouts et ratures, il faisait du surplace. Les badauds déambulaient sur la place sans se douter du drame intérieur qui se jouait à quelques mètres d'eux : la lutte ancestrale entre le chevalier Orgueil et son demi-frère contrefait, le traître Compromission. Il fallait un geste fort pour débloquer la situation, Félix prit une décision irrévocable : « Garçon ! Un demi et des cacahouètes. »

Félix savait qu'il aurait dû dire non à son boucher producteur. Le problème, c'est qu'il était faible. Tout le monde le pensait autour de lui. Personne ne s'attendait jamais à ce qu'il fasse preuve de la moindre force de caractère. Dans ce cas, était-il bien raisonnable de chercher à s'opposer à sa nature profonde ? Qu'avait-il à gagner à déstabiliser son entourage par un accès subit d'amour-propre ?

Rasséréné par la rigueur de son raisonnement, Félix reprit ses corrections et quelques cacahouètes.

Tu es une personne ~~faible indécise hésitante~~ qui a du mal ~~à imposer sa volonté~~ à faire des choix. Au test psycho « Forte tête ou carpette ? » du dernier Belle & Névrosée Mag, *tu as fini avec 2 points sur 40. Dans le même temps, ta Sophie obtenait un total de 43 sur 40 et te jurait les yeux dans les yeux ne pas avoir triché. C'est ce que tu admires chez elle : la confiance qui l'anime. Foi en son métier, foi en l'écologie, foi en la maternité, elle est toujours sûre d'elle alors que ~~tu doutes de tout tu es indécis~~ hésitant toi non.*

Mais ce qui te trouble le plus, c'est quand elle dit qu'elle a foi... en toi.

Félix regardait les gens passer en se demandant combien avaient l'air en paix avec leur conscience. Qui marchait la tête haute, intransigeant avec ses valeurs ? Qui courbait l'échine sous le poids des petits arrangements ? Il conclut que la deuxième catégorie était représentée en force. Le hic, c'est que Sophie appartenait à la première… Félix n'était pas pressé d'annoncer à son écolo chérie que son producteur était un spécialiste de la vache folle discount, friand de nymphettes dépoitraillées… Comprendrait-elle qu'il ne pouvait pas laisser passer l'occasion ? Qu'il avait enfin une chance de se réaliser ?

Félix sentit monter en lui le vent de la révolte, ainsi qu'un renvoi de cacahouètes. On lui demandait de courber l'échine devant le mercantilisme le plus cynique ? De vendre son âme d'artiste à un marchand de boudins ? Eh bien, s'il fallait passer par là pour réussir, il allait le faire !

Il ne serait pas le premier…

CinéBisBlog – Les Miscellanées Zinéphiliques du docteur Z

Les cinéastes à l'asile…
(ou « Pardon, j'avais des gosses à nourrir »)
Les Bidasses en folie (Claude Zidi, 1971)
Le Führer en folie (Philippe Clair, 1974)
Le Plumard en folie (Jacques Lem, 1974)
Les Nonnes en folie (Jesus Franco, 1975)
À tourner : *Les Cannibales topless en folie*

Mardi 20 avril, 14 h 40 – Place de la Contrescarpe

— Tiens ? Qu'est-ce que tu fais là ? dit une voix familière.

Stimulé par cette intrusion imprévue dans son monde intérieur, Félix fit une démonstration de sa légendaire dextérité. En moins d'une seconde, il parvint à relever la tête, lancer son stylo en l'air, pousser un cri grotesque, masquer d'une main son scénario et, de l'autre, renverser sa bière.

— Ouah ! fit la voix. On dirait un gosse surpris en train de pomper pendant un contrôle de maths !

Tout en fixant d'un œil poissonneux le mammifère femelle recouvert d'un uniforme de pompier qui lui faisait face, Félix formula dans un recoin sombre de son cortex frontal un problème mathématique : « Sachant qu'il existe quelques milliers de cafés à Paris, quelle est la probabilité pour que tu te retrouves nez à nez avec… elle ? »

Ta sœur aînée, Marie-Jo, te veut beaucoup de bien. Plus généralement, on dira qu'elle veut du bien à tout le monde. Marie-Jo est urgentiste chez les pompiers de Paris, animatrice de stages de secourisme, militante associative infatigable. Elle est un modèle de dévouement, de disponibilité, d'humanisme. C'est pourquoi tu la fuis.

Toi qui signes les pétitions sous un faux nom, qui tournes de l'œil à la simple évocation d'un don du sang, qui n'oses plus allumer la télévision de peur que les SDF, les sans-papiers, les mazoutés, tous les malheureux de la planète ne viennent te demander de l'aide, tu vis sous le regard de Sophie et de Marie-Jo, deux femmes combatives et révoltées. Et tu culpabilises.

Pour te donner bonne conscience, tu soutiens que cet engagement pour les autres n'est qu'une forme d'égoïsme, et que si ta sœur cherche à sauver le monde entier, c'est avant tout pour se faire du bien à elle-même.

Pour résumer, tu es assez mauvais joueur.

— Tu écris un scénario ? demanda Marie-Jo. C'est quoi, cette fois ? L'invasion de la Terre par une colonie de pieuvres mutantes, ou alors le retour de la vengeance du fils du monstre de Frankenstein ?

— Ne te moque pas, c'est du sérieux ! dit Félix. J'ai un producteur.

— Ouah ! De quoi ça parle ?

— De mystérieuses disparitions dans une maison de retraite. L'enquête la plus lente de l'histoire du cinéma, menée par des centenaires en déambulateur.

— Tu t'es assagi, dis donc ! Y a même pas une bébête de l'espace, dans ton histoire ?

— Ben… Il y aura peut-être un monstre marin…

— Ah, tu me rassures, j'ai cru que tu étais devenu adulte !

— Je me demande pourquoi je te parle encore. Tu connais le sens de l'expression « affection fraternelle » ?

— Ne le prends pas mal, mais tu ne crois pas qu'il faudrait que tu passes à autre chose ? Tu as un enfant maintenant. Je pense que tu blablabliblabla…

Sophie et Marie-Jo adorent te psychanalyser. Pour elles, tout est clair : tu es resté un grand gamin qui se cache dans un univers de fiction pour éviter d'affronter les réalités de la vie. Elles passent leur temps à te faire remplir les tests des magazines féminins avant d'en tirer des conclusions alarmantes sur ton profil psychologique. En général, dès qu'elles abordent le sujet, tu bouches les écoutilles, tu mets le pilotage automatique et tu laisses passer l'orage freudien. Sinon, tu serais bien obligé d'être d'accord avec elles.

Et il ne manquerait plus que ça.

— … Blablabla, voilà. Tu sais, c'est pour toi que je dis ça.

— Merci. Et à part mon bonheur, qu'est-ce que tu fais là ?

— Une intervention à côté. Un type a essayé de se suicider au gaz, ou alors il a trop fait cuire ses saucisses. Enfin bref, ça crame. En passant, je t'ai vu assis là et je me suis dit : Fais un petit coucou à ton frérot.

— Tu as bien fait, dit Félix en pulvérisant le record de France du focuisme catégorie poids lourd.

— Ça m'a fait plaisir, mais il faut que j'y retourne.

— Dommage… (Record du monde.)

— De toute façon, on se voit demain pour l'anniversaire de Zoé. Maman sera là ?

— Euh… Non.
— Sophie est toujours fâchée ?
— C'est encore tout frais…
— Ça va se tasser… Allez, j'y vais, lança Marie-Jo en ouvrant la porte du café. Tiens, tant que j'y pense, réfléchis au stage de secourisme que je t'ai proposé. Il faut qu'on trouve une date.
— Pas de problème, je crois que j'ai un créneau en 2023…
— C'est important ! Tu verras si un jour tu dois sauver la vie de quelqu'un !
— Parle pas de malheur, marmonna Félix en regardant Marie-Jo partir faire le bien d'un pas décidé dans son costume ignifugé.
Laissant son frère négocier avec sa mauvaise conscience.
Comme d'habitude.

Pour mémoire : le podium des grands moments d'humiliation offerts par ta sœur Marie-Jo.

Honte de bronze : tu portes un nez rouge et une salopette bleue, tu es sous la tour Eiffel, entouré de la foule des touristes, tu tiens une sébile à la main et tu lances à la cantonade : « Soyez fidèles à l'esprit de Coluche, donnez pour les Restos du Cœur ! » (Déliquescence interne au bout de quatre minutes, fuite au bout de cinq, trois mois de convalescence psychologique.)

Honte d'argent : Tu es assis dans une salle de réunion, parmi un public fourni. Marie-Jo est sur une estrade, devant un écran diffusant un diaporama. Elle emploie les mots « cancer », « ponction lombaire », « don d'organe ». Tu es évacué d'urgence à l'hôpital pour un œdème de Quincke. (Diagnostic : cas unique d'allergie lexicale.)

Honte d'or : Tu défiles dans la rue, au milieu d'un groupe de manifestants. Dans la main gauche, on t'a mis une pancarte « Régularisez les sans-papiers », dans la droite « Expulsez le président ». Une caméra de télévision s'approche et te demande quelles sont tes revendications. Tu rougis, tu ouvres la bouche plusieurs fois comme un poisson hors de l'eau, puis tu bredouilles : « C'est pas moi, c'est ma sœur. » (Diffusion annuelle de la séquence sur TF1 dans le bêtisier de Noël.)

Extrait du scénario de L'Hospice de l'Angoisse

MAISON DE RETRAITE/SALLE À MANGER – INT. JOUR

Joyeuse ambiance dans la salle à manger de la Niche Saint-Luc où l'on célèbre les quatre-vingts printemps de Ferdinand Bic. Pendant qu'une dizaine de pensionnaires se démontent les prothèses au rythme des paso doble, les autres ruminent leur repas dans un brouillard comateux qui les mènera, si Dieu le veut, jusqu'au dîner. Un peu à l'écart, Suzanne Borniol, Louise Courtepointe et Ferdinand Bic discutent devant des restes de jambon purée (« Tranchette porcine et ses flocons réhydratés ») et de cake aux fruits confits (« Méli-mélo de saison dans son enveloppe grand-mère »). Assis à côté d'eux, l'abbé Saint-Freu est figé comme une statue, les yeux fermés.

LOUISE, *voix basse, air mystérieux*

Vous connaissez la dernière ? Le bruit court que Marinette Chaminou a disparu cette nuit.

FERDINAND, *scrutant le réfectoire*

C'est vrai, elle n'est pas là… Je vais te dire, ça ne me surprend pas. Je m'attendais à ce qu'elle soit la suivante.

LOUISE

Pourquoi ?

FERDINAND

Parce qu'elle aimait beaucoup les puzzles.

LOUISE

Et alors ?

FERDINAND

J'ai remarqué que les trois autres disparus aussi adoraient les puzzles. Je suis sûr qu'il y a un lien. Ils ont peut-être tous manipulé un puzzle maudit ? Ou alors, c'est une ouverture spatiotemporelle qui vous téléporte sur un autre monde une fois le puzzle terminé ?

ABBÉ SAINT-FREU, *ses paupières se soulèvent soudain, révélant des globes entièrement blancs. Il se met à parler d'une voix gutturale*

Ce sont les premiers signes de l'Apocalypse ! La Bête immonde rôde et vient châtier les pécheurs !

Intervention de Mlle Fisher, infirmière en chef, le chignon tremblant.

MADEMOISELLE FISHER

Doucement, monsieur l'abbé ! C'est qu'il va encore faire peur à ses petits camarades ! Il sait pourtant que Mme Flonflon fait des cauchemars depuis son dernier sermon.

ABBÉ SAINT-FREU, *postillonnant*

À genoux, blasphémateurs, et repentez-vous tant qu'il est encore temps !

MADEMOISELLE FISHER

Attention, s'il n'est pas sage, je vais devoir l'emmener dans sa chambre.

ABBÉ SAINT-FREU, *crachant*

Ferme ton orifice infernal, catin !

MADEMOISELLE FISHER,
empoignant le fauteuil roulant de l'abbé

Allez, au lit !

ABBÉ SAINT-FREU, *en s'éloignant*

Que Satan t'empale sur sa fourche, fornicatrice !

LOUISE

Il ne pourrait pas être le prochain à disparaître, l'abbé ? Ça nous ferait des vacances.

FERDINAND

Aucune chance, malheureusement.

LOUISE

Pourquoi ?

FERDINAND

Il n'aime pas les puzzles.

~~Soudain, dans un bruit effrayant, surgit un monstre marin extraterrestre chevauché par une jeune cannibale topless.~~

Mardi 20 avril, 18 h – Rue Mouffetard

« Tu n'es plus un gamin », « Personne n'a le droit de te juger », « Tu n'as pas à te justifier ». Adepte de la méthode Coué, Félix l'utilisait souvent en montant l'escalier pour se préparer à une discussion sensible avec sa partenaire de vie. Bien sûr, ça ne marchait jamais.

« Ça va marcher, ça va marcher, ça va marcher », marmonnait Félix en ouvrant la porte de son foyer doux foyer.

— Alors ? Comment ça s'est passé ? demanda Sophie.

— Je ne suis plus un gamin ! dit Félix en levant l'index.

— Ah, d'accord… Ça a foiré à ce point ?

— Pas du tout ! Personne n'a le droit de me justifier !

— De te juger.

— Exactement ! Ni toi ni ma sœur !

— Qu'est-ce que Marie-Jo vient faire dans cette histoire ?

— Je l'ai croisée tout à l'heure, elle partait sauver des saucisses en train de carboniser. Tiens, à propos de charcuterie, j'ai eu une discussion très constructive avec Isidore Boudini.

— Tu m'as l'air confus, Félix Zac. Tu as bu ?

— Juste une petite bière pour fêter l'événement…

— Ouais… À part ça, il l'achète combien, ton scénario ?

— On n'a pas abordé les questions matérielles, on est restés sur un plan artistique.

— Ça devait être joli, tiens…

— L'esthétique est essentielle dans les films de genre !

Il faut réfléchir au visuel des extraterrestres, à l'intensité des scènes cannibales…

— Il n'y a ni extraterrestres ni cannibales dans ton scénario !

— C'est que… On a fait quelques modifications… Boudini a été convaincant… Artistiquement parlant…

— Bien sûr ! Qu'est-ce qu'il t'a demandé encore ? Un yéti ?

— Quand même pas ! Je n'aurais jamais accepté ! Non… Juste un… petit monstre marin.

— Hein ? Pourquoi pas des filles à poil, tant qu'il y est !

— Euh… Je vais aller faire du café…

— Félix ? dit Sophie en le poursuivant dans la cuisine.

— Tiens, regarde, dit Félix en farfouillant dans un sac en plastique, j'ai trouvé des cassettes super-rares dans un vide-grenier à Rungis.

— Ne change pas de conversation ! s'énerva Sophie. Je suis sûre que tu as tout accepté sans broncher. Et qu'est-ce que c'est que ça encore ? Pourquoi tu achètes des cassettes pourries à l'heure du DVD ?

— Les vrais fans de cinéma bis ne jurent que par la VHS ! Les cassettes se vendent à prix d'or sur le Net ! J'en ai pour une fortune ici.

— *Billy le Kid contre Dracula*, *Goldocrack à la conquête de l'Atlantide*, *Plus moche que Frankenstein tu meurs*, énuméra Sophie en regardant les jaquettes d'un air affligé. Comment peux-tu aimer des trucs aussi nuls ?

— Ça ne s'explique pas… C'est difficile de dire pourquoi on aime quelque chose…

— C'est vrai, dit Sophie avec un large sourire, je me pose parfois la question à ton propos.

— C'est malin, maugréa Félix. Et puis, c'est compliqué… Quand je trouve un film mauvais, ça me met mal à l'aise. Je pense au réalisateur qui s'est investi pendant des mois, et je me dis que c'est ma faute si je n'arrive pas à apprécier ce qu'il a fait.

— N'importe quoi…

— Des artistes de génie ont été ignorés de leur vivant ! Et si je passais à côté de quelque chose d'important ?

Sophie marqua un temps d'arrêt devant la vidéothèque, puis se saisit d'une cassette. La jaquette représentait une sorte de gros pâté de campagne avec des dents de vampire en train de défoncer un building.

— Tu oses prétendre que *L'Attaque de la moussaka géante* est « quelque chose d'important » ?

— C'est un film qui dénonce la malbouffe avec beaucoup d'humour ! Il en dit long sur les effets de la mondialisation dans le domaine culinaire.

— Et ça ? *Mon curé chez les nudistes* ! C'est essentiel ?

— Derrière la farce gauloise, on peut voir une métaphore de la difficile adaptation de l'Église catholique au monde post-soixante-huitard.

— Si on t'écoute, il n'y a plus de critères de valeur, tout est brillant !

— Je ne dis pas ça, mais il faut faire l'effort d'entrer dans ce genre de films, d'éduquer son regard, de connaître les codes pour les comprendre.

— Et pour ton coffret des chefs-d'œuvre de Max Pécas, tu pourrais m'éduquer le regard, s'il te plaît ? *Marche pas sur mes lacets* ; *Embraye bidasse, ça fume* ; *Belles, blondes et bronzées*…

— Tu m'accorderas qu'il avait le sens de la formule…

— Il a même fait un truc qui s'appelle *On se calme*

et on boit frais à Saint-Tropez ! Ne me dis pas que tu as perdu deux heures de ta vie à regarder ça ?

— N'attaque pas Max Pécas ! C'est le cinéaste français qui a le mieux exprimé le *Carpe diem* antique, un jour son œuvre sera réhabilitée. Et tu ferais mieux de t'occuper de ta fille au lieu de critiquer, ajouta Félix dans une basse tentative de diversion, elle vient de recracher la moitié de son biberon.

— Houla, ma chérie ! Ce sont les cassettes de papa qui t'ont rendue malade ?

— Mais c'est ignoble de dire ça !

— C'est vrai, ça s'appelle une vengeance. Tu croyais que j'avais oublié le coup des filles à poil dans ton scénario ?

Extrait du scénario de L'Hospice de l'Angoisse

MAISON DE RETRAITE/SALLE POLYVALENTE – INT. NUIT

Séquence émotion à la salle polyvalente de la Niche Saint-Luc. Tout ce petit monde s'est pomponné. On a astiqué les dentiers, on a ajusté les gaines, on a fait briller les déambulateurs : c'est la soirée cinéma mensuelle. L'occasion de revoir un grand classique du septième art et, surtout (pour ceux qui ne se sont pas endormis et qui ont été opérés de la cataracte), une chance de se reconnaître, dans toute la beauté de la jeunesse, au détour d'une scène. Suzanne Borniol est assise entre Madeleine Desflanelles et Ferdinand Bic.

MADELEINE, *ton mielleux durant toute la scène*

Chère Suzanne, j'espère que nous aurons le plaisir de vous voir dans le film de ce soir. La dernière fois, vous étiez parfaite en concierge qui ouvre une porte pour ramasser le pot de chambre de l'héroïne. Cinq secondes, mais quel talent…

SUZANNE, *même jeu que Madeleine*

Trop aimable, Madeleine. Dommage que nous n'ayons jamais le plaisir de visionner une de vos œuvres. Mais peut-être aurions-nous du mal à vous reconnaître ? Je me suis laissé dire qu'il y avait beaucoup de gros plans dans vos films, mais rarement sur les visages.

MADELEINE

C'est vrai, mais cela vaut mieux que d'être toujours coupée au montage.

SUZANNE

Ah, dans ce domaine je m'incline, vous êtes connue pour avoir été bien montée toute votre carrière.

MADELEINE

Vous nous montrez votre meilleur visage, ce soir… Ça me rappelle votre apparition en sorcière dans *Les Vierges de Satan*. Vous aviez tourné sans maquillage, n'est-ce pas ?

SUZANNE

Détrompez-vous, le costume était lourd à porter. Mais vous ne savez pas ce que c'est, chanceuse, vous n'avez jamais été embêtée par les problèmes d'habillage… Les studios étaient bien chauffés, au moins ?

MADELEINE

Très bien, merci. Il est vrai que je n'ai jamais eu besoin de me dissimuler sous des perruques et des robes larges. Mais tout le monde ne peut pas être gâté par la nature…

SUZANNE

Attention, à être trop gâtée on devient blette.

MADELEINE

Vous parlez en spécialiste, vous l'étiez déjà à vingt ans.

ABBÉ SAINT-FREU, *l'écume aux lèvres*

Fermez vos lippes impures, misérables succubes ! Ça commence !

SUZANNE

Oh, ça va, si on peut même plus discuter entre copines ! *(Elle se tourne vers Ferdinand.)* Au fait, tu sais ce qu'il fait à la Niche, l'abbé ? Il a tourné au cinéma ?

FERDINAND

Non, mais il a eu une dérogation pour « activités assimilées music-hall ». Cinquante ans à débiter sa tirade de l'Apocalypse dans les églises déguisé en Don Camillo, ça lui a valu le statut d'intermittent du spectacle.

SUZANNE, *admirative*

Il est fort, l'abbé.

FERDINAND, *rougissant*

À part ça, Madeleine… hum… Vous n'avez pas de… hum… de copies de vos films ?

~~Soudain, dans un bruit effrayant, surgit un extra-terrestre cannibale tenant en laisse un monstre marin topless.~~

Mardi 20 avril, 20 h – Rue Mouffetard

Après une ellipse temporelle de deux heures – qui nous a permis d'échapper au repas épique de Zoé, à son bain homérique et à sa mise au lit pathétique –, il ne reste à Félix et à Sophie qu'à gérer l'endormissement avant de pouvoir faire des folies de leurs corps (ou de ronfler devant la téloche).

— Qui raconte son histoire à Zoé ? demanda Félix.

— Moi, si tu veux. Ensuite tu viendras chanter la comptine, puis on fera le spectacle de marionnettes ensemble.

— Avant ou après la deuxième histoire ?

— Avant.

— Dis, tu ne crois pas qu'on est en train de se faire avoir au niveau des rituels d'endormissement ?

— Non… Il faut être vigilant, c'est tout. Tiens, le téléphone sonne. Ça doit être Émile Gariguette qui t'appelle de l'au-delà pour te remercier de l'hommage sur ton blog.

— Tu ne respectes rien, c'est consternant.

— Houla, monsieur est vexé ! Allez, vas-y, je m'occupe de Zoé.

Alors que Sophie entamait le fameux conte de fées « Zoé la princesse bioresponsable au pays du recyclage enchanté », Félix décrocha le combiné.

— Maison Zac, éleveur d'enfant sauvage, j'écoute.

Silence au bout du fil. Puis un raclement de gorge et une voix.

— Isidore Boudini à l'appareil.

— Bonsoir ! Comment allez-vous ?

Silence.

— Monsieur Boudini ? Vous êtes toujours là ?

— J'ai lu votre scénario.

— Alors ? Vous savez, j'ai réfléchi aux cannibales et…

— Est-ce que vous pourriez venir à mon bureau demain matin à onze heures ? l'interrompit Boudini.

— Oui… Que se passe-t-il ? Il y a un problème ?

Silence.

— Oui. Un gros.

Extrait du scénario de L'Hospice de l'Angoisse

MAISON DE RETRAITE/PARC – EXT. JOUR

Journée ensoleillée à la Niche Saint-Luc, les pensionnaires prennent le déjeuner sur la terrasse sous de grands parasols. Tables silencieuses, concentration intense, il faut dire qu'il y a du bifteck à mastiquer au menu, alors ça ne rigole pas.

Un peu à l'écart, le professeur Schlockoff sue à grosses gouttes sous un bob, en triturant un cochon d'Inde empaillé. Il accueille à sa table l'inspecteur Ernest Galachu chargé de l'enquête sur les disparitions.

PROFESSEUR SCHLOCKOFF, *le visage ravagé de tics nerveux*

Alors ? Où en sont vos investigations ?

INSPECTEUR GALACHU, *lissant sa moustache*

Difficile de trouver des témoignages intéressants. La moitié de vos pensionnaires n'entend pas les questions, l'autre moitié ne les comprend pas.

PROFESSEUR SCHLOCKOFF

Ce sont des personnes âgées, il faut y aller avec douceur.

INSPECTEUR GALACHU

À propos de douceur, vous voyez l'albinos en soutane qui donne des coups de canne au flan qu'on vient de lui servir ?

PROFESSEUR SCHLOCKOFF

Oui, c'est l'abbé Saint-Freu.

INSPECTEUR GALACHU

Il m'a jeté un verre d'eau à la figure en me criant de retourner en enfer. C'est normal ?

PROFESSEUR SCHLOCKOFF

Je suis désolé, j'aurais dû vous avertir…

INSPECTEUR GALACHU

Il y a aussi la mémé, là-bas.

PROFESSEUR SCHLOCKOFF

Celle qui vient de piquer une banane et de la glisser dans son corsage ?

INSPECTEUR GALACHU

Non, celle qui empêche sa voisine de manger en lui donnant des coups de coude chaque fois qu'elle essaie de porter une fourchette à sa bouche.

PROFESSEUR SCHLOCKOFF

Ah oui… Suzanne Borniol…

INSPECTEUR GALACHU

Elle m'a bousillé le genou en me fonçant dessus. Si j'ai bien compris, elle m'a pris pour Alfred Hitchcock. Il paraît que je l'aurais « coupée au montage ».

PROFESSEUR SCHLOCKOFF

On aime plaisanter à cet âge, c'est un peu le retour en enfance.

INSPECTEUR GALACHU

Ma question est donc : ai-je rencontré tous les forcenés de l'établissement ou dois-je demander du renfort pour continuer mon enquête ?

PROFESSEUR SCHLOCKOFF

Je suis confus, je vais expliquer la situation aux pensionnaires et leur demander de collaborer.

INSPECTEUR GALACHU

Vous allez leur dire la vérité ?

PROFESSEUR SCHLOCKOFF

Non, ça risque de créer une panique générale. On va continuer à leur parler de « disparitions ».

INSPECTEUR GALACHU

Vous savez, ils finiront par tout découvrir un jour ou l'autre…

PROFESSEUR SCHLOCKOFF

Je sais, mais le plus tard possible.

Pendant ce temps, à Knokke-le-Zoute…

M. Hubert C. pose son roman sur ses genoux, prend une lichette de cognac et fixe les Pléiade de sa bibliothèque d'un air perplexe. Il vient de lire deux chapitres de *Série Z* et ne sait pas trop quoi en penser. Les personnages, les situations, tout cela lui paraît un peu outré. Et M. Hubert C. l'a toujours dit : « Excès de gaudriole, rire pas drôle. »

Certes, il est bien conscient que le genre romanesque a évolué depuis Flaubert, mais là, entre les vieux pornographes et les films de dernière zone, il y a de quoi redonner des envies de suicide à Mme Bovary. Pourtant, après mûre réflexion, M. Hubert C. laisse parler sa nature indulgente et décide de reprendre sa lecture.

Nous lui adressons tous nos remerciements pour sa bienveillance.

2½

(Car c'est un chapitre très court. Il n'a même pas de titre, c'est dire.)

Mercredi 21 avril, 11 h – Rungis

Pourquoi cette voix d'outre-tombe au téléphone ? Pourquoi Boudini l'avait-il convoqué sur un ton aussi sec ? Ces questions avaient torturé Félix toute la nuit, et il n'en menait pas large en approchant du bureau du roi de la bidoche. Un peu comme le jour où il s'était présenté à l'oral du bac avec le taux critique de 75 % d'impasses sur l'échelle du Glandeur. Il vivait cette douloureuse sensation d'incertitude intestinale qui vous fait prendre conscience que l'homme est d'abord un amas d'organes, n'en déplaise à Merleau-Ponty (nous parlons à ceux qui ont fait moins de 80 % d'impasses au bac philo, pour les autres, disons que Félix faisait caca mou).

La porte du bureau, grande ouverte, laissait passer de viriles vociférations post-apéro qui aggravèrent la précarité stomacale de notre Félix péteux. Il inspira un grand coup, pensa très fort aux réfugiés du Darfour dans l'espoir de relativiser sa situation, puis entra.

Boudini était affalé dans son fauteuil, un verre à la main. Il fraternisait au pastis avec deux moustachus. Le plus âgé, en costume strict, arborait des bacchantes montantes à la Hercule Poirot. Le plus jeune, aux moustaches tombantes de routier sympa, était un grassouillet débraillé rappelant un phoque affalé sur une plage, mais en moins intelligent. Les trois hommes fixaient Félix d'un regard plus enivré qu'enivrant.

— Bonjour, monsieur Vrac, fit Isidore Boudini.

— C'est Zac, monsieur Boudini, Félix Zac.

— C'est ça, asseyez-vous, monsieur Trac.

Félix regarda autour de lui, mais il n'y avait pas de siège libre. Les trois hommes le scrutaient en silence comme s'ils ne remarquaient rien. Ça ressemblait de plus en plus à l'oral du bac, et ce n'était pas une bonne nouvelle. Le ventre de Félix gargouilla force cinq. Isidore Boudini reprit :

— Je vous ai fait venir car ces messieurs souhaitent vous poser quelques questions. Vous voulez un petit jaune ?

— Avec plaisir… Vous êtes aussi producteurs ? demanda Félix aux moustachus.

— Non, répondit le plus âgé. Nous sommes policiers.

— Ah ?

— Je vous présente mon fils Virgile, il fait ses classes avec moi.

— Alut, fit le morse en levant sa paupière, son verre, et un pan de sa chemise pour grattouiller un nombril fort poilu.

— Voilà un brave petit gars qui suit les traces de son père, approuva Isidore Boudini en tendant un pastis bien tassé à Félix.

— Que puis-je pour vous ? demanda Félix en vidant son verre cul sec.

— Il se trouve que M. Boudini fournit en viande une maison de retraite du Val-d'Oise. Après avoir lu votre scénario, il l'a contactée.

— Con-tac-tée, articula péniblement Virgile en se curant le nez.

— Pourquoi ? s'étonna Félix.

— Il demande pourquoi ! s'exclama l'inspecteur dans un grand rire.

— Ah, ah ! ricana Virgile en se suçant le doigt.

— Je vous avais dit qu'il était fort, fit Boudini en servant un nouveau triple jaune à Félix.

— Soyons sérieux un instant, reprit l'inspecteur. Vous allez comprendre, monsieur Crac, quand je vous dirai que je suis l'inspecteur Galachu. Ernest Galachu. Ça vous dit quelque chose ?

En tant que spécialiste mondial des situations de confusion, d'humiliation et de malaise en général, tu t'es souvent posé cette question d'apparence enfantine, mais aux implications ontologiques vertigineuses : « Pourquoi moi ? »

Réponse à envoyer à M. Félix Zac, 32, rue Mouffetard, Paris 5e.

Forte récompense.

Interloqué, Félix regarda les trois hommes. À l'oral du bac aussi les profs avaient cherché à le piéger. Ils y étaient d'ailleurs arrivés dès la première question, ces pervers. La différence aujourd'hui, c'était le pastis. Félix siffla son verre. Avec le Pastaga Spirit, il ne se laisserait pas faire.

— Vous me faites une blague, c'est ça ? Galachu, c'est le nom du policier dans mon scénario.

— Dois-je vous remercier d'avoir fait de moi un personnage de cinéma ?

— C'est une pure invention ! Comme la maison de retraite !

— Erreur ! La Niche Saint-Luc existe bel et bien, à une petite heure d'ici, à Barges-les-Gonesse.

— C'est impossible…

— Vous croyez ? Ce n'est pas tout : les pensionnaires que vous décrivez sont réels eux aussi.

— Des caricatures pareilles ? Charles et Madeleine, les centenaires adeptes du porno ?

— Je serai ravi de vous les présenter.

— Et Ferdinand Bic, le cabotin délirant ?

— Nous pouvons le voir cet après-midi, si vous voulez.

— Vous me faites marcher !

— Ben, non.

— C'est un bizutage ?

— Ben, non.

— Vous n'allez pas me dire que Suzanne Borniol existe ?

— Ben, si.

II

Derrière l'écran…

1

Ne prends pas les poulets pour des pigeons (Michel Gentil, 1984)

Mercredi 21 avril, 11 h 15 – La Niche Saint-Luc

Suzanne Borniol était agacée. Autour d'elle, la matinée récréative battait son plein. Salle comble, tension palpable, filet garni en jeu : c'était le grand Loto de Pâques. Mais comment tricher ? Voilà ce qui irritait Suzanne. Les pensionnaires remplissaient les cartons de maïs, en jetaient sur le voisin ou le picoraient goulûment dans une folle ambiance. Suzanne guettait ses voisins les plus gâteux pour leur piquer d'éventuelles grilles gagnantes pendant que le directeur officiait à la boule : « Il est tout seul, un », « Karakaka, quarante-quatre », « Thérèse, ma sœur », quelle rigolade. Au moment où Suzanne allait échanger son carton avec celui d'un abbé Saint-Freu en pleine sieste mystique, Louise Courtepointe entra dans la salle, blanche comme un linge, et vint s'asseoir entre Suzanne et l'abbé.

— Tu n'as pas l'air dans ton assiette, fit Suzanne.

— Je viens de la voir, répondit Louise, la voix tremblante.

— Qui ça ?

— La... La... La Bête !

— Soixante-douze, quitte ta blouse ! s'exclama le directeur.

— Qu'est-ce que tu racontes ? demanda Suzanne.

— Quine ! hurla Odette Flonflon.

— J'étais remontée vidanger ma poche à urine, expliqua Louise en respirant avec peine. Les couloirs étaient déserts. Tout à coup, j'ai entendu un drôle de bruit aux lavabos et elle est apparue. La Bête ! Je suis sûre qu'elle me cherchait ! Je suis la prochaine sur la liste !

— Elle est en haut, six ! s'époumona le directeur.

— Elle était monstrueuse ! Un visage déformé par une grimace infernale, des poils partout, deux tentacules rougeâtres ! fit Louise, en transe.

— Tremblez, mécréants, l'Antéchrist arrive ! vocifera l'abbé Saint-Freu en sortant de sa torpeur. Il va vous rôtir les parties honteuses !

— Et elle bavait ! précisa Louise.

— Elle est en bas, neuf ! annonça le directeur.

— Carton plein, fils de Satan ! éructa l'abbé en faisant voler son maïs.

— Dis-moi, Louise, elle ne portait pas une blouse blanche, ta bête ? demanda Suzanne d'une voix glaciale, furieuse de voir l'abbé se faire remettre un saucisson tendre spécial dentier.

— Si ! C'est grave ?

— Non. Tu as juste croisé la nouvelle infirmière.

Mercredi 21 avril, 11 h 15 – Rungis

Quand Félix rouvrit les yeux, il vit une lumière éblouissante et une grande chaleur l'envahit. Allait-il enfin connaître le repos ? Était-ce le bout du tunnel ? Non, c'était le néon du bureau de Boudini et les premiers effets du pastis. Il le comprit dès qu'il aperçut trois faces grimaçantes à l'haleine lourde se pencher sur lui.

— On dirait qu'il a de la fièvre, fit l'inspecteur Galachu.

— Prenez un verre pour vous remettre, dit Boudini.

— Vous n'auriez pas des olives, par hasard ? demanda Virgile.

— Qu'est-ce qui s'est passé ? fit Félix en se redressant.

— Un petit malaise, expliqua Galachu. On peut interpréter ça de deux façons. Soit vous vous êtes évanoui parce que vous êtes un coupable émotif ; soit vous avez *simulé* un évanouissement et vous êtes alors un coupable froid et calculateur.

— Et l'éventualité que je ne sois pas coupable ?

— Non retenue.

Félix avala son troisième pastis sans respirer.

— Tout ça n'est qu'une coïncidence ! J'ai dû croiser les noms des acteurs dans des génériques de films et je les ai utilisés sans faire attention.

— Si ce n'était que ça... Mais vous n'avez pas entendu le plus troublant ! Il se trouve qu'à la Niche Saint-Luc, trois pensionnaires ont disparu ces derniers mois sans laisser de trace, comme dans votre histoire.

— Je vous arrête ! Chez moi, il y a quatre disparitions !

— Justement, une quatrième pensionnaire a disparu hier soir. Une certaine Marinette Chaminou. Ce nom vous est familier ?

— Euh... Oui... C'est la dernière victime dans mon scénario...

— Ce qui est amusant, intervint Isidore Boudini, c'est que vous m'avez apporté le manuscrit quelques heures *avant* la disparition de cette femme.

— C'est pourquoi on aimerait avoir une explication, dit Ernest Galachu.

— Ouais, on aimerait bien, dit Virgile qui n'avait pas tout suivi.

— Je… Je n'ai rien… rien à dire…

— Monsieur Zac, fit Galachu d'un ton amical, mettez-vous à notre place. Cette histoire de « coïncidences » ne tient pas debout.

— Je ne comprends pas ce que vous me racontez, marmonna Félix qui commençait à sentir le pastis lui imbiber le cervelet.

— Papa, il m'énerve le monsieur, dit Virgile. Je peux le taper un peu ?

— Vous ne devriez pas jouer avec les nerfs du petit, il s'agace vite.

— Il devrait prendre un pastis, ça apaise, articula Félix, bien embrumé. Dites, vous faites comme dans les films ? Le duo de flics, avec un gentil et un méchant ?

— Sauf que nous, on est tous les deux méchants, fit Ernest Galachu.

— Ouais, le gentil est en RTT, ajouta Virgile.

— Alors, ne fais pas le malin ! surajouta Ernest en haussant la voix.

— Ouais, parce que le gentil est en RTT, répéta Virgile qui n'en revenait pas d'avoir sorti une vanne potable.

— C'est ta dernière chance ! fit Ernest en tapant du poing sur le bureau.

— C'est quoi, la RTT ? hoqueta Félix qui avait toujours eu la sagesse de se tenir à distance des subtilités du droit du travail. Une marque de voiture ?

Mercredi 21 avril, 11 h 20 – Rungis

« Au secours ! » cria Félix. « Rendez-moi mes vêtements ! Et sortez-moi de la chambre froide ! »

Mercredi 21 avril, 11 h 30 – Rungis

« Revenez ! Je ne supporte pas d'être pendu la tête en bas en slip au milieu de carcasses de bœufs quand j'ai bu trop de pastis ! »

Mercredi 21 avril, 11 h 40 – Rungis

« Heu… Y a quelqu'un ? »

Mercredi 21 avril, 11 h 59 – Rungis

« D'accord, je vais tout vous dire ! Libérez-moi, par pitié ! Hé ho ? »

Mercredi 21 avril, 13 h – La Niche Saint-Luc

C'était le début d'après-midi, il faisait beau, on avait mis les pensionnaires à aérer dans le parc. Ça digérait dans la frénésie : untel tentait la traversée en solitaire de la pelouse, un autre l'ascension d'un banc par la face nord, un troisième cherchait à terrasser un canard avec du gravier. Suzanne Borniol était assise à l'ombre d'un parasol en compagnie de Louise Courtepointe et d'Odette Flonflon. La première dormait, tête renversée, bouche grande ouverte. L'autre tricotait en pleurnichant. Suzanne lisait un journal.

— C'est pas possible… Écoute ça, ils font des élections de « Super Mamie » maintenant ! On aura tout entendu. Tu crois qu'elles vont défiler en maillot de bain, les varices à l'air et les biberons pendants ?

— Je ne sais pas, fit Odette en gémissant.

— Qu'est-ce qu'il y a encore ? Pourquoi tu chouines ? Tu as des règles douloureuses ?

— C'est toutes ces disparitions, ça me travaille. Et puis Marinette Chaminou me manque…

— C'est fini, ce cinéma ? Tu ne la supportais pas !

En plus, avec ton Alzheimer, tu ne te souviendras plus d'elle dans trois jours. C'est pratique, il suffit que tu patientes.

— Quand même…

— Tu ne vas pas nous jouer les pleureuses ingénues à ton âge ! Passé quatre-vingts ans, tu n'as plus le choix qu'entre deux rôles : momie égyptienne ou sorcière verruqueuse. Regarde Pampers, ajouta-t-elle en montrant sa voisine qui ronflait, elle a choisi momie.

— Tu es méchante…

— Pampers ! lança Suzanne d'un ton solennel. Au nom de tous les pensionnaires, je te déclare élue « Super Momie » !

— Arrête, fit Odette en pouffant. Dis, pourquoi on l'appelle « Pampers », déjà ? J'ai oublié ça aussi…

— Parce que son dernier rôle, c'était dans un spot sur l'incontinence urinaire. Allez, aide-moi à lui offrir ce magnifique trophée en papier mâché.

Suzanne froissa une page de son journal et en fit une boule qu'elle laissa tomber dans la bouche ouverte de Louise. Suzanne et Odette attendirent, réprimant un fou rire. Mais rien ne se passa.

— Elle est morte ? demanda Odette, inquiète.

— Non, elle cuve. Je l'ai vue siffler en cachette une topette de prune. Tant pis, je ne vois qu'une chose à faire.

— La laisser tranquille ?

— Non, lui boucher le nez.

Mercredi 21 avril, 18 h – Rue Mouffetard

Au terme de leur après-midi batifolages et espiègleries, les Galachu père & phoque laissèrent Félix à décongeler devant la porte de son immeuble. Ils le remercièrent pour sa collaboration, lui rappelèrent qu'il était attendu le lendemain matin à la Niche Saint-Luc pour complément d'enquête, et s'excusèrent pour les engelures, mais avec un bon onguent ça passe. « Bas de broblèbe », éternua Félix qui probit d'êdre au rendez-bou en remplissant son trente-huitième Kleenex. Il mouchait des paillettes, il avait frôlé l'amputation des métatarses, il avait connu le stress du bœuf en période pré-steak haché, mais ce n'était rien par rapport à ce qui l'attendait.

Comment allait-il expliquer tout ça à Sophie, atchoum ?

Alors que Félix montait l'escalier en se défonçant la cloison nasale, les Galachu s'éloignaient en devisant à voix basse. Que pouvaient-ils bien se dire ? Le choix judicieux d'un point de vue narratif omniscient nous permet de l'apprendre illico :

— Papa, y a un truc que je ne saisis pas, fit Virgile.

— S'il y en a qu'un, c'est que tu es en progrès, répondit son père.

— Il est coupable ou pas, ce type ? continua Virgile, défiguré par une tentative d'effort intellectuel à froid.

— D'après mes calculs, j'évalue à 75 % son indice de culpabilité sur la Grille Statistique Galachu.

— Pourquoi le laisser filer, alors ?

— Ah, fiston, tu as beaucoup à apprendre ! Je t'ai déjà parlé de la Columbo Attitude ? Tu ne laisses pas filer le suspect, mais tu lui en donnes l'impression. Comme ça, il se détend, il relâche ses défenses, et crac ! Il fait une erreur !

— Ah, d'accord…

— Enregistre, gamin : crac ! L'erreur !

Retour au personnage principal dont les neurones givrés revenaient à la vie en crépitant façon pop-corn. Figé sur son paillasson, Félix vivait un de ces instants qu'on a envie de prolonger à l'infini. Pas parce qu'on les trouve particulièrement heureux (même si Félix aimait beaucoup son paillasson), mais parce qu'on sait que les suivants seront bien pires. L'équation était simple : « À l'instant t – 10 secondes, Sophie *ne sait pas* ; à t + 10 secondes, Sophie *saura.* » Et même en pensant aux centaines de milliers de morts du génocide rwandais, Félix ne parvenait pas à relativiser.

À l'instant t, donc, Félix éternua un bon coup et poussa la porte.

Les carnets de l'inspecteur Galachu (extrait)

La Grille Statistique Galachu (GSG) est un outil scientifique destiné à révolutionner les méthodes d'investigation de la police française.

L'idée m'est venue pendant le pot de départ en retraite anticipée d'un collègue kleptomane. Alors que j'évacuais la troisième tournée de Cherry Matraque (kir, whisky, pastis, harissa), le lieutenant Columbo m'est apparu sur la cuvette des toilettes. Il m'a fixé de son regard pénétrant et m'a dit : « Ma femme trouve que les auteurs de polars ont plus d'imagination que les malfaiteurs. Et fais attention, tu gouttes sur tes pompes. »

De ce jour, ma mission était claire. Cela fait dix ans que je consacre tout mon temps libre, pauses apéro comprises, à répertorier, à l'aide de milliers de romans et de films policiers, les différents Profils de Coupables (PC). Aujourd'hui, la Grille Statistique Galachu est opérationnelle. Elle permet d'obtenir un classement des différents suspects selon un système de pourcentages appelé Indice de Culpabilité (IC). Ainsi, je peux affirmer que dans toute affaire criminelle il y a 0,03 % de chance que le coupable soit un Inuit daltonien unijambiste, ce qui n'est pas négligeable.

Voilà pour la théorie. En ce qui concerne l'expérimentation, elle débute avec l'affaire de la Niche Saint-Luc.

Mercredi 21 avril, instant t + 10 secondes – Rue Mouffetard

Félix arriva sans bruit jusqu'au salon où Sophie, à quatre pattes sur le tapis, farfouillait sous le canapé. À quelques pas, Zoé scalpait une poupée en suçotant une brique de Lego.

— Bonsoir, les chéries ! fit Félix en essayant de paraître naturel malgré ses lèvres gercées. Qu'est-ce que tu cherches, ma Soso ?

— Mais je ne cherche rien du tout ! s'exclama Sophie en se redressant, le regard affolé, avant de chuchoter à l'oreille de Félix : Surtout ne dis rien, c'est une catastrophe !

— Qu'est-ce qui se passe ? murmura Félix pendant que Zoé se rapprochait, intriguée.

— Elle ne s'en est pas encore aperçue, mais si je ne le retrouve pas avant le coucher, ça va être terrible !

— Retrouver quoi ?

— Son doudou ! hurla-t-elle à voix basse.

— Oh, merde…

— Je ne te le fais pas dire ! Qu'est-ce qu'on va faire s'il est perdu ?

— Penser au génocide rwandais, il paraît que ça aide.

— Merde ! fit une voix dans la pièce.

Félix et Sophie se regardèrent, interloqués.

— Je rêve ou bien ? fit Sophie.

— Elle a parlé, confirma Félix.

Zoé regardait ses parents en exhibant deux fières quenottes.

— Zoé ! Ton premier mot ! Le jour de ton premier anniversaire ! s'exclama Sophie, les larmes aux yeux.

— Bravo, ma chérie ! renchérit Félix, ému.

Temps suspendu. Moment familial d'admiration béate.

— N'empêche que « merde » comme premier mot… reprit Félix.

— C'est vrai, ça promet, dit Sophie.

— Tu ne voudrais pas dire « papa », plutôt ? demanda Félix à sa fille.

— Merde ?

— Non, Zoé. C'est un vilain mot. Essaie « pa-pa ».

— Putain ?

— C'est pas vrai, où elle l'a entendu celui-là ? dit Sophie, suffoquée. Qu'est-ce qui lui arrive ?

— Peut-être une fièvre subite ?

— Bite ! Bite ! s'enthousiasma Zoé.

— Bon, on arrête, dit Sophie, j'ai l'impression qu'elle n'attend que ça. En plus, ta sœur va arriver d'un instant à l'autre et le repas d'anniversaire n'est même pas prêt.

— À ce propos, on ne peut vraiment pas inviter ma mère ? tenta Félix.

— La réponse est non. Il faut que je développe ?

— Euh… Ça ira.

— Continuons à discuter tout en cherchant sans donner l'impression de chercher, d'accord ?

— Euh, oui…

— Qu'est-ce que tu as fait de beau, aujourd'hui, mon amour ?

— J'ai parlé avec Isidore Boudini et des policiers…

— Super !

— J'ai dû leur expliquer comment les meurtres de mon scénario avaient pu se dérouler dans la réalité…

— Chouette !

— Je crois les avoir convaincus de ne pas me mettre en examen pour l'instant…

— Génial ! Quelle bonne journée ! fit Sophie avant de changer de tête. Tu rigoles, là, Félix ?

— J'ai l'air ?

Sophie accepta de s'asseoir dans le canapé et de suspendre un instant la quête du doudou sacré. Félix lui raconta sa journée avec les Galachu pendant que Zoé énucléait son lapin en peluche.

— Je ne comprends rien à ton histoire ! dit Sophie.

— C'est simple, tout ce qui est écrit dans *L'Hospice de l'Angoisse* s'est réellement passé.

— C'est impossible !

— C'est un fait !

— Mais comment ? Tu avais lu l'affaire dans les journaux ?

— Non, aucun journal n'en a parlé. La maison de retraite a tout fait pour étouffer l'affaire.

— Alors, il n'y a aucune explication rationnelle !

— Justement… Il y en a une…

— Laquelle ?

— Eh bien… ce scénario…

— Accouche !

— Ce n'est pas moi qui l'ai écrit.

Pendant ce temps, à Knokke-le-Zoute…

M. Hubert C., lecteur friand d'habiles coups de théâtre, ne peut malheureusement apprécier à sa juste valeur l'étonnante révélation de Félix, car il s'est assoupi sur son livre au début de la deuxième partie (aucun rapport bien entendu avec la qualité du roman, simplement, comme aime à le dire notre épicurien knokkezoutien : « Abus de cognac, appel du hamac. »)

Nous lui souhaitons une bonne nuit, et nous poursuivons.

2

Arrête de ramer, t'attaques la falaise
(Michel Caputo, 1979)

Mercredi 21 avril, 18 h – La Niche Saint-Luc

C'était la réunion au sommet dans la chambre de Charles et de Madeleine. Les deux centenaires étaient assis sous l'affiche de *L'Impudique Étudiante* qui présentait une héroïne volontaire s'initiant à la flûte traversière. À leurs côtés, Ferdinand Bic, Suzanne Borniol, Odette Flonflon et Louise Courtepointe. Solennel, Ferdinand prit la parole.

— Puisque vous avez eu la bonté de m'élire président, je vais donner lecture du procès-verbal : « À l'unanimité des membres présents réunis en assemblée générale, il a été décidé l'intronisation de Louise Courtepointe au sein de la société secrète les "VV", alias les Vétérans Vigilants. »

— Je croyais que les initiales VV, c'était pour « Vaillants Valides », s'étonna Odette.

— C'était pas plutôt « Vigoureux Vioques » ? demanda Madeleine.

— Je continue, fit le président, l'air accablé : « Pour être admis parmi les VV, Louise a réussi les trois tests proposés : courir le cent mètres en moins de cinq minutes, retrouver en quelle année nous sommes en moins de dix secondes, changer sa couche toute seule. »

— Il me semble que l'abbé Saint-Freu sait faire tout ça, avança Odette. Pourquoi on ne lui propose pas d'intégrer les VV ?

— Je rappelle l'article premier de nos statuts, soupira Ferdinand : « La société secrète est interdite à tout être vivant s'appelant l'abbé Saint-Freu. »

— À part ça, dit Madeleine, est-ce que le groupe pourrait intervenir auprès de la direction pour obtenir certaines choses ?

— Quel genre de « choses » ? s'inquiéta le président.

— Par exemple, un distributeur de préservatifs dans le hall. Normalement, c'est une obligation dans un lieu public !

— Nous formons une société se-crè-te, insista Ferdinand en grinçant du dentier. L'idée c'est de ne pas faire parler de nous ! N'oublions pas l'article le plus important de notre charte : « Les membres jurent de protéger le secret de la série Z. » C'est le serment que vient de faire Louise devant vous.

— Au fait, quel est le but de tout ça ? fit Odette. C'est quoi le « secret de la série Z » ?

— Ça fait des semaines qu'on en parle ! s'agaça Suzanne.

— J'ai pas tout suivi, pleurnicha Odette. C'est à cause de ma maladie. Vous savez, le truc en « mer ». J'ai oublié le nom…

— L'Oppenheimer ? tenta Madeleine en tapant sur le genou de Charles pour valider sa réponse.

— Non…

— Le Gewurztraminer ? s'emballa une Madeleine possédée par le Buzzer Syndrome, en défonçant de nouveau le ménisque de son époux.

— Euh…

— Les oreillons ? glissa Suzanne, narquoise.

— Ah, peut-être… hésita Odette. Ça me dit quelque chose, en tout cas…

— Bon, on s'égare, là ! intervint Ferdinand, excédé. Je rappelle une dernière fois que le but, c'est de nous protéger ! Et donc de protéger le secret de la série Z ! La menace se précise, on ne peut pas rester les bras ballants ! Voilà, c'est clair pour tout le monde ?

— C'est quoi, cette histoire de « bras ballants » ? fit Odette.

— Donc, pour les préservatifs, c'est non ? reprit Madeleine.

— Qu'est-ce que vous faites tous dans ma chambre ? s'écria Charles en émergeant de sa sieste.

— Silence ! lança Ferdinand d'une voix tonitruante, en se dressant sur la table de chevet, drapé d'un dessus-de-lit orange à franges. « Qui ose donc parler, lorsque j'ai dit : silence ! » déclama-t-il dans le plus pur style Cabotin-de-la-Comédie-Française.

L'alexandrin hugolien fit son petit effet. L'assemblée se tut. C'était la victoire de la Poésie sur la palabre, de la Culture sur le chaos, et un bien bel exemple pour les nouvelles générations. Mais poursuivons.

Ferdinand redescendit sur terre avec toute l'élégance que lui permettait sa sciatique, et rejoignit les coulisses en annonçant d'un ton solennel : « Il est temps d'aller rendre compte de nos travaux du jour à l'Immortel. »

« L'Immortel » ? À cette évocation, un souffle surnaturel figea sur les visages des traits de crainte et de respect (faut dire que comme surnom, c'est quand même assez classe).

Mercredi 21 avril, 18 h 15 – Rue Mouffetard

Le carillon Feng Shui de l'entrée, aux sons harmonieux et amicaux, retentit tel un appel à la joie de vivre ; et vu la tête de Sophie, c'était le bon moment. La porte s'ouvrit sur un uniforme de pompier avec une tata dedans.

— Excusez ma tenue, lança Marie-Jo, je n'ai pas eu le temps de me changer. On vient de désencastrer un groupe de pèlerins en route pour Lourdes dans un minibus. Un vrai miracle.

— Parce qu'ils ont survécu ? demanda Félix.

— Non, parce que j'arrive à l'heure chez vous. Tiens, voilà le petit ange ! s'écria-t-elle en voyant débouler Zoé, une grosse touffe de poils de chat à la main. Bon anniversaire ! Tata Marie-Jo t'a apporté un cadeau !

— Qu'est-ce qu'on dit ? demanda Félix à sa fille qui avait entrepris de déchiqueter le paquet.

— On dit rien du tout, intervint Sophie. Il vaut mieux éviter de la faire parler, ça m'étonnerait que ce soit « merci » qui sorte.

— Vous m'avez l'air bien nerveux tous les deux. Quelque chose ne va pas ? s'inquiéta Marie-Jo.

— C'est la cata ! s'exclamèrent Sophie et Félix en même temps.

— Qu'est-ce qui se passe ?

— Je vais aller en prison ! cria Félix.

— J'ai perdu le doudou de Zoé ! chuchota Sophie.

« Le couple, c'est la merveilleuse assurance d'être toujours compris par l'autre », répétait ta grand-mère qui s'inquiétait de ne te voir tripoter que des ordinateurs. Tu aimais beaucoup ta grand-mère, mais qu'est-ce qu'elle pouvait dire comme conneries...

Le regard que Félix lança à Sophie était un dosage savant de sidération pétrifiante et de haine brute.

— Oh, ça va ! se défendit Sophie. Désolée si je ne pense pas qu'à Môôôsieur ! Au lieu de râler, tu ferais mieux de nous dire qui a écrit ton scénario.

— Tu fais écrire tes scénarios par d'autres ? s'étonna Marie-Jo. Pour être honnête, ça me paraît un progrès.

« La famille, c'est la rassurante certitude d'être aimé quoi que l'on fasse », rabâchait ta grand-mère qui, on peut bien le dire aujourd'hui, picolait sévère.

Félix reprit pour sa sœur le récit de l'apéro-torture chez son producteur-charcutier, puis il fournit enfin la réponse que tout le monde attend depuis cinq pages :

— Tu vas nous dire qui a écrit ce scénario, oui ou non ?

— Ben… c'est… Émile Gariguette.

— Quoi ? dit Sophie.

— Qui ? dit Marie-Jo.

— Je le savais ! dit M. Hubert C., notre sagace lecteur de Knokke-le-Zoute, qui a repris sa lecture après un petit somme réparateur

Tu as vu Émile presque tous les jours pendant le dernier mois de sa vie. Il était heureux d'évoquer sa carrière avec un jeune passionné. Quand tu lui as parlé de tes ambitions de scénariste, il t'a révélé que lui aussi écrivait une histoire. Tu as insisté pour la lire, il a fini par céder.

Une semaine plus tard, tu rapportais son manuscrit à Émile quand tu as été accueilli par sa concierge

en larmes. Il fallut attendre la coupure de l'arrivée d'eau pour comprendre qu'Émile avait fait un malaise dans la matinée et qu'il avait été transféré à l'hôpital. La concierge était en crue car elle venait d'avoir un médecin au téléphone : Émile était décédé.

Tu t'es retrouvé avec L'Hospice de l'Angoisse *sur les bras. Le lendemain, tu avais rendez-vous avec Boudini. Comme tu n'avais pas réussi à écrire le scénario qu'il t'avait commandé, tu as pensé que le Ciel te faisait un cadeau. Qui étais-tu pour le refuser ? (Fin de la version « bonne conscience ».)*

En clair tu as menti, persuadé que personne ne le saurait jamais.

— Tu as volé le scénario d'un mort ? s'exclama Marie-Jo, horrifiée.

— Je n'ai fait de mal à personne ! C'était une chance inespérée de débuter au cinéma… C'est la première fois la plus difficile, à partir du moment où tu es dans le milieu, ça roule. Et comme Émile m'avait affirmé n'en avoir parlé à personne…

— C'est quand même dégueulasse de lui avoir piqué son histoire, rétorqua Sophie. En plus, tu m'as menti !

— Les policiers ont cru à cette explication ? s'étonna Marie-Jo.

— J'espère…

— Si tout est vrai, ils ont la solution de l'énigme, reprit Sophie. Émile révèle à la fin que c'est un type qui tue pour sauver la Sécurité sociale.

— Euh… Non… la Sécu, c'est de moi, dit Félix. Le scénario était inachevé, j'ai dû le compléter en urgence pour le donner à Boudini.

— Ah, d'accord, tout s'explique ! lâcha Sophie. Ça me paraissait une idée tellement débile, ce tueur.

— Merci, ça fait toujours plaisir, se vexa Félix.

— Mais alors, c'est Émile le coupable ? fit Marie-Jo.

— Peut-être, dit Félix. En tout cas, il devait bien le connaître pour anticiper le récit des disparitions.

— Pourquoi ne l'a-t-il pas dénoncé, dans ce cas ?

— Parce qu'il tenait là une excellente histoire, suggéra Félix. L'occasion était trop belle pour quelqu'un que le cinéma avait oublié.

— Vous étiez faits pour vous comprendre ! lança Sophie. Les scénaristes sont tous des êtres sans scrupules ou c'est juste une coïncidence ?

— Désolée d'interrompre vos mamours, mais c'est normal qu'on n'ait pas entendu Zoé depuis dix minutes ? s'inquiéta Marie-Jo.

— Disons que ça n'est jamais arrivé en un an, dit Félix.

Les carnets de l'inspecteur Galachu

Affaire Niche Saint-Luc – Application de la Grille Statistique Galachu

Hypothèse « Félix Zac » (Indice de Culpabilité : 75 %)

Argument : Il prétend qu'Émile Gariguette a écrit le scénario de *L'Hospice de l'Angoisse*, mais qu'est-ce qui prouve que c'est vrai ? Félix pourrait en être le véritable auteur et mentir à tout le monde depuis le début.

Objection : Il est faible, peureux, inoffensif.

Examen du Profil de Culpabilité n° 5 : « Le coupable ne ressemble à rien. »

Dans 36 % des romans policiers, le coupable est un personnage insignifiant que personne ne soupçonne. Faux timide, faux autiste, faux handicapé, il fait ses coups en douce tout en capitalisant la sympathie des lecteurs. En général on découvre qu'il est un simulateur par un petit détail à la dernière page, et il s'en

sort en humiliant le policier chargé de l'enquête (ce qui est agaçant).
Conclusion : Méfions-nous des minables.

Mercredi 21 avril, 18 h 30 – Rue Mouffetard

Sophie, Marie-Jo et Félix découvrirent que, si Zoé était silencieuse, c'était parce qu'elle vivait une révélation gastronomique dans la cuisine avec le « Suprême de Croquettes à la Krasucki ». Rassurés, ils purent reprendre leur discussion après avoir confiné le bébé dans son parc sécurisé garanti artisanat de Birmanie (dit aussi « la cage »).

— Au fait, il est mort de quoi ton Émile ? s'informa Marie-Jo.

— Une crise cardiaque, d'après sa concierge. C'est le médecin du SAMU qui lui a dit ça au téléphone le lendemain. Pourquoi cette question ?

— Si Émile connaissait le coupable, imagine que celui-ci ait appris qu'il écrivait un scénario compromettant, poursuivit Marie-Jo.

— Tu veux dire qu'il aurait été assassiné ? lança Sophie.

— Ça pourrait être un crime maquillé, expliqua Marie-Jo. On voit ça tout le temps chez les pompiers. En général, c'est la mamie qui veut nous faire croire que le papi est tombé tout seul sur la batterie de couteaux de la Redoute, mais parfois c'est plus subtil.

— Je peux demander aux policiers ce qu'ils en pensent, suggéra Félix.

— Tu dois les revoir ? s'étonna Sophie.

— Ils m'ont demandé de passer à la Niche Saint-Luc demain matin avant d'aller à l'enterrement d'Émile. Il paraît que le directeur veut me voir.

— Pour quoi faire ? demanda Marie-Jo.

— J'imagine qu'ils ont besoin d'aide dans leur enquête…

— Je te vois bien jouer les détectives, tiens ! ironisa Sophie. C'est plutôt à moi qu'il devrait demander. Il suffirait que j'emmène ma classe de quatrième techno à la Niche pour une sortie sur le thème « S'enrichir au contact de nos aînés », et je pourrais fureter incognito.

— Pauvres vieux… sourit Marie-Jo. Ils ont déjà connu la guerre, tu ne crois pas qu'ils ont droit au repos ?

— Les quatrièmes techno ? renchérit Félix. C'est pas eux qui ont balancé un gardien dans la fosse aux lions la fois où vous avez visité le zoo ?

— C'était un problème de maîtrise de la langue ! s'offusqua Sophie. On leur avait dit « les gardiens nourrissent les bêtes », ils ont cru bien faire.

— Et en leur racontant qu'ils vont « s'enrichir au contact de nos aînés », tu n'as pas peur qu'ils leur fassent les poches ? dit Félix.

— Toujours la caricature ! Ces jeunes ont besoin qu'on leur fasse confiance, le contact avec les personnes âgées leur apportera beaucoup.

— C'est vrai que voir des corps décrépits et des cerveaux en ruine, ça pourrait les calmer un moment.

— Qu'est-cc que tu peux être odieux ! Les seniors sont notre mémoire !

— Quand tu vois dans quel état elle est, leur mémoire…

— Tout le monde ne partage pas ta vision dégoûtante de la vieillesse !

— C'est ça, on en reparlera quand tu seras vieille !

CinéBisBlog – Les Zélucubrations du docteur Z

Chers camarades Zinéphiles, bien le bonjour. Aujourd'hui, puisque vous préférez vous ramollir devant ce blog plutôt que de profiter de la baisse des taux pour investir dans l'immobilier, que diriez-vous d'autopsier un zombie ? (Miam, miam.)

Du sang, du pus, des morceaux de chair décomposés, le verdict est sans appel pour une majorité de spectateurs : le zombie est trop dégoûtant. Aux morts-vivants, on préfère de loin le romantisme de Dracula, le délire scientiste de Frankenstein ou l'érotisme trouble des sorcières poursuivies par l'Inquisition qui leur brûle les tétons au fer rouge. On peut le comprendre (surtout pour les tétons des sorcières), mais il n'est pas interdit de voir plus loin. Si le film de zombies fait peur, c'est qu'il nous parle d'une réalité qu'on cherche à fuir toute notre vie : la vieillesse.

Que sont les films de zombies sinon l'irruption de la vieillesse sous sa forme la plus angoissante dans un univers marqué par la jeunesse et l'insouciance ? Qui se fait bouffer dans ces films-là ? Toujours des ados ahuris qui ne pensent qu'à picopuler (picoler et copuler en même temps). Les garçons sont athlétiques, les filles ont la poitrine gonflée, ils sont une injure au temps qui passe. Mais celui-ci les rattrape ! Sous la forme de morts-vivants qui les harcèlent et les dévorent. Vous avez remarqué que les jeunes qui courent super-vite se font toujours rattraper par des cadavres disloqués qui se déplacent à trois mètres à l'heure ? Qu'est-ce que cela montre sinon qu'on ne peut pas lutter contre le temps qui nous ronge ?

La conclusion, c'est que les gens rejettent les films de zombies non parce qu'ils sont trop dégoûtants, mais parce qu'ils sont trop métaphysiques.

Même si ça ne se voit pas tout de suite.

Commentaires

jte kif tro dr Z mé fo arété 2 fumé dé tarpé avant Dcrir

Commentaire n° 1 posté par : DJ RayBane

J'ai bien connu un zombie prof de maths l'année de ma terminale. Quarante ans après, il continue à me hanter chaque nuit.

Commentaire n° 2 posté par : Godzilla34

Ex-jeune fille en fleur cherche jardinier de l'amour pour défricher terre en jachère. (À défaut, je veux bien la recette de la tarte aux quetsches norvégienne.)

Commentaire n° 3 posté par : Georgette in love

envoi 1 foto mémé, jkiff tro ton staïle

Commentaire n° 4 posté par : DJ RayBane

Coucou, je être amie de Samantha, 20 ans, et je être très triste, snif, snif. Viens me consoler au 0800696969 (69,69 €/mn)

Commentaire n° 5 posté par : Vanina

Pause publicitaire

Destinée à soutenir le secteur de l'édition en crise

Merci de votre compréhension

Madame, monsieur,

Vous avez mal partout ? Les gens vous parlent en haussant la voix ? C'était mieux avant, ma bonne dame ? Ça y est, il fallait bien que ça vous arrive un jour : vous êtes vieux ! Et ce n'est pas près de s'arranger… Mais pas de panique, nous avons le produit miracle qu'il vous faut (car les vieux sont nos amis).

Léger, maniable, profilé, il sera votre compagnon de tous les jours. Disponible en trois coloris – bleu nuit, noir azur et ébène bleuté – son esthétique sobre et raffinée fera des jaloux autour de vous. En boîte de 92, 133 ou 428, il s'adapte à tous les budgets.

Le Tranquillizac 500
des laboratoires Xkyzkstyx.
À piler tous les matins dans un grand bol de soupe.

Avec lui, vous regarderez l'avenir avec confiance.
Avec lui, finis les soucis.
Il attaque le neurone à la racine.
Pensez au geste qui sauve. Pensez Tranquillizac.
Puis ne pensez plus.

3

On l'appelle Catastrophe
(Richard Balducci, 1983)

Jeudi 22 avril, 10 h – La Niche Saint-Luc

Félix s'avançait dans l'allée bordée de chrysanthèmes qui reliait la Niche Saint-Luc au cimetière municipal. Il n'était jamais venu ici, pourtant il reconnaissait tout. La demeure de maître récemment rénovée en 1932, le parc arboré au chiendent centenaire, les anciens qui déambulaient à petits pas de charentaises en soulevant la poussière. Émile avait décrit les lieux avec fidélité. Félix avait l'étrange sensation d'avoir traversé l'écran.

En chemin, il scruta les visages des pensionnaires, mais sans trop s'approcher pour éviter qu'ils ne lui sautent à la gorge comme dans *Zombie Holocauste*. Les époux Desflanelles, Suzanne Borniol, Ferdinand Bic… Les personnages du scénario vivaient là. Des acteurs si obscurs que même Félix n'en avait jamais entendu parler. Il n'arrivait pas à croire qu'il allait les croiser dans les couloirs. Il fallut attendre l'attaque surprise d'un agité portant soutane, qui lui postillonna au visage en brandissant un crucifix, pour qu'il accepte la réalité : l'abbé Saint-Freu n'était pas un mythe.

À l'accueil, un homme en blouse blanche plaisantait avec la standardiste, à moitié étalé sur son bureau. Quand il aperçut Félix, qui épongeait les glaviots bénis de l'abbé, il reprit une posture digne, lissa sa moustache blanche et s'avança en tendant la main.

— Bonjour, je suis le professeur Schlockoff, heureux directeur de cet établissement enchanteur. En quoi puis-je vous aider ?

— Je suis Félix Zac.

— Ah oui ? s'étonna le professeur, soupçonneux.

— L'inspecteur Galachu m'a demandé de venir… Nous avons rendez-vous… ajouta Félix, décontenancé.

— L'inspecteur ? articula le professeur en se pinçant les lèvres d'un air dégoûté comme s'il parlait d'une maladie sexuellement transmissible.

— C'est moi qui ai trouvé le scénario d'Émile, bredouilla Félix.

— Émile ? Je vois… reprit le professeur en soupirant. Vous avez consulté un médecin dernièrement ?

— Euh… Non, pourquoi ? se liquéfia Félix.

— Vous êtes vacciné contre le tétanos ?

— Je…

— Vous buvez beaucoup ?

— Vous…

— Regardez-moi dans les yeux ! Il parle de quoi, votre scénario ?

— Mais… des disparus de la Niche qui…

À cet instant, une voix sourde retentit dans le hall d'entrée.

— Monsieur Bic ! Voulez-vous laisser ce jeune homme tranquille ? Vous vous êtes encore fait passer pour moi, je présume ?

— Monsieur Bic ? Ferdinand Bic ? demanda Félix, consterné.

— Lui-même ! plastronna Ferdinand qui n'avait pas l'habitude d'être connu d'un non-octogénaire. Vous m'avez l'air d'être un fin cinéphile, cher ami. Peut-être m'avez-vous vu hier soir sur le câble dans *Emmanuelle et les derniers cannibales* ? J'y jouais l'Indien d'Amazonie friand de tripoux qui attrape la jeune exploratrice dans la forêt de Fontainebleau et qui…

— Pardonnez-moi d'interrompre cette charmante évocation d'un chef-d'œuvre du septième art, fit le professeur Schlockoff, mais nous avons à faire, M. Zac et moi.

— Je m'insurge ! lança Ferdinand. Monsieur est un véritable connaisseur qui mérite…

— Allez donc vous insurger dans le parc, nous sommes pressés.

— C'est pas de chance, grommela Ferdinand en regardant les deux hommes s'éloigner. Pour une fois que je rencontre un esthète…

— Excusez ce cher M. Bic, fit le professeur Schlockoff en s'engageant dans l'escalier central, les vieux acteurs sont de véritables cabotins.

— Il n'y a pas de mal, dit Félix, j'ai été ravi de le rencontrer. Je vais lui proposer une interview pour mon blog.

— Je vous souhaite bien du courage… Mais, pour l'heure, nous allons passer dans mon bureau. Ces messieurs Galachu nous y attendent.

Une fois dans son bureau, le professeur fit asseoir Félix entre Virgile et une hyène empaillée. Ernest Galachu, plongé dans un dossier, l'ignora. Schlockoff se mit à fouiller dans un tiroir, Virgile caressait un renard en susurrant « doux, doux ». Le silence s'invita, pesant. Félix observa les animaux exposés un peu partout. Ces gueules figées dans une grimace carnassière, ces yeux vides qui cherchaient à réveiller sa paranoïa latente…

— Vous avez une belle collection, professeur, constata Félix, mal à l'aise.

— La taxidermie est une vieille passion. Cela me détend, surtout en ces temps difficiles que traverse la Niche…

— J'ai toujours trouvé ça fascinant, continua Félix, alors que Virgile improvisait un coït sauvage entre une chèvre naine et un raton laveur. C'est comme si le temps se figeait, comme si les animaux devenaient immortels.

— Vous avez peur de vieillir ? demanda le professeur. Trouvez-vous un taxidermiste arrangeant, la technique est la même pour les humains.

— J'y penserai, dit Félix en se demandant si Schlockoff était sérieux. En tout cas, c'est du beau travail, ajouta-t-il en désignant le raton laveur que secouait Virgile. Même de près, impossible de voir qu'il est mort.

— Hein ? s'exclama Virgile.

Tous les regards se tournèrent vers le fiston. Il fixait le raton laveur d'un air dépité. Puis on l'entendit sangloter : « Il est mort ? »

Alors que Félix et le professeur essayaient de consoler Virgile, Ernest Galachu leva la tête de ses papiers.

— Monsieur Zac, vous m'avez convaincu que vous n'étiez pour rien dans l'affaire des disparus de la Niche.

— J'en suis ravi, déclara Félix qui n'avait pas l'habitude d'être convaincant.

— J'espère que vous ne m'en voulez pas pour la chambre froide. J'ai fait ça pour le petit, histoire de rendre l'approche du métier plus ludique.

— Minou, minou ! fit le petit, rasséréné, à l'adresse d'une moufette.

— Je comprends, dit Félix qui n'avait pas l'habitude d'être ludique.

— Monsieur Zac, reprit Galachu d'un air grave, j'irai droit au but : nous piétinons. L'affaire est complexe, et nous allons avoir besoin de votre aide.

— Comme détective ?

— Non, comme cinéphile.

— Vous pensez que les disparitions ont un rapport avec le cinéma ?

— Je ne le pense pas, j'en suis sûr.

— Comment pouvez-vous l'être ?

— Pour la simple et bonne raison que personne n'a disparu.

— Quoi ? s'étrangla Félix en même temps que M. Hubert C. de Knokke-le-Zoute, qui n'attendait pas un nouveau coup de théâtre aussi vite.

Pendant ce temps, de l'autre côté de la porte...

Alors que ces messieurs devisaient dans le bureau, un miracle se produisait dans le couloir. Une preuve éclatante du pouvoir de l'esprit sur le corps : Ferdinand Bic, courbé à l'équerre, zieutait par le trou de la serrure malgré son arthrose de la hanche, sa sciatique chronique et sa double hernie.

— Les ordres de l'Immortel sont clairs, chuchota Ferdinand à l'adresse de Suzanne Borniol et d'Odette Flonflon. Vigilance maximale !

— L'Immortel avait l'air soucieux ? demanda Suzanne.

— Non, merci, j'ai déjà mangé, répondit Ferdinand.

— Tu as bien branché ton sonotone ? fit Odette.

— Je vous assure que je n'ai pas faim, les filles. Laissez-moi écouter.

Que venait faire ici ce « Félix Zac » ? Ce jeune ahuri, habillé comme l'as de pique ? Voilà le mystère qui mobilisait la brigade d'intervention des Vétérans Vigilants. Ferdinand avait testé l'énergumène dans le hall en lui jouant sa grande scène du professeur. Il n'avait pas pu aller bien loin, mais ce garçon lui avait paru inoffensif. Cependant, il avait mentionné un scénario.

Un scénario sur les disparus. Un scénario d'Émile.

Et ça, c'était intéressant.

« Intéressant ! » ce fut la remarque que le professeur Schlockoff lâcha, furieux, en découvrant la fine équipe du VV. Il avait ouvert la porte si brutalement que Ferdinand s'était écroulé sur les mocassins à glands directoriaux dans un bruit de biscottes écrasées. En VV aguerrie, Odette dégaina son kit de survie : le rictus « démence sénile » accompagné d'un « Joyeux Noël, papa ! ». Suzanne prétexta un choc artistique devant l'aquarelle pisseuse qui décorait le couloir. Quant à Ferdinand, il expliqua en gémissant qu'il était coincé. Mais là, ce n'était pas de la blague.

Pendant ce temps, de l'autre côté de la porte...

Pendant que le professeur Schlockoff faisait le ménage sur son paillasson, l'inspecteur Galachu savourait l'effet produit par sa dernière phrase : « Pour la simple et bonne raison que personne n'a disparu. » Le genre de formule qui savait calmer son monde, pensa-t-il avec fierté.

Le professeur se rassit, puis s'employa à dissimuler sa nervosité en malaxant une gerbille. Virgile défiait une tête de gnou en lui grognant sous le museau. Félix semblait hébété.

— Comment ça, personne n'a disparu ? balbutia-t-il. Galachu prit le ton détaché de celui qui n'a plus rien à prouver.

— Je vais laisser le professeur vous expliquer.

Schlockoff jeta la gerbille usagée, se racla la gorge, puis commença :

— À la découverte du premier corps, nous avons voulu éviter une panique générale. Sur les conseils de l'inspecteur Galachu, nous avons parlé de « disparition » pour laisser croire que cela pouvait être une simple fugue. Le problème, c'est que nous en sommes à quatre « disparitions » ! Nos pensionnaires commencent à se douter que nous cachons quelque chose.

— Vous avez retrouvé quatre cadavres ? demanda Félix.

— Paulette Duthilleul, Simone et Aimé Fricotin, Marinette Chaminou. Tous sont morts dans leur chambre, pendant la nuit, d'un arrêt cardiaque.

— Ce sont donc des morts naturelles ?

— On peut facilement provoquer un arrêt cardiaque par l'administration d'une forte dose de sédatif, dit Schlockoff. C'est d'ailleurs la conclusion de chacune des autopsies.

— Il s'agit bien d'assassinats, intervint Galachu. Nous pensons que le tueur se fait passer pour un infirmier qui vient faire une piqûre. Cela explique que les victimes ne se soient pas défendues.

— C'est monstrueux…

— Vous n'avez pas entendu le plus inquiétant, reprit le professeur.

— Ah ? fit Félix qui se trouvait déjà assez inquiet comme ça.

— Nous avons affaire à un véritable psychopathe, commenta le professeur. Un tueur qui met en scène ses meurtres. Les victimes ont été retrouvées costumées, maquillées et placées dans des postures particulières.

— C'est un tueur qui prend son temps, poursuivit Galachu. Qui s'amuse.

— Qui s'amuse à quoi ? lança Félix, sidéré.
— À reconstituer des scènes de films.

*

Paulette Duthilleul est allongée sur son lit. Visage maquillé, lèvres rouge vif, mouche dessinée du côté gauche. Elle porte une robe blanche et une perruque blonde. Face à elle, punaisée au mur, une affiche du film *Sept ans de réflexion* avec une Marilyn Monroe rayonnante. À ses côtés, un écran de télévision diffuse en boucle la fameuse scène où la robe de Marilyn se soulève au-dessus d'une grille du métro.

Paulette semble plongée dans un sommeil paisible. Elle a une marque de piqûre au bras droit.

*

Le professeur décrivit une à une les mises en scène macabres devant un Félix de plus en plus stupéfait. À la fin, l'inspecteur reprit la parole.

— Monsieur Zac, nous avons pensé qu'un cinéphile tel que vous pourrait porter un regard neuf sur cette affaire. Peut-être remarquerez-vous des détails qui nous ont échappé ? Des liens entre les films imités ? Une logique cachée ?

— Il faudrait que je réfléchisse, dit Félix.

— Prenez votre temps et faites-nous part de toutes vos hypothèses. Autre chose, nous devons enquêter sur l'entourage d'Émile. Avez-vous croisé des gens chez lui ? Savez-vous qui il côtoyait ?

— Je n'ai jamais vu personne, répondit Félix. Émile m'a dit qu'il n'avait ni famille ni amis. Il semblait vivre en reclus depuis des années.

— Depuis des années ? releva Schlockoff. Ce petit

cachottier ne vous a pas parlé de son séjour parmi nous ?

— Vous voulez dire à la Niche Saint-Luc ? s'étonna Félix.

— Il a été pensionnaire ici pendant cinq ans, confirma Schlockoff.

— Première nouvelle…

— Il nous a quittés il y a quatre mois, sans avertir personne.

— Quatre mois ?

— Oui. Juste après le double meurtre des Fricotin.

*

Simone et Aimé Fricotin sont enlacés sur leur lit. Lui porte un chapeau clair à bandeau noir et un long pardessus ; elle est vêtue d'une gabardine à carreaux et d'un béret. Face à eux, punaisée au mur, une affiche du *Quai des brumes* avec Jean Gabin et Michèle Morgan se dévorant du regard. À leurs côtés, un écran de télévision diffuse en boucle l'inoubliable scène dans laquelle Jean Gabin fixe Michèle Morgan et déclame d'une voix virile : « T'as d'beaux yeux, tu sais. »

Simone et Louis ont les paupières closes, l'air serein. Et une marque de piqûre au bras droit.

*

— Vous pensez qu'Émile est le meurtrier ? demanda Félix.

— Il savait beaucoup de choses, son scénario le prouve, répondit Galachu. Mais s'il a annoncé la disparition de Marinette Chaminou, il est mort quelques heures *avant* qu'elle ait lieu. S'il est impliqué dans cette affaire, il n'est pas le seul. Le coupable court toujours.

— Vous suspectez quelqu'un ?

— Nous avons plusieurs pistes, mais je ne peux pas vous en dire plus. En ce qui vous concerne, concentrez-vous sur la dimension cinématographique des meurtres.

— Je vais faire de mon mieux.

— Je compte sur vous. À part ça, vous vous rendez à l'enterrement d'Émile cet après-midi ?

— Oui, pourquoi ?

— Nous allons vous accompagner, les funérailles sont toujours instructives.

*

Marinette Chaminou est couchée sur son lit, revêtue d'une ample tunique vert pomme, coiffée d'une perruque blonde. Au-dessus de sa tête scintille une auréole en plastique. De ses flancs se déploient deux ailes en coton. Face à elle, punaisée au mur, une affiche du feuilleton *Joséphine, ange gardien*. À ses côtés, un écran de télévision diffuse en boucle une scène où Mimi Mathy utilise ses pouvoirs magiques pour venir au secours d'un gentil blondinet qui s'est fait bobo au doigt avec un pâté de sable.

Marinette a l'éternité devant elle.

Et une marque de piqûre sur le derrière.

*

Félix se leva à la suite d'Ernest Galachu, absorbé dans ses pensées. Monroe, Gabin, Morgan, Mimi Mathy… Quel point commun pouvait-il y avoir ? Monroe, Morgan… Mais oui ! Gabin, Mathy… C'était évident !

— J'ai trouvé ! Ils sont blonds ! cria Félix.

— Quoi ? s'agaça Galachu qui ne goûtait guère les débordements d'enthousiasme à trois centimètres de son oreille.

— Les acteurs choisis par le tueur sont tous blonds ! Dans les films, les serial killers sont toujours fétichistes. Le nôtre fait une fixette sur les blonds.

Galachu et Schlockoff se regardèrent. Et si ce Félix, contre toute attente…

— Vous interprétez ça comment ? demanda l'inspecteur.

— C'est simple ! Soit il déteste les acteurs blonds et il veut les éliminer, soit il les adore et il veut leur rendre hommage en les mettant en scène. À mon avis, le tueur est blond…

Félix marqua une pause, l'air inspiré, avant de reprendre, surexcité :

— Ou alors il est brun et il aimerait être blond ! Ou alors il est chauve !

— Tout ça est passionnant, fit Galachu en essayant de rester calme, je sens que vous allez nous être d'un grand secours. Vous savez quoi ? Dès que vous avez une idée, vous me l'envoyez par mail, O.K. ?

— Pas de problème !

— Merci. Et maintenant, on y va.

Félix repartit avec un hamster russe offert par Schlockoff pour le remercier de sa participation. Virgile suivit en sifflotant, un raton laveur dissimulé sous sa chemise. Ernest fermait la marche, le professeur lui empoigna le bras au moment où il passait la porte et chuchota à son oreille :

— Vous pensez toujours que ce garçon pourrait être le coupable ?

— Je le saurai bientôt. C'est pour ça que je l'ai enrôlé en lui faisant croire que j'avais besoin de lui, je veux l'avoir sous les yeux en permanence.

— Il a pourtant l'air inoffensif.

— C'est ce qui le rend suspect. Comme je dis toujours : « Plus il ne paye pas de mine, moins il n'est pas innocent. »

— Je ne suis pas sûr d'avoir bien compris…

— C'est le théorème de Columbo. Faut être spécialiste.

Les carnets de l'inspecteur Galachu

Affaire Niche Saint-Luc – Application de la Grille Statistique Galachu

Hypothèse « Professeur Schlockoff » (Indice de Culpabilité : 30 %)

Argument : Il occupe son temps à empailler des animaux (pourquoi ne pas passer au troisième âge ?), il transpire beaucoup (alors qu'il ne fait même pas chaud), et il a un tic nerveux à l'œil (comme 22 % des psychopathes dans les films américains).

Objection : Il a prononcé le serment d'Hippocrate. Examen du Profil de Culpabilité n° 8 : « Le coupable est un notable. »

Dans 33 % des romans policiers, le coupable est un être élégant et cultivé exerçant une profession libérale à hauts revenus. Ses actes criminels déstabilisent le lecteur en remettant en cause le dogme de l'éducation en tant que vecteur d'humanisme et de progrès social. En général, on l'arrête au retour d'une partie de golf et il ricane très fort au nez du policier, petit fonctionnaire (ce qui est irritant). Conclusion : Méfions-nous des toubibs.

CinéBisBlog – Les Miscellanées Zinéphiliques du docteur Z

Nos amis les thérapeutes…

Le Sadique Docteur Klaus (Jesus Franco, 1962)

L'Abominable Docteur Phibes (Robert Fuest, 1971)

Le Terrible Secret du docteur Hitchcock
(Riccardo Freda, 1962)
Le Complot diabolique du docteur Fu Manchu
(Piers Haggard, 1980)
À tourner : *Ma sœur Marie-Jo est urgentiste*

Jeudi 22 avril, midi – Jardin des Plantes

Au Jardin des Plantes, le miracle de la vie se renouvelait à chaque instant, parce qu'il ne savait rien faire d'autre. La discrète chlorophylle faisait sa photosynthèse dans son coin, la radicelle coquine pompait les sels minéraux, l'abeille besogneuse butinait à tous les râteliers, et le soleil dardait ses rayons comme il pouvait sur tout ce beau monde.

Mais devant la fauverie, l'harmonie naturelle venait d'être brisée.

Avec l'arrivée de Zoé.

Emmitouflée dans un manteau poilu, elle s'aiguisait les quenottes sur une pelle en plastoc en fixant une panthère de Chine. L'instinct animal avait déployé un cordon sanitaire autour d'elle : pas un fauve à moins de vingt mètres. À quelques pas de là, Sophie repeignait des copies au stylo rouge.

— Les gens sont malades ! souffla Marie-Jo en rejoignant Sophie sur son banc. Hier, on m'appelle pour réanimer un guignol qui s'est jeté à la Seine. La routine. Mais aujourd'hui, rebelote ! Le gus replonge à la flotte, au même endroit ! J'y dis : « Vous vouliez encore mourir ? » Il me répond : « Non, je voulais vous revoir. »

— C'est comme ça que naissent les grandes histoires d'amour.

— Tu ne sais pas tout ! Il m'a dit que, si je ne dînais pas avec lui ce soir, il se remettait à la baille !

— Qu'est-ce que tu as répondu ?

— J'ai accepté l'invitation. Quitte à pratiquer le

bouche-à-bouche, autant le faire au chaud… Mais ce qui m'embête, c'est qu'il a réservé sur un bateau-mouche. Il doit être obsédé par la Seine, ce gars-là… Enfin bref, je te raconterai. Sinon toi, ça va ?

— Moyen, fit Sophie alors que Zoé commençait à creuser un tunnel sous les barreaux de la fauverie. Je me fais du souci pour Félix.

— Mais il a convaincu la police qu'il n'était pour rien dans cette histoire, non ?

— Comment en être sûr ? Un vieil ado qui passe sa vie à regarder des films d'horreur, ça fait un bon suspect pour des disparitions d'acteurs ratés ! Surtout quand on débarque avec un scénario prémonitoire…

— Ne t'inquiète pas, c'est le spécialiste des plans foireux depuis qu'il est tout petit. Il va s'en sortir, comme d'habitude.

Sophie fixa Marie-Jo un moment, fit la moue, puis lança :

— Tout seul ?

Marie-Jo prit une seconde et demie pour évaluer objectivement le degré d'autonomie de son frère.

— Tu as raison, faut qu'on fasse quelque chose. Est-ce que…

Un rugissement retentit, Marie-Jo regarda par-dessus l'épaule de Sophie.

— Dis-moi, ta fille est venue au zoo avec une peluche de lionceau dans les bras ?

— Non, pourquoi ?

4

Les trois ninjas contre-attaquent
(Charles T. Kangani, 1994)

Jeudi 22 avril, 14 h – Boulevard Jean-Rollin

« Émile Gariguette, comédien exemplaire, c'est le clap de fin pour toi. Les projecteurs se sont éteints, les ouvreuses ont rangé les eskimos, le Grand Metteur en Scène va te recevoir dans quelques instants. »

Debout dans l'église Saint-Bouyxou, encadré par les Galachu, Félix appréciait les images subtiles de l'oraison funèbre. Le prêtre était jeune, les cheveux ramassés en catogan, la chasuble ornée d'un pin's « Entre Jésus et moi, c'est cash ». Dans son dos, deux enfants de chœur, hilares, se balançaient des hosties en douce.

« Rendons grâce à Dieu ! »

« Amen », fit Ernest Galachu qui scrutait les moindres recoins de l'église, pendant que Virgile réfléchissait en ronflant les yeux fermés.

L'inspecteur avait tenu à l'accompagner, mais Félix se demandait ce qu'il espérait trouver comme indice à un enterrement. D'autant que l'église était presque vide. Au premier rang à gauche se trouvaient la concierge d'Émile et un couple de vieux voisins ratatinés. À droite, trois hommes habillés cheveux gras et chandail marron. En comptant le curé, les Galachu et Dieu qui est partout, on atteignait à peine les dix péquins. Et pour moi, pensa Félix avec une angoisse soudaine, combien seraient-ils si on m'enterrait aujourd'hui ?

« Souvenons-nous de ces comédies colorées qu'Émile illuminait de sa présence, *L'Abominable Homme des douanes* ou encore *Poussez pas grand-père dans les cactus*, et rions, mes bien chers frères ! Rions, notre ami l'aurait voulu ainsi ! Car Émile était humour, car Émile était amour. »

Félix n'arrivait pas à se concentrer sur les paroles du prêtre, d'autant que Virgile réfléchissait vraiment très fort. En plus, la réflexion de Marie-Jo sur la mort d'Émile l'avait perturbé. Et si son décès n'était pas naturel ?

« Nous te rendons hommage, cher Émile, acteur infatigable. Combien de films sous combien de visages ? Tu étais multiple, c'est ce qui te rendait unique. Tu racontais avec émotion qu'un jour des passionnés avaient même donné ton nom à une salle de cinéma : Le Royal Gariguette. »

Félix se demandait comment les choses avaient pu si mal tourner. Il y a deux jours à peine, il était l'homme le plus heureux du monde, il réalisait son rêve en apportant un scénario à un producteur de cinéma. Et voilà qu'il se retrouvait embarqué dans cette histoire invraisemblable.

« Émile, ton talent reste encore méconnu. Mais faisons confiance au temps qui donnera peut-être un jour à ton rôle dans *Les "hum hum" en or*, le film perdu de Jean-Pierre Mocky, sa place au firmament du septième art. »

Félix était habitué à vivre des grands moments de honte, mais là il s'était surpassé avec l'aveu de sa minable rapine aux Galachu puis à Sophie et Marie-Jo. Le seul à être satisfait dans l'affaire, c'était Isidore

Boudini. Il trouvait l'histoire de plus en plus intéressante, et il voulait que Félix continue à écrire le scénario en suivant la progression de l'enquête.

« Émile, tu n'auras pas connu les marches du festival de Cannes, mais bienheureux sois-tu, toi qui vas monter celles du Paradis. Alléluia, mes bien chers frères et sœurs, donnons-nous la joie et chantons notre hymne d'allégresse pendant que José passera parmi vous pour la quête. »

Ernest Galachu donna l'accolade à Félix puis accompagna le prêtre d'une voix forte. Virgile se redressa en demandant s'il avait raté la distribution de galettes. Félix avait le regard ailleurs. Il était en train de passer derrière l'écran, de devenir le personnage d'un scénario qu'il allait devoir retranscrire lui-même.

Avec des mystères, des cadavres, des policiers.

Un candide dépassé par les événements.

Et un serial killer en liberté ?

Les carnets de l'inspecteur Galachu
Fiche pratique n° 15 – Le serial killer pour les nuls

Le serial killer est le tueur narcissique par excellence. Contrairement au cambrioleur et au violeur qu'une modestie naturelle pousse à la discrétion, le tueur en série se démène comme un fou pour faire parler de lui. Il est obligé de se creuser la tête pour organiser un rituel original (comme de fourrer des abeilles dans les narines de ses victimes ou de leur tatouer un idéogramme mérovingien sur le front), de laisser des indices énigmatiques sur les lieux du crime (du style des billets de Monopoly ou une photo de caniche), et de se forger une culture générale en béton (si on n'est pas capable d'écrire un verset de la Bible en lettres de sang sur les murs, c'est même pas la peine).

Bref, serial killer, c'est du boulot.

C'est pourquoi il est en général assez facile d'arrêter ce type de tueur. Car personne ne se casse la nénette à ce point pour rester dans l'anonymat.

Jeudi 22 avril, 14 h – La Niche Saint-Luc

Mais que faisait donc Madeleine, nonne en string et maquerelle borgne ? ! Pour calmer son anxiété, Charles Desflanelles proférait des jurons en faisant les cent pas (ou presque) entre son lit et son fauteuil. La réunion des VV l'avait perturbé, l'affaire devenait sérieuse, même l'Immortel s'était mobilisé… Et voilà que Madeleine se faisait désirer ! Trois heures qu'elle était partie chez le pédicure ! Bien sûr, il lui fallait une demi-heure aller, une demi-heure retour (le pédicure était quand même au rez-de-chaussée) ; bien sûr, il y avait un sacré boulot sur les oignons à Mado (même en se limitant au gros œuvre) ; mais enfin… trois heures ?

Soudain, Charles entendit qu'on farfouillait dans la serrure. Or Madeleine était partie sans sa clé… « Qui est là ? » cria Charles ; le bruit cessa. Son sang ne fit qu'un tour, il s'empara de son déambulateur, se rua vers la porte et, deux minutes plus tard, l'ouvrit. Dans le couloir, un homme vêtu de noir s'enfuyait sur deux cannes. Une silhouette inconnue… Charles prit une bouffée de Ventoline et ajusta son dentier. On le croyait gâteux ? Il allait montrer qu'il en avait encore dans la couche-culotte. L'inconnu avait déjà atteint le milieu du couloir grâce à des charentaises à semelles lisses permettant d'optimiser une progression sur lino lustré par temps sec. Charles partait avec un handicap de dix mètres, mais il venait de prendre ses gouttes et il se sentait aussi fringant qu'à quatre-vingts ans. Il cria « Taïaut ! » et une folle poursuite s'engagea.

Qui pouvait bien être ce bandit ? D'une raideur cadavérique, il avançait par saccades à la manière d'un automate. Il n'était plus qu'à quelques coudées de l'ascenseur quand il se retourna. Le spectacle du déambulateur caracolant sembla le troubler, son corps fut secoué de spasmes. « Plus que huit mètres et tu es à moi », cria Charles qui maintenait le rythme. L'inconnu voulut reprendre sa course mais, dans l'affolement, laissa tomber une de ses cannes. Flexion précipitée, grincement des cartilages, tétanisation des muscles : la canaille se retrouva par terre dans une sorte de grand écart avorté. La tension était à son comble. Charles déboulait sur le Zoulou qui tentait de se mettre à quatre pattes. « Plus que sept mètres et tu es mort ! » Dans moins de dix minutes, ce serait le choc des Titans… C'est alors que de la chambre d'Odette Flonflon retentirent les premiers accords des *Vieux*, la chanson de Jacques Brel sur la vie trépidante du troisième âge. Galvanisé par l'accent belge, le larron parvint à se saisir de sa canne et commença à se redresser.

« Les vieux ne bougent plus, leurs gestes ont trop de rides, leur monde est trop petit », articula le grand Jacques.

— Six mètres, j'y suis presque ! souffla Charles qui commençait à sentir qu'une pause lui ferait du bien.

« Du lit à la fenêtre, puis du lit au fauteuil et puis du lit au lit… »

— Encore cinq mètres, pff pff, si je lui balance mon déambulateur à la tête, il est fini, pff pff, pensa Charles à qui l'ivresse de l'aventure avait fait oublier ses difficultés pour lancer de simples boulettes de pain sur ses voisines de réfectoire.

Mais le Ciel était avec lui car sa proie restait coincée à quatre pattes. Elle se redressait, retombait, se redressait, retombait, sur le rythme du 33 tours rayé.

« La pendule d'argent qui ronronne au salon, qui dit oui qui dit *scratch*, qui dit oui qui dit *scratch*, qui dit… »

— Trois mètres ! hurla Charles en brandissant son déambulateur tel Alexandre lançant son destrier contre les hordes sauvages. Numérote tes escarres, ça va saigner !

« J'vous ai apporté des bonbons », cria Jacquot, car Odette avait enchaîné sur sa platine avec l'hymne publicitaire des confiseurs bruxellois.

— J'y suis ! Plus qu'un mètre ! Ah, ah !

« Parce que les fleurs, c'est périssable. »

Affolé, l'homme se mit à ramper vers l'ascenseur. Charles lâcha son déambulateur et tenta un vol plané sur sa cible. Il s'écroula au sol, explosa son dentier, mais réussit à se saisir du pied du malfaisant.

— Je te tiens, crapule !

« Et les bonbons, c'est tellement bon ! »

— Huhuhuh ! chevrota l'inconnu en se tortillant façon ver de terre.

À compter de cet instant, la scène court crescendo vers l'insoutenable. Charles est agrippé à la charentaise de l'inconnu que nous appellerons M. X pour faire plus énigmatique. M. X tente de se dégager, Charles lui attrape le mollet. M. X abat sa canne sur le crâne de Charles qui se met à couiner, mais qui trouve la force de planter son dentier dans le mollet de M. X. Ce dernier ne réagit pas et continue à gigoter. C'est alors qu'on entend un « cloc ! » et qu'on voit M. X s'échapper en rampant, appuyer sur le bouton de l'ascenseur avec sa canne et disparaître, laissant au sol un Charles haletant, le pacemaker en délire et les bras à l'envers.

Une prothèse de jambe à la main.

Jeudi 22 avril, 15 h – Boulevard Jean-Rollin

La cérémonie terminée, Félix regarda l'assistance quitter Saint-Bouyxou. Les deux vieux semblaient hésiter à sortir, comme s'ils se demandaient si ça en valait la peine puisqu'ils n'allaient pas tarder à revenir à la place d'Émile. Les trois hommes du premier rang passèrent devant Félix en le dévisageant du même œil noir. Même frange tombante sur les yeux, même peau jaunâtre, même quarantaine hautaine, Félix eut un mouvement de surprise : c'étaient des triplés. Enfin, la concierge délugineuse vint s'essuyer sur Félix qui n'avait pas réussi à fuir à temps.

— Vous savez qui s'est occupé de l'enterrement ? demanda l'inspecteur Galachu.

— C'est moi, hoqueta la concierge niagaresque. Émile n'avait pas de famille.

— Vous avez gardé ses affaires ? Nous passerons demain les examiner.

— Pourquoi ? s'étonna la concierge aux yeux de cascade. Émile a fait quelque chose de mal ?

— Non, c'est la procédure, la rassura Galachu.

— De toute façon, je n'ai plus que sa garde-robe, reprit la déconfite. Tout ce qui était livres et paperasses, ses admirateurs m'en ont débarrassée.

— Pardon ? s'étouffa Galachu.

— Ses admirateurs ? s'étonna Félix.

— On peut aller manger ? ajouta Virgile, histoire de participer au jeu des questions.

— Ils ont sonné à la loge hier matin, commença la concierge, apeurée. Ils m'ont expliqué qu'ils étaient les délégués du fan club d'Émile et qu'ils venaient s'occuper des archives de leur idole. Alors j'ai tout donné.

— Tout ? s'étrangla Galachu.

— Un fan club d'Émile ? hallucina Félix.

— Groumpf ? postillonna Virgile qui avait retrouvé de vieux bretzels dans sa poche.

— J'ai mal fait ? pleurnicha la concierge en se protégeant la tête par réflexe.

— Ils ressemblaient à quoi ces « admirateurs » ? s'emporta Galachu.

— Ils étaient dans l'église tout à l'heure, bredouilla la concierge.

— Quoi ? éructa Galachu.

— Ben, c'étaient les triplés ! s'effondra la pauvre femme.

— Virgile, Félix ! gronda Galachu. On part en filature !

— Euh… Vous avez vraiment besoin de moi ? hésita Félix. J'ai peur de vous retarder…

— En route, j'ai dit ! Faites pas votre chochotte.

« Pleutrerie », « poltronnerie », « couardise », « lâcheté » : à ces termes un peu crus que certains associent à ta personne, tu préfères l'expression « retenue naturelle » pour définir ta « sensibilité anticonformiste ». D'ailleurs, c'est souvent ça la vie : un problème de langage.

Le trio de choc se lança à la suite des suspects. Félix sentait son cœur palpiter, Ernest son cerveau bouillonner, Virgile son estomac gargouiller. Par chance, les triplés n'avaient pas dépassé l'avenue Marius-Lesœur où ils mangeaient un falafel sur le trottoir. Le trio faillit se faire repérer à cause de Virgile qui voulait aussi son falafel, mais qu'on parvint à maîtriser avec la promesse d'un double McBoulettes. Leur repas expédié, les frères tinrent un conciliabule que le narrateur, pourtant informé, gardera secret (car il fait ce qu'il veut). Puis le groupe se scinda, et un des frères s'engagea dans la rue Mario-Bava.

— Je m'occupe du solitaire, fit Ernest Galachu. Suivez les autres et restez toujours ensemble. S'ils se séparent, vous en laissez filer un. Rendez-vous à dix-neuf heures au 36, quai des Orfèvres pour faire le point.

— Je reste avec Virgile ? demanda Félix qui sentait l'insidieuse morsure de l'affolement naître quelque part entre son intestin grêle et son gros côlon.

— Je vous le confie, lui glissa Galachu à l'oreille. Je compte sur vous pour qu'il ne fasse pas n'importe quoi, O.K. ?

— Gloui, déglutit Félix.

— Vous verrez, un peu d'aventure, ça ne peut vous faire que du bien !

L'inspecteur disparut, Félix emboîta le pas de Virgile à la suite des deux frères. Au bout de quelques minutes, il se posa à haute voix cette question fondamentale : lorsque des triplés ne sont plus que deux, deviennent-ils des jumeaux ?

— Jumeaux, ça veut dire « les enfants qui ont partagé le même utérus et sont nés le même jour », lâcha Virgile. Des triplés sont donc des jumeaux. Des quadruplés aussi.

— Vous êtes sûr ? dit Félix, épaté.

— Vous me prenez pour une quiche ?

— Euh… Non, non…

— Hum, une quiche… Miam… fit Virgile, rêveur, en reprenant son chemin.

La panse généreuse de Virgile imposait à celui-ci une démarche chaloupée qui, si elle ne manquait pas de style, faisait montre d'une compatibilité fragile avec le concept de filature. Pour tout dire, au bout de cent mètres, les désormais jumeaux avaient pris deux cents mètres d'avance, ce qui est exceptionnel.

Heureusement, les frères s'arrêtèrent une bonne

demi-heure chez un antiquaire, ce qui permit à Virgile de combler son retard et d'éviter l'apoplexie.

À seize heures, tout ce beau monde arriva place de la Bastille, et les frères se séparèrent à leur tour. L'un s'engouffra dans le métro, l'autre s'engagea rue Lina-Romay.

Virgile ferma les yeux, mit ses lèvres en cul de poule, gonfla ses joues, puis, le visage écarlate, finit par déclarer :

— J'ai bien réfléchi. Tu prends le métro, moi Lina-Romay.

— Votre père a dit qu'on ne devait pas se séparer !

— Fais-moi confiance, j'ai l'habitude.

— De suivre des triplés ?

— Euh… Tu peux pas comprendre, c'est des trucs de flics. Allez, on se retrouve à vingt heures, quai de la Rapée.

— Je crois que votre père a dit quai des Orfèvres à dix-neuf heures…

— Ouais, ouais, d'accord. Et sois discret, surtout.

Virgile s'éclipsa de son pas chydermique (une de ses vannes préférées). Félix courut vers la bouche de métro dans laquelle venait de disparaître son triplé et M. Hubert C. de Knokke-le-Zoute se dit qu'elle avait quand même une drôle de gueule, cette filature.

Jeudi 22 avril, 16 h – La Niche Saint-Luc

« L'ostéoporose, moi ? Ça me ferait mal ! », « Cent ans, l'âge du second souffle », « Un remède contre l'incontinence ? Essayez l'humour ! »

Des affichettes colorées mettant en scène blancs dentiers et fines ridules rivalisaient d'enthousiasme sur les murs de l'infirmerie de la Niche Saint-Luc. Mlle Fisher officiait sur la personne de Charles Desflanelles qui avait deux membres bandés (une fois n'est pas coutume).

— Mais qu'est-ce qui t'a pris ? s'énerva Madeleine en martelant le lit de coups de canne.

— Je venais à ton secours !

— Tu crois avoir l'âge de jouer les héros ?

— J'ai failli le choper ! Je pouvais pas prévoir le coup de la prothèse !

— Vous voilà bien avec vos deux bras cassés ! intervint Mlle Fisher. Ça vous apprendra à faire le malin dans les couloirs comme un gamin.

— Comment va-t-on fêter nos quatre-vingts ans de mariage ? reprit Madeleine, furax. Tu m'avais promis un remake de notre nuit de noces. Le grand chelem !

— T'inquiète. Souviens-toi de ce que j'ai fait dans la scène du boudoir de *Claudia la nudiste* : sans les mains !

— Tu avais vingt ans !

— J'ai plus d'expérience !

— Tu ne tiens pas debout !

— Tu feras l'amazone !

— Je ne tiens pas debout non plus !

— Pfff, Madeleine… Je crois que ça y est…

— Quoi ?

— On se fait vieux.

À cet instant, le professeur Schlockoff fit son apparition à l'infirmerie, poussant un vieillard à l'air paniqué dans un fauteuil roulant.

— Monsieur et madame Desflanelles, je vous cherchais. Je voulais vous présenter un nouveau venu, M. Cousteilles, qui a fait une grande carrière dans le théâtre de boulevard au Luxembourg.

— Ah, ah, fit Charles d'un air malicieux. Un nouveau ! Il va falloir prévoir un bizutage !

— On verra, M. Cousteilles a d'abord une question à vous poser. Et comme il n'a plus de cordes vocales, c'est moi qui vais m'en charger.

— Je vous écoute.

— C'est un détail, vous allez rire, mais M. Cousteilles voudrait savoir si vous pouviez lui rendre sa… jambe.

Jeudi 22 avril, 19 h – Quai des Orfèvres

« Rendez-vous quai des Orfèvres », ça avait un petit accent de série noire à l'oreille de Félix. Un épais brouillard ne lui aurait pas déplu, avec Ernest Galachu en silhouette figée sous un lampadaire cassé, visage à peine éclairé par la lueur de sa cibiche. Ou alors de la pluie, tombant en hallebardes sur l'imper défraîchi de l'inspecteur bourru, fouettant les mines sombres des passants en sursis. À la limite un vent glacial, quelques feuilles mortes et un chien hurlant. Un peu d'atmosphère, quoi. Or il faisait sacrément beau ce jeudi 22 avril à dix-neuf heures sur les quais de la Seine. Des vélib' défilaient en troupeaux, des femmes enceintes surgissaient de tous côtés, des pigeons faisaient tourner leurs yeux fous en roucoulant connement. Bref, c'était n'importe quoi. Même Ernest Galachu, étrangement débraillé, ressemblait plus à un employé de banque ayant raté son bus qu'à un flic du 36.

— Virgile n'est pas avec vous ? demanda l'inspecteur avec la colère de celui qui pose une question idiote.

— C'est-à-dire… Les frères se sont séparés… dit Félix avec la gêne de celui qui cherche une réponse intelligente.

— Je vous avais dit de rester ensemble !

— C'est lui qui a pris la décision, il est policier !

— Oui… Si on veut… marmonna Galachu.

— Pardon ?

L'inspecteur regarda autour de lui, comme pour vérifier que personne ne l'écoutait, avant de chuchoter :

— Ne le répétez pas, mais il a raté trois fois le concours. Il m'accompagne dans mes enquêtes pour apprendre le métier.

— C'est autorisé, ça ?

— C'est pas vos oignons ! Et si jamais vous en parlez à quelqu'un, vous allez de nouveau connaître les plaisirs de la chambre froide !

— C'est de la torture !

— Et alors ? Chacun ses goûts ! Bon, n'en parlons plus. J'appelle Virgile pour savoir où il est, puis vous me raconterez votre filature.

L'inspecteur s'éloigna de quelques mètres, engagea une conversation téléphonique animée tout en frappant son front avec sa main, puis avec son portable, et enfin avec un lampadaire, avant de revenir vers Félix.

— Alors ?

— Tout est normal, il nous attend depuis dix-huit heures, quai Branly. Je lui ai demandé de me rédiger un rapport, ça lui fera un exercice écrit. Bien, à nous maintenant, *quid* de votre suspect ?

Félix expliqua que son triplé avait pris le métro jusqu'à la gare du Nord, qu'il avait fait une halte au Monoprix de la rue Edwige-Fenech pour se munir d'une corde et d'un grand rouleau de scotch, puis qu'il avait marché jusqu'à une enseigne bien connue : BD Ciné, la librairie de Norbert Moutier.

— Norbert qui ? demanda Galachu.

— Moutier ! Le créateur du fanzine *Monster Bis*. Il a même réalisé quelques films, vous n'avez jamais vu *Trepanator* ?

— Dieu m'en garde… Qu'est-ce que votre triplé a fait là-dedans ?

— Je ne suis pas entré pour ne pas me faire repérer, mais il en est sorti un DVD à la main. Ensuite, il a rejoint le boulevard de Strasbourg et il s'est engouffré dans un cinéma. C'est là que j'ai compris qu'il était louche ! Car il n'est pas entré dans n'importe quelle salle, dit Félix d'un air mystérieux avant de marquer une pause pour créer du suspense.

— Vous voulez bien accoucher ? fit Galachu avec le ton du rabat-joie qui ne comprend rien au suspense.

— C'était le Brady, le cinéma de Jean-Pierre Mocky ! Là où Émile Gariguette a été projectionniste pendant des années ! C'est une preuve !

— Une preuve de quoi ?

— Qu'il connaissait Émile !

L'inspecteur se lança dans un des exercices respiratoires qu'il utilisait pour garder son équilibre mental auprès de son fils Virgile.

— Monsieur Zac... je ne veux pas vous faire de peine, mais si le triplé était à l'enterrement d'Émile, c'est qu'il le connaissait, non ?

Félix plissa les yeux et hocha la tête.

— Ah oui... Je n'y avais pas pensé...

— Ce qui nous intéresse, reprit un Galachu hyperventilé, c'est d'en apprendre davantage sur leur relation. Qu'est-ce qu'il a fait ensuite ?

— Je ne sais pas. Comme il était au cinéma, je suis parti.

— Vous ne l'avez pas suivi dans la salle ?

— Je ne pouvais pas...

— Pourquoi ?

— Parce que... je ne vais jamais au cinéma...

Ernest Galachu fut tout surpris d'être étonné, pensant être vacciné contre la sidération par trente ans d'exposition aux ondes virgiliennes.

— Vous ? Le docteur Z ? Vous n'allez jamais au cinéma ?

— Je suis un peu claustrophobe... Dans le noir,

comme ça, avec des inconnus… je ne suis pas rassuré…

Galachu regarda Félix d'un air incrédule. Sa tignasse, son jean délavé, ses Converse défraîchies. Heureusement que Virgile avait une autre allure…

— Je ne sais pas si on vous l'a déjà dit, monsieur Zac, mais vous êtes un cas.

« Tu es un cas, Félix » fait partie du top five des phrases que tu as le plus souvent entendues dans ta vie, avec « Qu'est-ce qui ne va pas chez toi ? », « Tu le fais exprès ? », « Tu rêves ! » et le classique « Non mais, t'as quel âge ? ». Tu hésites encore à tirer une conclusion de tout ça, mais tu es sûr d'une chose : parfois tu aimerais bien que les gens se taisent.

Jeudi 22 avril, 19 h – La Niche Saint-Luc

Le thé dansant du jeudi avait épuisé les pensionnaires. C'était d'ailleurs sa fonction principale, comme le cours de bourrée auvergnate du lundi ou l'initiation à la lutte gréco-romaine du samedi. Après ça, les aides-soignantes étaient peu dérangées pendant la nuit. L'innovation du jour résidait dans l'invitation faite aux familles de se joindre à la fête. Trois personnes avaient répondu présent : la fille de Ferdinand Bic, témoin de Jéhovah, qui en avait profité pour évangéliser à la volée ; le neveu de Louise Courtepointe qui devait parler héritage ; et l'arrière-petit-fils des Desflanelles, trois ans et une grosse bronchite, dont la mère avait prévu un après-midi shopping.

— Tu n'as pas eu de visite ? demanda Ferdinand à Suzanne.

— Et c'est tant mieux ! J'ai déjà eu assez de mal à me dépêtrer de ta fille. Un peu plus et je lui faisais manger sa bible.

— Je crois que c'est Louise qui s'en est chargée aujourd'hui, elle a fait un lot avec son neveu. Tes enfants n'ont pas pu se libérer ?

— C'est moi qui leur interdis de mettre les pieds dans ce mouroir, j'ai pas envie qu'ils voient un spectacle pareil.

— Bonsoir Suzanne, intervint Madeleine d'un ton faussement affligé, vous allez bien ? J'ai vu que vous n'aviez pas eu de visite. Quelle tristesse…

— Rassurez-vous. Vous voir tout l'après-midi avec ce mioche qui vous crachait ses miasmes à la figure en hurlant, ça m'a guéri de tout instinct maternel.

— Ah, grinça Madeleine.

— À ce propos, reprit Suzanne d'un air effrayé, j'espère que vous n'aurez pas attrapé son virus ! C'est si vite arrivé, à nos âges !

— Je vais vous laisser, fit Madeleine en s'éloignant.

— Vous avez raison, un suppo et au lit ! C'est plus sûr !

Madeleine trottinait vers la sortie en se bouchant les oreilles.

— Hé ! Vous pouvez aller jusqu'à deux suppos : ce soir, c'est fête !

Jeudi 22 avril, 19 h 15 – Quai des Orfèvres

La nuit tomba subitement sur le quai des Orfèvres, ce qui est surprenant à dix-neuf heures quinze en plein mois d'avril, mais c'est l'ambiance qui compte. L'ombre d'Ernest Galachu s'allongeait sous les lampadaires, un crachin se mit à crachouiller, Félix bredouilla quelques excuses inaudibles sur son inexpérience en matière de filature de triplés.

— Arrêtez de geindre, s'agaça Galachu. Examinons plutôt ce que nous avons : une librairie de monstres bis, le Brady de Mocky… J'en déduis que notre suspect est un amateur du cinéma tendance débile. Un peu comme vous, quoi… Vous êtes sûr que vous ne le connaissez pas ? Vous avez bien dû vous croiser dans une de vos orgies sataniques !

— C'est que… les seuls contacts que j'ai avec les passionnés de cinéma bis, c'est par Internet. Je sors peu…

— Vous avez peur d'attraper des maladies ou quoi ?

— Non… mais c'est convivial, Internet, vous savez ! J'ai plein d'amis ! Par exemple, un nouveau venu appelé DJ RayBane qui…

— Ne vous fatiguez pas, je crois que j'ai cerné votre profil. Bon, on connaît les habitudes du triplé, c'est déjà ça. Je vais mettre la librairie et le ciné sous surveillance, ça occupera Virgile…

— Très bonne idée, vous avez raison de suivre cette piste, lança Félix, qui avait souvent testé auprès de Sophie les bénéfices de la flatterie servile. J'ai remarqué que, dans les films policiers, le criminel avait parfois un jumeau qu'il utilisait pour embrouiller l'enquête.

— Primo, on n'est pas dans un film, répondit l'inspecteur qui n'appréciait pas que l'on plagie sa méthode statistique. Deuzio, dans cette affaire il n'y a pas de jumeau caché. On sait que ce sont des triplés !

— À moins que les triplés n'aient des frères ! tenta Félix. On va peut-être découvrir que les coupables sont des sextuplés ?

Galachu ferma les yeux et reprit ses exercices respiratoires, Félix jugea plus prudent de changer de sujet.

— Et avec le vôtre, de triplé, vous avez eu plus de succès ?

— Oui, fit Galachu d'un air inspiré *(traduction : j'ai merdé)*. Lui aussi a passé l'après-midi dans les magasins *(je l'ai suivi dans tous les sex-shops de Pigalle)*, mais j'ai dû interrompre la filature parce que je ne voulais pas vous laisser seul ici *(je l'ai perdu pendant que je négociais les tarifs prohibitifs d'une sympathique immigrée russe en string)*.

— Il nous reste une chance, dit Félix. Peut-être Virgile aura-t-il trouvé quelque chose d'intéressant ?

— Peut-être *(déjà s'il trouve le quai des Orfèvres avant demain, on pourra ouvrir le champagne)*.

Jeudi 22 avril – Rapport de l'agent Virgile Galachu
Objet : Filaturage dans l'affaire des triplés
16 h – Débutage du suivisme place de la Bastille. 16 h 2 – Passation du malfaiteur présumé devant une boulangerie, regardage insistant à l'intérieur. Peut-être un complice ? J'entre pour vérifier : mille-feuille extraordinaire, tarte au citron délicieuse, éclair au café pas terrible. Rien d'autre à signaler. 16 h 10 – Retour dans la rue, le supposé bandit s'est volatilisé.
Conclusage : On a affaire à un pro.
Questionnage : Où dois-je déposer la note de frais de la boulangerie ?

Jeudi 22 avril, 20 h – Place de la Contrescarpe

Sa journée de détective avait épuisé Félix. C'est pourquoi, après avoir convenu de rester en contact avec l'inspecteur Galachu, il décida de s'accorder une récréation dans un bar de la Contrescarpe. Bien sûr, il allait louper le bain de Zoé, voire son repas et sa mise au lit, mais c'était ainsi : la vie d'un privé n'est que sacrifices, il devait être assez fort pour l'accepter. Il commanda donc un demi pression pour l'aider à supporter cette lourde destinée et à digérer les informations du jour.

Quelqu'un s'amusait à trucider des vieux à la Niche Saint-Luc avant de les déguiser… Le pire, c'est que Félix avait le profil idéal pour la police, il voyait bien que Galachu le regardait de travers… Quelle idée d'avoir piqué ce scénario ! Dans la longue série des décisions débiles qui ponctuaient son existence, celle-là obtenait sans peine une place sur le podium. Et Émile ? Quel rôle avait-il joué dans cette histoire ? Les questions tourbillonnaient dans sa tête, Félix se sentait dépassé par les événements, il reprit une blonde pour s'apaiser.

Et puis des cacahouètes. C'est bon ça, les cacahouètes.

Parmi toutes les fonctions vitales, la digestive est celle qui t'a apporté le plus de satisfaction. Affronter la vie a toujours été un problème, mais avec l'estomac vide ce n'est même pas la peine. « Tu compenses avec la bouffe », « C'est ton côté régressif », « Tu es resté bloqué au stade oral » : tu as tout entendu de la bouche de Sophie et de Marie-Jo, toujours promptes à dégainer leur Petit Freud Illustré. Mais tu t'en moques parce que tu sais qu'il n'y a pas que la bouffe dans la vie. C'est vrai quoi, il y a la bière aussi.

Félix songeait à la mission que Galachu lui avait confiée. Il écrivit sur la nappe en papier les noms des comédiens choisis par le tueur. Marilyn Monroe, Michèle Morgan, Jean Gabin, Mimi Mathy. Y avait-il un sens à donner à cette liste ? Dans les films, les serial killers agissaient toujours selon une logique… Soudain, quelque chose lui sauta aux yeux. Mais oui… C'était évident… Les initiales… MM ! Comment ne l'avait-il pas vu plus tôt ? Les actrices choisies par le tueur avaient toutes pour initiales MM !

Excité par sa découverte, Félix commanda une Guinness. Il fallait bien une brune pour soutenir l'effort intellectuel face à une affaire aussi complexe. MM ?

Qu'est-ce qu'il fallait comprendre ? Un jeu sur les sonorités ? « Aime Aime » ? « (Elle) m'aime » ? Un lien avec une histoire d'amour blessé ? Dans les polars, les tueurs ont souvent vécu un traumatisme affectif… Il fallait chercher dans le passé des victimes… Elles avaient peut-être toutes connu un homme qui se vengeait maintenant ?

Félix ne tenait plus en place. Il griffonnait ses hypothèses sur la nappe en papier comme s'il était possédé. Il était en train de trouver sa voie ! Il était né pour être « profileur », traqueur de tueurs en série !

MM ! Il fallait téléphoner à Galachu. Il allait être bluffé. Ah, ah !

Quelques minutes plus tard, Félix éteignit son portable et son enthousiasme. Il commanda une rousse pour ne pas faire de jalouse, en se disant que la police aurait toujours un temps de retard sur les visionnaires. Ernest Galachu était bien un fonctionnaire, tiens. Un vrai rabat-joie, jaloux de sa découverte. Sinon il aurait réagi autrement en entendant la théorie sur les initiales MM. Il n'aurait pas répondu bêtement « Et les initiales de Jean Gabin ? JG, ça s'insère comment dans votre raisonnement ? »

JG ! Franchement, ça s'appelle pas chipoter, ça ? Ah, elle est belle, la police française !

CinéBisBlog – Les Zélucubrations du docteur Z

Chers camarades Zinéphiles, bien le bonjour. Aujourd'hui, puisque vous préférez gâcher votre jeunesse devant ce blog plutôt que de préparer votre retraite par capitalisation, que diriez-vous de discuter un peu du prestige de l'uniforme ?

L'uniforme ? J'entends d'ici le beatnik qui est en vous pester contre le thème du jour. Et pourtant… qui mieux que nos amis de la police ou de l'armée pour exprimer au cinéma l'âme d'une époque ? Prenons la série mythique des *Gendarmes de Saint-Tropez* avec Louis de Funès. A-t-on saisi à sa juste mesure l'importance sociologique de ces films qui ont fait des peurs du Français moyen le moteur de la comédie ?

Peur de l'impérialisme culturel américain *(Le Gendarme à New York)*, peur de l'immigration clandestine (*Le Gendarme et les extraterrestres*), peur de l'émancipation des femmes (*Le Gendarme et les gendarmettes*) et, bien sûr, peur de la jeunesse, représentée sous les traits de nudistes dans le premier épisode de la série. L'uniforme du gendarme devient un rempart identitaire, et le nudiste l'ennemi à abattre car il déstabilise la fragile civilisation en revendiquant un retour à l'ordre naturel.

« Nature contre culture », voilà la tension sous-jacente qui régit la structure de chacune de ces œuvres. L'hystérie funésienne reflète l'angoisse métaphysique de l'homme confronté à la disparition de ses repères et à la naissance d'une nouvelle société dont il se sent exclu, et qu'il identifie donc à la barbarie. Tout Mai 68 est là, dans les tics de l'adjudant Cruchot devant une jeunesse qui dit merde à l'uniforme en exhibant ses blanches fesses. CQFD.

Voilà, chers Zinéphiles, c'est tout pour aujourd'hui. N'oubliez pas que le soleil est votre ami et que prendre un peu l'air ne vous fera pas de mal.

Commentaires

7 été lé vakanss avec docteur Z c plan cu nu a st trop !

Commentaire n° 1 posté par : DJ RayBane

J'ai bien connu Louis de Funès. Il a travaillé trente ans à la poste avec moi. Dans la vie, il avait une grande barbe et pesait cent kilos. Je me suis toujours demandé quand il trouvait le temps de faire ses films.

Commentaire n° 2 posté par : Godzilla34

Je voudrais savoir s'il était possible d'accompagner DJ RayBane à Saint-Tropez car j'apprécie beaucoup cet aimable jeune homme. Merci.

Commentaire n° 3 posté par : Georgette in love

anvoa ta foto cu nu mémé

Commentaire n° 4 posté par : DJ RayBane

Moi aussi aimer films nudistes comme toi. Pour voir extraits amateurs très hot clique sur www.ohouio-houi.org. (0,99 €/mn + taxe carbone)

Commentaire n° 5 posté par : Samantha

Jeudi 22 avril, 21 h – Rue Mouffetard

Sur le chemin du retour, Félix marcha en détective. Épaules rentrées, visage fermé, regards furtifs dans les recoins, le rôle lui plaisait bien. Entre deux remontées de mousse, il eut une pensée émue pour la petite Zoé et pour sa valeureuse génitrice qui, à cette heure-ci, avait dû venir à bout de la trilogie repas/bain/dodo. Il pensa aussi à Sherlock Holmes, Hercule Poirot, Miss Marple et tant d'autres confrères qui n'avaient ni conjoint ni enfants… Et il se dit qu'il était un homme comblé.

— Ah, tu arrives bien ! fit Sophie, le téléphone à l'oreille, lorsque Félix passa la porte. Je n'ai pas eu le temps de baigner ta fille. Je suis avec le père d'un élève qui a mis le feu à mon cartable cet après-midi.

— Tout est normal, dit Félix en se dirigeant d'un pas lent vers le fond du couloir, avant d'enfiler un K-way, d'ajuster ses lunettes de piscine et d'entrer dans la salle de bains avec Zoé.

De retour au salon après de dantesques ablutions, Félix raconta sa journée à Sophie. De sa visite à la Niche à la filature du triplé en passant par l'enterrement d'Émile, il insista sur son courage, son flair et son sens de l'initiative (car il avait décidé de faire des efforts pour la survie de son couple après un résultat traumatisant au test « Ton Jules est-il top viril ? » dans *Belle & Sans Conservateurs Hebdo)*.

— J'ai eu une sensation bizarre à la Niche. Un type s'est fait passer pour le directeur et m'a posé de drôles de questions. Puis le même a été surpris en train d'écouter aux portes pendant qu'on discutait avec les Galachu. Je me demande si les vieux ne cachent pas quelque chose.

— Ils connaissent peut-être le coupable ? suggéra Sophie.

— Pourquoi ne rien dire, alors ?

— Par peur de représailles ? En tout cas, d'après ce que tu me racontes sur les Galachu, la police ne risque pas d'attirer les confidences.

— Et ma théorie sur les initiales MM ? Qu'est-ce que tu en penses ?

— C'est à creuser, répondit Sophie qui venait de lire un dossier spécial « Domptez votre mâle domestique en ménageant son ego ».

— Tu n'as pas l'air convaincue… Sinon, j'ai pensé à autre chose sur le chemin. MM à l'envers, ça fait WW ! Ah, ah ! Pas mal, hein ?

— Euh… Oui… Qu'est-ce que tu en conclus ?

— Pour l'instant, rien, mais je suis sûr que je tiens un truc.

— Tu as sans doute raison, ajouta Sophie en pensant très fort à l'ego du mâle. Le mieux serait d'aller vérifier sur place.

— Ça te reprend ? Tu veux toujours visiter la Niche avec tes élèves ?

— Non, j'avais pensé y emmener Zoé, mais…

— Zoé ? Il vaut mieux tes quatrièmes techno, c'est moins risqué pour les vieux.

— Très drôle. De toute façon, Marie-Jo m'a proposé autre chose. On va utiliser une association d'aide aux personnes âgées comme couverture.

— C'est pas un peu tiré par les cheveux ?

— Ta sœur est médecin, elle est crédible. D'ailleurs, elle a déjà téléphoné au directeur de la Niche et il est d'accord pour qu'on intervienne auprès de ses pensionnaires. On commence lundi.

— Ça peut marcher… mais il y a quelque chose que je ne comprends pas, continua Félix en fronçant les sourcils. Pourquoi faites-vous tout ça ?

Sophie se rapprocha du mâle (et de son ego), déposa un baiser sur ses lèvres, puis répondit en le fixant dans les yeux :

— Mon chéri, Marie-Jo et moi nous voulons que tu puisses enfin tenter ta chance dans le monde du cinéma. Si on trouve le coupable, tu tiendras un excellent scénario.

— Merci, dit Félix en prenant la main de Sophie, ça me touche beaucoup. (Début d'un grand moment d'émotion.)

— Mais il y a une condition.

— Tiens, ça m'étonnait aussi, répliqua Félix en lâchant la main de Sophie. (Fin du grand moment d'émotion.)

— Écoute bien : si, pour une raison ou pour une autre, ton scénario n'est pas accepté, tu t'engages à trouver un vrai boulot. Tu pourras continuer à écrire pendant tes loisirs, je serai toujours ravie que tu sois créatif, mais tu sortiras de ta posture d'artiste maudit.

— C'est un ultimatum !

— Hum… Oui, c'est le bon terme ! Alors, marché conclu ? (Mine triomphante de Sophie, fortement déconseillée par rapport à l'ego du mâle.)

Jeudi 22 avril – Rapport de l'agent Virgile Galachu

Objet : Rebondissage dans l'affaire des triplés

17 h 15 – Je goûte au Kebab de la gare de Lyon en attendant le rendez-vous avec papa. Un touriste me prend en photo (je ne souris pas, service oblige).

17 h 25 – Je me dirige vers la Seine en scrutant les passants pour repérer des criminels (*cf.* fiche pratique Galachu n° 28, exercice 3). Je recroise le touriste photographe, nous nous saluons.

17 h 40 – J'arrive quai de la Rapée, le touriste de la gare de Lyon me bouscule et s'excuse poliment.

17 h 45 – Un nouveau mystère à résoudre : mon portefeuille a disparu.

17 h 55 – Je remarque trois millefeuilles identiques dans une vitrine (mais je n'ai plus d'argent, c'est le drame). Illumination soudaine dans mon esprit (ça m'a piqué) : je connais le touriste de la gare de Lyon ! C'est un des triplés !

Questionnation : Que doit-on faire lorsqu'on est suivi par le suspect que l'on suivait ?

Entracte

Du vendredi 23 avril au dimanche 25
– Rue Mouffetard

Rien à signaler. Temps pluvieux, week-end couette-pantoufle. Zoé a gagné trois jours de maturité (il reste de la marge), Sophie a corrigé deux paquets de copies (elle a brûlé le troisième), Félix a regardé des films avec des serial killers (cinq nouvelles théories à proposer à Galachu). Une bonne petite routine, juste ce qu'il faut d'ennui pour se sentir reposé.

Par conséquent, inutile de développer. Mais ça fait du bien d'avoir un moment de pause dans une histoire, comme l'a toujours dit M. Hubert C. de Knokke-le-Zoute. (« Lecture sans répit, martyre de la vessie. »)

5

Le Frère le plus futé de Sherlock Holmes
(Gene Wilder, 1975)

Lundi 26 avril, 14 h – La Niche Saint-Luc

Dans la salle polyvalente, les mines étaient graves. Fauteuils roulants bien alignés, toilettes du dimanche, permanentes fraîchement laquées. Pas de Loto, de cinéma ou de thé dansant : on allait parler médecine. Et passé quatre-vingts ans, on ne rigole pas avec ça.

Marie-Jo et Sophie, en blouses blanches et sourires bienveillants, observaient la salle. Elles s'étaient engagées pour une semaine d'ateliers informatifs sur le thème « Bien vivre son âge d'or » (préféré au « Supporter sa décrépitude » proposé par Félix). La clé du mystère était peut-être là, parmi tous ces papis et mamies. Il allait falloir gagner leur confiance, devenir des familières, pour espérer récolter des confidences.

Sophie pensa qu'elle n'avait jamais vu autant de personnes âgées rassemblées. Difficile de croire qu'elles ont été jeunes… Et surtout, difficile d'avaler qu'on sera un jour comme eux…

— Bonjour à toutes et à tous. Je suis Marie-Jo, médecin urgentiste, bénévole de l'association « Bien vivre sa décrép… » Euh… « son âge d'or ». Et voici

Sophie, une enseignante qui consacre ses vacances à visiter à mes côtés les maisons de retraite.

Applaudissements nourris, hochements de tête approbateurs et blagues appuyées sur le thème « ces fainéants de fonctionnaires qui travaillent pour une fois ».

— « Vieillir », déclama Marie-Jo, voilà un mot qui fait peur. Notre objectif est simple : faire en sorte qu'à la fin de la semaine, ce verbe soit apprivoisé, dédramatisé et réinvesti de façon positive... Oui ? Je vois que quelqu'un a une question. Monsieur ?

— Ferdinand Bic. Si j'ai bien compris, vous venez nous aider à rajeunir ?

— D'une certaine façon, oui.

— Vous avez apporté des pilules ?

— Pardon ?

— J'ai lu sur Internet que les États-Unis avaient mis au point des pilules de rajeunissement à partir des restes de la créature de Roswell. Mais la CIA veut étouffer l'affaire, c'est pour ça qu'ils ont détruit les tours le 11-Septembre.

— Je crois que vous... fit Marie-Jo, désorientée.

— Vous êtes de la CIA ? l'interrompit Odette Flonflon en réglant son sonotone.

— Non, je...

— À propos de pilules, pourriez-vous nous fournir du Viagra ? s'informa Madeleine Desflanelles. On est en rupture de stock.

— Je...

— Ça fait rajeunir, le Viagra ? s'étonna Louise Courtepointe.

— Oui, si tu le dissous dans du Coca-Cola, dit Ferdinand. Je l'ai lu sur Internet. Mais le FBI veut étouffer l'affaire, c'est pour ça qu'ils ont tué Lady Di et que Saddam Hussein a...

— Excusez-moi, l'interrompit Marie-Jo, je crois que nous nous éloignons du sujet. Nous venions aborder avec vous le problème de la...

— Assez, diablesse ! explosa l'abbé Saint-Freu. Tu nous vrilles le saint tympan avec ton babil infernal !

— Monsieur, nous ne... commença Sophie, consternée.

— Vous êtes les nouvelles coiffeuses ? demanda Odette Flonflon.

— Je peux aller aux toilettes ? s'inquiéta Suzanne Borniol.

— Vous ne trouvez pas que mes cheveux sont trop bleus ? insista Odette.

— Il paraît que les extraterrestres n'ont pas de cheveux, ajouta Ferdinand.

— Tu l'as lu sur Internet ? fit Suzanne.

— C'est bientôt l'heure du goûter, lança Louise Courtepointe.

À cette annonce, la salle s'agita. Les fauteuils tournaient sur eux-mêmes, on se levait de tous côtés, Marie-Jo réclama un peu de calme, mais ses paroles se noyèrent dans le brouhaha. Puis, voyant arriver vers elles l'abbé Saint-Freu, canne levée et yeux fous, elle entraîna Sophie dans le hall pendant qu'une aide-soignante essayait de maîtriser le grand inquisiteur.

— C'est pas gagné, souffla Marie-Jo quelques minutes plus tard, devant la salle désertée.

— C'est marrant... dit Sophie, le regard dans le vague.

— Quoi donc ?

— L'âge mis à part, on aurait dit mes quatrièmes techno.

Les carnets de l'inspecteur Galachu

Affaire Niche Saint-Luc – Application de la Grille Statistique Galachu

Hypothèse « Pensionnaires de la Niche » (Indice de Culpabilité : 25 %)

Argument : L'omerta règne à la Niche, personne ne veut me parler, il est de plus en plus évident que les vieux cachent quelque chose.

Objection : Est-ce qu'ils se souviennent encore de ce qu'ils ont caché ?

Examen du Profil de Culpabilité n° 25 : « Le coupable est un groupe de personnes agissant ensemble. »

Dans 15 % des romans policiers, l'enquêteur fait fausse route en se focalisant sur la recherche d'un individu, alors que la victime a connu l'acharnement de tout un groupe : culpabilité diluée, enquêteur embourbé. En plus, quand l'inspecteur réunit tous les suspects pour la révélation finale, il se retrouve comme un couillon à dix contre un…

Conclusion : On est mal.

Lundi 26 avril, 14 h – Rue Mouffetard

Pendant que Sophie explorait l'univers du quatrième âge avec l'inquiétude discrète de l'ethnologue stagiaire dans une tribu de réducteurs de têtes, Félix s'occupait de Zoé. Et dans le genre expérience extrême, c'était pas mal non plus. Félix avait l'habitude de ces journées père-fille, organisées selon un principe tout simple : il fallait épuiser la bête. Deux heures de square, une de babytrot, si tout se passait bien, on obtenait une demi-heure de sieste. À condition que le téléphone ne sonne pas à ce moment-là…

— Allô ? Isidore Boudini à l'appareil ! Ça boume, monsieur Zac ?

— On fait aller…

— Qu'est-ce que j'entends ? Vous regardez un film d'horreur ?

— Non, c'est rien… Ma fille qui vient de se réveiller…

— Condoléances. Je venais aux nouvelles, le scénario avance ? Il y a eu de nouveaux meurtres ? demanda Boudini avec appétit.

— Désolé, non… Je sais que vous allez être déçu, l'histoire risque d'être trop peu sanguinolente…

— Bah, ce n'est pas terminé. On peut avoir des surprises, soyons positifs ! Et pour les filles topless, ça se précise ?

— J'y travaille… Une infirmière, ça vous irait ?

— Pourquoi une seule ? Il faut avoir de l'ambition, Félix ! Si vous saviez comme je suis impatient ! Ce projet me passionne, d'autant que mon fiston m'a bluffé : il a fait son premier court-métrage ! Tout seul !

— Ah ?

— Il a filmé un accouchement puis il a ajouté des commentaires comiques en voix off.

— Tiens ?

— Là, il m'a fait plaisir ! Je pense qu'à travers cet accouchement, il a voulu aborder la question de la boucherie de façon personnelle.

— …

Au-delà de l'enrichissement sur le plan humain, le coup de fil de Boudini avait eu pour effet de remotiver Félix. Isidore avait autant d'argent que de mauvais goût, Félix ne pouvait pas passer à côté de cette chance. Mais pour terminer *L'Hospice de l'Angoisse*, il fallait d'abord résoudre l'énigme de la Niche… Félix se plongea dans sa vidéothèque, reprit ses fiches, répertoria les films sur les tueurs en série. Tout le problème était d'entrer dans leur logique. Les serial killers laissaient souvent des messages codés sur les lieux du crime, sous forme de symboles, de rébus ou d'anagrammes. Des anagrammes ? Pourquoi pas ? Félix retira un bloc-notes de la bouche de Zoé, et se mit à écrire avec frénésie.

Une demi-heure plus tard, il se relut avec contentement. Cette fois, il tenait vraiment quelque chose.

L'inspecteur allait être épaté, tout le monde allait le féliciter.

Message de <docteurZ@cinebisblog.fr> à <columbo75 @hotmail. com >

Objet : Analyse du premier meurtre (« The Marilyn Murder »)

Inspecteur, notre serial killer cinéphile n'en a plus pour longtemps. Le docteur Z a le plaisir de vous annoncer qu'il est parvenu à trouver le code d'accès à l'univers mental du monstre. Voici donc les secrets de celui que j'ai appelé « le tueur à l'anagramme ».

Analysons le premier meurtre. Que nous révèle l'étude anagrammatique ?

Marilyn Monroe = normalien + myro

La référence au « normalien » nous oriente vers un homme issu d'un milieu favorisé qui a mené de brillantes études. On l'imagine maniaque, sans humour et pourvu d'un profond sentiment de supériorité (sans doute un haut fonctionnaire ou un prof de maths). Par ailleurs, la mention familière du « miro » renvoie à la myopie typique des cérébraux frustrés qui ont usé leurs yeux dans les livres (s'orienter vers un vieux garçon misogyne).

La première étape de notre étude – « définition du profil psychologique » – est donc réussie : nous cherchons un intello à lunettes (attention, il porte peut-être des lentilles).

Lundi 26 avril, 20 h – Rue Mouffetard

Le soir venu, Sophie raconta à Félix sa première expérience d'immersion dans les eaux troubles de la

Niche. Prévoyant un léger découragement après cette épreuve, Félix avait préparé un repas d'amoureux pour réconforter sa Soso : spaghettis d'algues au quinoa, terrine d'artichauts-blettes, tranches de tofu grillé, vin bio Cuvée Pistil 2005.

— Ça ressemble plus à un asile de fous qu'à une maison de retraite, conclut Sophie en aspirant son varech.

— Je t'avais avertie, les vieux nous veulent du mal ! Je suis sûr que le tueur est jeune et qu'il a compris ça.

— Eux aussi ont été jeunes !

— Justement, ils ne supportent pas de ne plus l'être !

— Tu crois qu'on sera comme ça à leur âge ?

— On sera pires ! Nous, on ne touchera même pas de retraite ! Le mot « aigris » sera trop faible pour nous, il faudra en inventer un nouveau. Zoé a intérêt à avoir une bonne situation pour nous entretenir… C'est toi qui as raison, il faut avoir un deuxième enfant. Peut-être même un troisième pour assurer nos arrières si on ne veut pas finir à l'hospice…

— Qu'est-ce que tu peux être cynique ! On fait des enfants par amour, pas par intérêt !

— Je les aimerai encore plus si je sais que je dépendrai d'eux plus tard ! Les parents d'aujourd'hui doivent se tenir à carreau. Si tu te fâches avec ta marmaille, tu es bon pour pointer aux Restos du Cœur. Et je crois qu'ils ne servent même pas de menus bio !

— Tu es désespérant… À propos d'enfant, comment s'est passée la journée avec la petite ?

— Ben… Disons que j'ai fait une grave erreur.

— C'est-à-dire ?

— Je l'ai emmenée au parc.

— Elle s'est fait mal ?

— Elle, non. Mais je préfère ne pas penser à l'état des gamins qui partageaient son bac à sable. Je dis *son* bac à sable car elle a bien insisté sur ce point en plantant son râteau en plastique dans le crâne d'un blondinet. Tu peux être fière, ta fille a le geste sûr. On en fera peut-être une jardinière quand elle sortira de la maison de correction ?

— Tu as récupéré le râteau, au moins ?

— C'est tout ce qui t'intéresse ? Après on se demande pourquoi certains deviennent des psychopathes… Le plus fascinant avec ta fille, c'est qu'elle arrive quand même à avoir des amis. Enfin… des enfants qui font des pâtés avec elle. Ou plutôt qui font des pâtés *pour* elle. Des esclaves, quoi. Il y en avait comme ça quatre ou cinq qui lui ont construit un château fissa. Il faut dire que le coup du râteau, ça avait motivé les troupes.

— Elle est trop forte, ma fille.

— C'est ça, oui… Finalement, je ne suis peut-être pas si pressé d'avoir un deuxième enfant…

— Pour le deuxième, c'est tout réfléchi, on l'appellera Camilla.

— Et si ce n'est pas une fille ?

— Ce sera une fille.

— O.K. Mais au moins, évitons un prénom en « a ».

— Pourquoi ?

— Je ne le sens pas.

CinéBisBlog – Les Miscellanées Zinéphiliques du docteur Z

Méfiez-vous des filles en « a »

Ilsa, la tigresse du goulag (Jean LaFleur, 1977)
Lorna, la lionne du désert (Luigi Batzella, 1979)
Helga, la louve de Stilberg (Patrice Rhomm, 1977)
Greta, la tortionnaire de Wrede (Jesus Franco, 1977)

À tourner : *Camilla, la sœur diabolique de Zoé la sauvage*

Message de <docteurZ@cinebisblog.fr> à <columbo75@hotmail.com
Objet : Analyse du double meurtre (« The Jean-Michèle Murder »)

Jean Gabin et Michèle Morgan enlacés. Quel message tirer de cette mise en scène ? Là encore, une analyse fine fondée sur la technique de l'anagramme a porté ses fruits. Voici la première partie du résultat de ma recherche :

Michèle Morgan = Michel-Ange + mor

Le profil de l'intellectuel élitiste se précise avec ce nouveau message : Michèle Morgan, c'est la mort de Michel-Ange. Selon notre homme, le cinéma a tué la peinture. Il agit donc par vengeance, pour mettre à mort symboliquement le cinéma en assassinant des acteurs.

Le portrait se précise : on recherche un intello à lunettes qui a une passion pour la chapelle Sixtine (et qui doit être un peu soupe au lait).

Message de <columbo75@hotmail.com> à <docteurZ@cinebisblog.fr >
Objet : Vos messages

Monsieur Zac, votre talent de profileur ne fait aucun doute. Votre désir de vous rendre utile non plus. Cependant, puis-je vous suggérer de prendre un peu de repos ? Je ne voudrais pas être responsable d'un surmenage.

Au plaisir.

Lundi 26 avril – Rapport de l'agent Virgile Galachu
Objet : Surveillage de la librairie BD Ciné
10 h – Je m'installe à la terrasse d'un bistrot avec vue

imprenable sur la librairie. Dès que le triplé pointe son nez, je lui file le train.
10 h 5 – Je commande un petit déj.
11 h – RAS côté librairie. En-cas saucisson-beurre.
12 h – Plat du jour : choucroute garnie (pas mal).
12 h 15 – Plat à la carte : cassoulet de Castelnaudary (un peu léger).
12 h 30 – Toujours RAS. Farandole des desserts, café.
12 h 45 – Pousse-café (sans mignardises, car le maillot de bain est pour bientôt).
13 h 30 – Petite biérasse pour aider la digestion.
16 h – Toujours rien côté librairie, pas un seul client depuis ce matin. Goûter chocolatine.
17 h – Il commence à faire frisquet, double grog + croque-monsieur.
18 h – L'heure tourne, je ne veux pas être en retard pour souper, je décide d'aller interroger le libraire sur le triplé.
18 h 5 – Je remarque la pancarte « Fermé le lundi » sur la porte.
Conclusage : Je reviens demain.

Mardi 27 avril, 10 h – La Niche Saint-Luc

Le mardi était le jour préféré de Suzanne Borniol. Elle passait toujours l'après-midi dans Paris avec ses enfants, et elle appréciait les échanges avec des êtres humains non grabataires. Il y avait des frites au menu, et ça lui rappelait le film d'Hitchcock dans lequel elle coupait des pommes de terre (recoupées ensuite au montage). Enfin, la matinée était consacrée à la séance de gymnastique rythmique, et il n'y avait rien de tel pour se marrer un bon coup que de s'y rendre en spectatrice avec Louise Courtepointe.

« Et un, deux, trois, quatre ! On lève un bras », scandait une anorexique mâchouillante dans une combi vert fluo qui lui moulait coquinement côtes, sternum et os coxaux. « Non monsieur Bic, pas les deux bras en même temps. Vous risquez un claquage, attendez d'être échauffé. »

— Toujours à faire le malin devant les jeunettes, Ferdinand, fit Suzanne. Il doit vraiment crier famine, parce que là, il n'y a que de l'os à ronger. *(Ricanements sous cape des copines en goguette.)*

— Ce qui n'est pas le cas de Marguerite Pimpol, enchaîna Louise. Tu as vu comme elle dilate ses leggings ?

— Houla ! Il faut s'éloigner avant que l'élastique ne pète ! Grand danger ! *(Rires appuyés, coups de coude et postillons.)*

— Elle dira ce qu'elle veut, la Margot, continua Suzanne, mais c'est quand même bizarre cette fesse gauche trois fois plus grosse que la droite.

— C'est surtout handicapant pour la gym, à chaque mouvement, ça la déséquilibre et elle se casse la binette ! *(Bidonnage, soubresauts, contractions spasmodiques.)*

— Odette ne bouge pas du tout, c'est normal ?

— Oui, elle fait de la gym *interne*. Elle muscle son dernier neurone. *(Dilatation de la rate, agitation de la glotte, relâchement des sphincters.)*

— Aïe, je n'en peux plus, fit Louise en reprenant sa respiration après deux minutes de fou rire. J'ai bien fait de mettre une couche ce matin !

— Ah ! rcprit Suzanne ; Marguerite vient de s'écrouler sur Ferdinand en tentant un pas chassé !

— Il voulait de la cuisse, il est servi ! À table, Ferdinand ! *(Convulsions, expectorations variées, épanchement lacrymal.)*

— Au secours, je pleure ! hoqueta Suzanne. Heureusement que mes enfants ne me voient pas dans cet état. Qu'est-ce qu'ils penseraient de leur respectable maman, hein Louise ?

Suzanne tapa sur la cuisse de son amie en gloussant. Les aides-soignantes tentaient de dégager Ferdinand. Odette demanda quand commençait le cours de gym. Louise restait sans réaction.

— Louise ? s'inquiéta Suzanne. Ça ne va pas ? Pourquoi tu deviens toute bleue ? Tu fais une allergie à la gym ?

Message de <docteurZ@cinebisblog.fr> à <columbo75 @hotmail.com

Objet : Analyse du double meurtre (« The Jean-Michèle Murder »)

Intéressons-nous maintenant à l'élément masculin du couple mythique de *Quai des brumes*. Que nous apprend l'étude de son anagramme ?

Jean Gabin = nain + gabej

Nous obtenons la confirmation du mépris souverain du tueur pour le cinéma, art mineur, art « nain ». Le réquisitoire contre le septième art se précise grâce à la mention de « gabej » qui se lit phonétiquement « gabegie » : le tueur s'insurge contre des dépenses publiques excessives pour un art jugé insignifiant. Enfin, on peut lire dans la référence au nain l'annonce du meurtre suivant (Mimi Mathy). Le tueur s'amuse avec nous, il souffre d'un complexe de supériorité, mais il ne sait pas à qui il a affaire…

À bientôt pour la suite des révélations !

Message de <columbo75@hotmail.com> à <docteurZ @cinebisblog.fr >

Objet : Votre nouveau message

Monsieur Zac, quand je vous suggérais du repos dans mon dernier mail, je ne pensais pas à quelques heures, mais plutôt à quelques mois.

Merci d'en tenir compte.

Mardi 27 avril, 10 h 30 – La Niche Saint-Luc

Mlle Fisher se demandait comment elle allait annoncer la nouvelle au professeur Schlockoff. L'homme était à cran, tout le monde s'en rendait compte. Il passait le plus clair de son temps enfermé avec ses bestioles. La veille, elle l'avait même surpris recroquevillé sous son bureau en train de chanter une berceuse à une belette. Il ne manquait plus qu'une goutte d'eau pour faire déborder le vase. Et cette goutte d'eau, elle la lui apportait.

Mlle Fisher décida de la jouer détachée. Elle entra en sifflotant, posa un livre dans la bibliothèque et ouvrit les rideaux en annonçant qu'il faisait un temps estival.

— Super, répondit le professeur qui farfouillait dans le bide d'un marcassin. Distribuez les bouées, et tout le monde dans la mare ! Autre chose ? Parce que je suis occupé, là.

— Il y a des frites à midi, fit Mlle Fisher.

— Formidable, mais faites attention : pas trop de bonnes nouvelles, je ne suis pas habitué.

— Je vous laisse…

— C'est ça, au plaisir.

— Ah oui, j'oubliais un détail. Louise Courtepointe nous a quittés.

— Pardon ? s'étrangla Schlockoff.

— Comme dirait ce cher abbé Saint-Freu, elle est partie se faire griller la couenne en enfer, s'amusa l'infirmière en chef.

— Qu'est-ce qui vous prend ? fit Schlockoff en agitant deux touffes de paille. Je vous ai connue moins désinvolte avec la clientèle !

— C'est la débandade, alors je teste l'humour noir. Il ne nous manque plus que la canicule et on peut fermer la boutique.

— Ne me dites pas qu'on l'a retrouvée sur son lit déguisée en Blanche-Neige ou en Scarlett O'Hara ?

— Non, elle est morte en plein cours de gym.

— Ouf ! Vous ne pouvez pas savoir comme je suis soulagé. Là, ç'aurait été trop pour moi. De quoi est-elle morte ?

— Étouffement. Elle riait comme une bossue avec Suzanne Borniol et elle en a avalé son dentier.

— Son dentier ? Tiens ? Ils ne me l'avaient jamais faite, celle-là… On dira ce qu'on voudra, les vieux sont pleins de ressources.

Les carnets de l'inspecteur Galachu

Affaire Niche Saint-Luc – Application de la Grille Statistique Galachu

Hypothèse « Aide-soignante » (Indice de Culpabilité : 20 %)

Argument : Elle a accès à toutes les chambres, elle sait faire les piqûres, personne ne sait ce qu'elle cache sous sa blouse.

Objection : Elle lave des vieux, c'est dire si elle est gentille.

Examen du Profil de Culpabilité n° 9 : « Le coupable est une sainte. »

Dans 15 % des romans policiers, le coupable est une femme sensible, dont le quotidien est fait de sacrifice et d'abnégation. Femme au foyer, infirmière, gouvernante, elle trucide tout ce qui bouge sans se départir de son sourire compassionnel, ce qui fout les chocottes à tout le monde.

Conclusion : Ça commence à faire beaucoup d'hypothèses.

Mardi 27 avril, 13 h 45 – Rue Mouffetard

Sophie et Marie-Jo étaient reparties pour un nouveau numéro de duettistes à la Niche Saint-Luc, bien décidées à faire toute la lumière sur cette captivante intrigue, au suspense étourdissant et aux fulgurants éclairs de poésie (cela dit en toute objectivité).

De son côté, Félix était persuadé que tout ça ne servait à rien, mais il avait abandonné l'idée de donner son avis depuis ses résultats pitoyables au test « Culotte ou calotte ? Mesure ton coefficient de soumission conjugale ». D'autant que l'initiative des filles partait d'un bon sentiment, elles lui proposaient de l'aide pour terminer son scénario. Et le moins qu'on puisse dire, c'est qu'il en avait besoin…

Assis devant son ordinateur, Félix regardait l'icône du fichier « Scénario Suite », perdue au milieu de son écran entre un lien vers le site « nanarland.com » et un dossier « Assedic ». Taille du fichier ? 1 Ko. Une page blanche. Le vide… Félix n'avait pas écrit une ligne depuis qu'il avait été démasqué. Tout le monde savait qu'Émile Gariguette était le véritable auteur de *L'Hospice de l'Angoisse*, et ça lui faisait perdre tous ses moyens. Un véritable blocage psychologique. « Encore un ? » avait dit Marie-Jo quand il avait essayé d'en discuter avec elle, « continue, tu auras bientôt toute la collection ».

Félix observa Zoé qui démontait la télécommande de la télévision en babillant d'allégresse. Un jour, elle aussi comprendrait que son père était un ado attardé incapable d'affronter la vie réelle… Comment le regarderait-elle alors ? Cette pensée fouetta le résidu d'amour-propre qui croupissait au fin fond de son être. Il se dressa en s'écriant qu'il était temps de réagir. Il allait changer le regard de ses proches ! Il allait surprendre son monde !

En tout cas, pensa-t-il en se rasseyant, il allait essayer.

Et, puisqu'il n'arrivait pas à poursuivre le scénario, autant se replonger dans ce qu'il faisait de mieux : la traque du tueur à l'anagramme.

Message de <docteurZ@cinebisblog.fr> à <columbo75 @hotmail.com >
Objet : Analyse du dernier meurtre (« The Mimi Murder »)

Mimi Mathy = HY + amitié + MM

Ça se complique, mais c'était prévisible : les serial killers adorent tester les enquêteurs. Relevons le défi : « HY », c'est l'une des abréviations d'Hollywood, le temple du cinéma commercial honni par le tueur. Dans cette optique, « amitié » doit être compris sur un plan ironique qui renforce le sentiment de détestation maintes fois exprimé. Enfin, nous retrouvons le fameux « MM » correspondant aux initiales des actrices choisies par le tueur. On peut en conclure que notre myope cinéphobe est aussi antiaméricain primaire, un brin moqueur, et qu'il continuera à tuer tant qu'il y aura des actrices aux initiales MM (j'ai déjà listé Miou-Miou, Michèle Mercier, Mathilda May, Marthe Mercadier et Macha Méril).

Tremble, bandit ! Avec un tel portrait-robot, tes heures sont comptées !

Message de <columbo75@hotmail.com> à <docteurZ @cinebisblog.fr
ZAC ! IL FAUT ME LAISSER TRANQUILLE MAINTENANT ! ! !

Mardi 27 avril – Rapport de l'agent Virgile Galachu
Objet : Visitation du cinéma Le Brady
14 h – Je prends un ticket pour *Les Araignées de la nuit* de Jean-Pierre Mocky, et un pot de pop-corn.
14 h 15 – Commençage du film. Je suis le seul spectateur. Je vais me chercher un Mars et deux Twix.

14 h 30 – Épaississage du mystère : toujours pas de triplé dans la salle, toujours pas d'araignée dans le film.
15 h – Incroyable rebondissage : panne d'électricité dans le cinéma. Je me retrouve tout seul dans le noir, sans ravitaillement. Montage de l'angoisse.
15 h 15 – Le projectionniste vient me secourir. Il m'explique que Mocky n'a pas payé EDF. Il s'excuse, mais il ne peut pas me rembourser car il a acheté un sandwich avec l'argent de mon ticket.
15 h 30 – Racontage de la fin du film par le projectionniste pendant que je mange la moitié de son sandwich (après négociations).
16 h – Questionnage du projectionniste : « Avez-vous un triplé parmi vos habitués ? » Il répond : « Un triplé qui vient avec ses frères ? » Je précise : « Non, un triplé qui vient tout seul. » Il me regarde en faisant semblant de ne pas comprendre (technique du type qui cache quelque chose, *cf.* fiche pratique Galachu n° 18). Conclusisme : Le projectionniste est louche. Je le prends en filaturage ce soir.

Mardi 27 avril, 13 h 55 – Rue Mouffetard

Son message envoyé, Félix décida de s'offrir un petit break bière bien mérité. À défaut de faire carrière dans le cinéma, il pourrait peut-être travailler comme profileur ? Dans les thrillers, c'est le gars que la police va chercher pour dénouer les affaires trop complexes. Un type toujours asocial, torturé, à moitié alcoolo, mais balèze en déduction : Félix sentait qu'il avait le bon profil.

Il alla ponctionner une mousse au frigo, puis se posta à la fenêtre en se disant qu'il y avait forcément des criminels qui passaient sur le trottoir d'en face.

Des meurtriers, des voleurs, des violeurs, nous en

côtoyons tous les jours dans la rue sans le savoir. Félix se demanda s'il était capable de les reconnaître. Avait-il la vocation du physionomiste ? Quelques instants d'observation lui suffirent pour avoir sa réponse : c'était oui.

Une sensation nauséeuse s'empara de lui. L'homme était là, sur le trottoir, à tirer sur une cigarette. Ses yeux scrutaient les fenêtres de l'immeuble et Félix le reconnut tout de suite.

C'était un des triplés.

6

Y a un os dans la moulinette
(Raoul André, 1974)

Mardi 27 avril, 14 h – La Niche Saint-Luc

La deuxième intervention de Marie-Jo et de Sophie à la Niche aurait pu être une réussite grâce à l'absence de l'abbé Saint-Freu, alité après s'être administré un exorcisme de niveau cinq (avec extraction du démon à la tenaille). Malheureusement il y avait eu tartiflette-gâteau de riz à la cantoche, et la digestion fit somnoler les deux tiers de la salle. Le sujet était pourtant passionnant : « Séduire après quatre-vingts ans, de la science-fiction ? » (Passons sous silence le mauvais esprit de Félix qui avait suggéré « Sexualité et troisième âge, assumons nos pulsions nécrophiles ».)

À la fin de la réunion, alors que chacun était parti assumer ses pulsions ailleurs, Marie-Jo et Sophie virent un petit groupe s'avancer vers elles. Des pensionnaires que le lecteur a déjà croisés sous le nom de « Vétérans Vigilants » (ou « Vigoureux Vioques », ça dépend des goûts). Marie-Jo fit un clin d'œil à Sophie. Il allait falloir la jouer finaude et caresser l'ancêtre dans le sens des croûtes pour apporter des infos sur les disparitions.

— L'intervention vous a intéressés ? demanda Marie-Jo en plaçant sa voix au niveau cinq de la gamme « douceur bienveillante ».

— Ne vous fatiguez pas, répondit Ferdinand.

— Que voulez-vous dire ? s'étonna Sophie.

— Nous savons pourquoi vous êtes ici, fit Suzanne.

— Vous n'êtes pas bénévoles pour une association, ajouta Madeleine.

— Ah bon ? Pourquoi personne ne m'a rien dit ? fit Odette.

— Je ne comprends pas, dit Marie-Jo en reculant d'un pas, alors que les VV se rapprochaient en faisant grincer leurs articulations, leurs dentiers et à peu près tout le reste.

— Vous vous trompez, ajouta Sophie qui essayait d'évacuer de son esprit l'image des zombies de Félix.

— Nous savons repérer les comédiennes, assura Ferdinand.

— Vous êtes des menteuses, assena Charles, alors que Marie-Jo et Sophie se retrouvaient acculées dans un coin de la salle.

— Vous êtes là pour les disparus, conclut Suzanne d'un ton qui fit chuter la température de dix degrés.

Mardi 27 avril, 14 h – Rue Mouffetard

Le triplé était toujours là, sur le trottoir, à fixer les fenêtres de l'appartement. Les mains de Félix devenaient moites, son asthme se réveillait, sa peau se couvrait de plaques rouges, mais son esprit essayait de lui faire croire qu'il n'y avait aucune raison de s'inquiéter. Après tout, il pouvait s'agir d'une coïncidence… Le triplé attendait peut-être un copain qui habitait dans le même immeuble que lui ? Ne dit-on pas que le monde est petit ? Hein ?

L'hypothèse « coïncidence » venant de s'écrouler,

Félix se rabattit sur l'option « ça craint ». Ses plaques rouges prirent un aspect grumeleux, il décida d'appeler l'inspecteur Galachu. À sa grande surprise, c'est Virgile qui répondit. Les plaques rouges tournèrent au verdâtre. Félix demanda Ernest mais n'obtint que des explications confuses à propos d'une boulangerie louche, d'un touriste lyonnais et d'un string russe que cherchait papa. Le tout agrémenté de bruits de succion caractéristiques des otaries géantes.

Félix raccrocha. Que faire ? D'abord retrouve ton calme, dis-toi que des gens ont vécu des situations plus délicates que la tienne, pense aux charniers de l'ex-Yougoslavie, ça t'aidera. Et ta grand-mère ? Qu'est-ce qu'elle conseillait de faire quand on était espionné par un triplé ? Félix ouvrit son carnet mémoire dans l'espoir d'y lire une formule salvatrice. « *Un triplé tout seul est plus seul qu'un fils unique tout seul* » ; « *Un espion espionné, c'est comme un arroseur arrosé, mais sans eau* » ; « *Braboufat calen la pluje, pitche plounge lacèbe trougne* ». À la lecture de ces sages maximes – surtout celle en patois – tout devint clair pour Félix. Il savait maintenant ce qu'il allait faire, ses plaques virèrent au jaune apaisé, merci mamie.

Le problème, c'est que, pour réaliser son plan, il lui fallait sortir. Et il ne pouvait pas emmener Zoé. Il y avait bien une solution, mais rien que de penser à la réaction de Sophie si elle l'apprenait… « *Fridoulent cabrat sin touge, chabalou la muge.* » Tant pis, c'était mamie qui avait raison. Félix décrocha son téléphone.

— Allô ? Hum… Maman ? C'est moi.

Rappelons que ce journal intime est destiné à t'aider en cas de perte subite de mémoire. Concernant le sujet du jour – ta mère – une question se pose : si, par chance, tu as tout oublié de son existence, est-il indispensable de rafraîchir tes souvenirs ?

Au bout du fil, des bruits de casseroles qui tombent.

— Allô ? Maman ? dit Félix, inquiet. Tu m'entends ? C'est moi !

— Qui ça ? fit une voix fatiguée.

— Ben, Félix !

— Qui ça ? répondit une voix mourante.

— Ton fils, maman… Tu le fais exprès ?

— Oh, excuse-moi. Je n'étais pas sûre d'avoir encore un fils… Depuis le temps qu'on ne s'est pas vus…

— Ça fait à peine une semaine ! Et tu sais bien que c'est de ta faute !

Nouveau fracas de casseroles au bout du fil.

— Maman ? Qu'est-ce que tu fais ?

— Ma faute ? Elle est bien bonne, celle-là ! Si ta femme n'était pas aussi susceptible, ça serait plus simple. Elle est encore fâchée ?

— Il y a de quoi ! Tu as donné un sédatif à Zoé !

— Oh, ça va, on ne va pas faire toute une histoire pour un quart de Lexomil ! Vous étiez bien contents que je la garde pendant que vous alliez au cinéma ! Elle ne voulait pas dormir ! Qu'est-ce qu'il fallait que je fasse ? Que je me sacrifie et que je loupe *Desperate Housewives* ?

— Bon, on ne va pas recommencer à parler de ça…

— Ah bon ? Je croyais que tu appelais pour t'excuser.

— Pas du tout ! J'avais… euh… un service à te demander…

— Tout ce que tu veux, mon chéri. Mais d'abord, il faut le faire.

— Quoi donc ?

— Demander pardon à maman.
— Pas question !
— Au revoir, chéri.
Déflagration de vaisselle, explosion de marmite, tohu-bohu de faitout.
— Arrête ce vacarme, maman ! Toujours à parasiter la conversation ! Écoute, j'ai une course urgente et…
— Et ?
— Bon, d'accord, je suis… désolé pour ce qui s'est passé.
— Tu as été injuste ?
— Oui.
— Ta femme aussi ?
— Oui.
— Elle m'appellera ce soir pour me le dire ?
— Euh… Oui, oui… Elle t'appellera…
— Parfait. Que puis-je pour toi, mon chéri ?
— Tu pourrais garder Zoé cet après-midi ?
— Zoé ? Tu es sûr ? Tu n'as pas peur que je l'empoisonne ?
— Maman, je me suis excusé ! C'est vraiment pressé !
— D'accord, j'arrête, il faut savoir être magnanime.
— Merci, maman. Je te monte Zoé tout de suite.
— N'empêche que tu vois, mon chéri, j'avais raison…
— Raison de quoi ?
— De m'installer dans l'appartement au-dessus du vôtre. C'est pratique.

Mardi 27 avril, 14 h 5 – La Niche Saint-Luc

Dans la salle polyvalente, la joute verbale battait son plein. Côté cour, Marie-Jo et Sophie, jeunes ingénues dans une improvisation gérontophile en roue libre ; côté jardin, les héritiers des Branquignols au complet, la peau tannée sous les feux de la rampe, jamais en retard d'un cabotinage.

Acte II, scène I, lever de rideau.

— Nous allons tout vous expliquer, dit Marie-Jo, envahie par le trac, alors que Sophie regardait du côté des coulisses.

— « Fragilité, ton nom est femme ! » déclama Ferdinand en plein *revival* shakespearien.

— « Elle flotte, elle hésite : en un mot, elle est femme », renchérit Charles Desflanelles, candidat pour le rôle du jeune premier.

— « Vos gueules les mouettes ! » assena Suzanne, estimant que seule une réplique franchouillarde pouvait clore le derby Phèdre-Hamlet.

— Ne vous inquiétez pas, nous ne trahirons pas votre secret, reprit Ferdinand. Nous allons même vous aider. Pour commencer, vous allez rencontrer l'Immortel. C'est lui qui vous a percées à jour, il vous attend.

— L'Immortel ? s'étonna Sophie.

— C'est le plus ancien d'entre nous, répondit Suzanne. Personne ne connaît son âge exact, mais on dit qu'il a tourné dans *La Sortie de l'usine Lumière à Lyon*, le premier film de l'histoire du cinéma.

— C'est une légende dans la maison, poursuivit Odette.

— Un homme bionique, ajouta Madeleine.

— Comment ça ? demanda Marie-Jo.

— Il n'a plus de cœur depuis vingt ans, expliqua Ferdinand, une pompe assure la circulation du sang. Un à un ses membres ont été remplacés par des prothèses à cause d'une fâcheuse tendance à la nécrose. Il vit sous dialyse, sous assistance respiratoire, et il est alimenté par une sonde. Quant à la zone urogénitale, je vous passe les détails, car là on flirte avec le surnaturel.

— Certains l'appellent « le Cyborg », précisa Madeleine.

— Il ne bouge jamais de sa chambre, mais ici c'est le chef, conclut Ferdinand, avant de les inviter à le suivre.

Marie-Jo et Sophie, impressionnées, lui emboîtèrent le pas. Les Vétérans Vigilants se dispersèrent pour rejoindre les ateliers Scrabble, tricot ou saut à l'élastique. C'est ainsi que personne ne put voir, une fois le couloir désert, une silhouette sortir de l'ombre.

Elle avait assisté à toute la scène, sans en perdre une miette. Il était temps pour Mlle Fisher d'aller rendre visite au professeur Schlockoff.

Mardi 27 avril – Rapport de l'agent Virgile Galachu
Objet : Investigatisme à la librairie BD Ciné
17 h – Arrivisme à la librairie. Baladage discret à la recherche d'indices. Feuilletage de revues sur des vampires, des araignées géantes, des zombies…
17 h 10 – Des anthropophages, des yétis, des Martiens carnivores…
17 h 15 – Des mouches velues, des monstres velus, des femmes velues… Je commence à me sentir bizarre. En plus, il fait tout sombre.
17 h 20 – Je sens une bête sur mon épaule. Je me retourne en criant. C'est le type de la caisse qui me demande s'il peut m'aider (ruse grossière des psychopathes abordant les auto-stoppeuses, *cf.* fiche pratique Galachu n° 23).
17 h 22 – Je décide de la jouer franc jeu en lui demandant ce qu'il sait à propos des triplés. Il me répond qu'il a un fanzine sur la gémellité dans le cinéma bis à la cave (il ose le coup de la cave !). Je lui réponds que je crains l'humidité (esquive au « coup de la cave », *cf.* fiche pratique Galachu n° 36). Il a l'air déstabilisé, il

recule d'un pas et se met à transpirer. 17 h 23 – Il tente une diversion en disant qu'il est prêt à me donner le contenu de sa caisse, mais que la drogue n'est pas une solution de toute façon (?). 17 h 24 – À la recherche d'une réplique bien sentie, je passe en revue les fiches pratiques de papa mentalement (ça me pique).
17 h 26 – Je dis bonsoir et je rentre me coucher.
Conclusition : Je dois encore réviser mes fiches.

Mardi 27 avril, 14 h 10 – Rue Mouffetard

Félix déposa le paquet-cadeau chez sa mère. Elle offrit un café ; il expliqua qu'il était pressé. Elle proposa un expresso ; il promit de passer un petit moment avec elle à son retour. Elle demanda « pourquoi petit ? » ; il s'éclipsa en profitant de la diversion mise en œuvre par Zoé pour aider son papa : lustrage d'un tapis persan à l'huile d'olive.

Mardi 27 avril, 14 h 10 – La Niche Saint-Luc

Pendant que Mlle Fisher s'avançait vers le bureau du professeur Schlockoff, son esprit remontait le cours du temps. Dix ans déjà qu'elle offrait aux bons soins de Schlockoff son corps encore ferme (grâce à l'étalage quotidien de quelques litres de crème). Dix ans de clandestinité et de mensonges. Qu'avait-elle obtenu ? Que pouvait-elle espérer ? Se poser ces questions, c'était faire grossir la boule qui lui pesait sur la poitrine (encore ferme). Mlle Fisher croisa l'abbé Saint-Freu. Visiblement remis de son auto-purge diabolique, il ne répondit pas au bonjour de l'infirmière en chef. Lui aussi avait sacrifié sa vie pour un homme, se dit-elle. Jésus ou Schlockoff, quelle différence à partir du moment où on a la foi ? Elle savait pourtant que cette liaison était une impasse, que Schlockoff ne s'afficherait jamais au grand jour avec elle. Il était l'amant typique, le genre de lâche qui ne divorce jamais.

Il était pire encore. Il n'était même pas marié.

Les carnets de l'inspecteur Galachu
Affaire Niche Saint-Luc – Application de la Grille Statistique Galachu
Hypothèse « Femme amoureuse » (Indice de Culpabilité : 20 %)
Argument : Les femmes amoureuses sont capables de tout, surtout du pire *(cf.* la mère de Virgile). Objection : Néant (*cf.* la mère de Virgile).
Examen du Profil de Culpabilité n° 36 : « Le coupable est une femme trahie. »
Dans 22 % des romans policiers, le coupable est une femme qui cherche à se venger d'un homme qui l'a soi-disant trompée, tout ça parce qu'elle manque d'humour et d'ouverture d'esprit *(cf.* la mère de Virgile). L'amour conduit alors à la mort, rapport à Éros et Thanatos et toutes ces conneries de vieux Grecs rassis. En général, la coupable se tape une belle crise d'hystérie lors du dénouement, et elle finit toute décoiffée.
Conclusion : Vérifier l'emploi du temps de la mère de Virgile.

Mardi 27 avril, 14 h 20 – Rue Mouffetard

En descendant l'escalier, Félix refoula dans son inconscient une image de Sophie se transformant en miss Hulk après avoir découvert Zoé chez sa grand-mère, puis il répéta son plan en trois parties (thèse, antithèse, synthèse : il avait appris au lycée que c'était le meilleur).

I) Sortir ; II) Courir ; III)… Mais il est inutile d'aller plus loin dans la description des étapes, puisque

Félix ne parvint même pas au bout de la première. Pour tout dire, il n'atteignit pas le trottoir. Quand il arriva sur son palier, il le trouva sur son paillasson. Le triplé. Cagoulé.

Qui s'avança et mit en pratique un plan en une partie (imbattable) :

I) Pointer un pistolet sur la tempe de Félix.

7

La situation est grave... mais pas désespérée (Jacques Besnard, 1976)

Mardi 27 avril, 14 h 20 – La Niche Saint-Luc

Ferdinand guida Sophie et Marie-Jo jusqu'à la dernière chambre du dernier étage de la Niche Saint-Luc. Pas un mot ne fut échangé durant l'ascension, comme si un silence religieux s'était imposé à tous. En haut des marches, un crucifix accueillit le trio, ainsi qu'un poster de Tino Rossi et une aquarelle du port de Collioure, mais on peut se demander si décrire tous les détails ne casse pas l'ambiance.

Ferdinand s'arrêta devant une porte anonyme qu'il désigna d'un air solennel et ouvrit d'une main tremblante. Chacun retint son souffle. Une vieille femme apparut qui chantonnait dans son fauteuil. Son visage s'éclaira d'une joie enfantine. Elle brandit un tutu rose rapiécé : « Il faut que tu m'habilles, maman, je vais être en retard à la danse. » Ferdinand referma la porte en prétextant l'altitude qui lui aurait brouillé les esprits, avec cet aplomb typique des personnes âgées qui savent qu'on ne les contredira pas.

Le trio s'éloigna en fixant l'horizon, ce qui n'est pas une mince affaire dans un couloir de maison de retraite. Nouvel arrêt devant une porte affichant le numéro 1, la mention « Immortel » et une photo très ressemblante de Dieu le Père. Ferdinand hésita un instant, puis déclara : « Je crois que c'est ici. »

À cet instant, la porte s'ouvrit. Toute seule. Sans bruit. Révélant une pièce plongée dans l'obscurité, baignée de senteurs d'encens, de myrrhe et de vieilles chaussettes.

— Venez à moi, fit une voix métallique.

Marie-Jo passa la première. Elle sentit son cœur s'emballer à mesure qu'elle avançait, et ne put réprimer un tressaillement lorsqu'elle vit l'homme.

Qui n'en était plus un.

C'était énorme, au-delà de l'obèse, remplissant un canapé qui disparaissait sous lui. Revêtu d'un ample chapiteau bleu étoilé, il n'en laissait échapper qu'un visage lunaire soutenu par une série de mentons gélatineux. Un œil unique, enfoui sous un kilo de paupière, fixait un écran d'ordinateur derrière une loupe grossissante. Ses oreilles atrophiées étaient prolongées par des antennes, une dizaine d'électrodes frisaient sur son crâne, tout autour de lui des appareils électroniques clignotaient en rythme. L'interconnexion était totale, l'homme faisait corps avec ses machines dans une symbiose parfaite. L'espace d'un instant, Marie-Jo crut voir sur son front un bouton on/off.

L'œil du Cyborg s'emballa à la vue des jeunes femmes. Il tourna sur lui-même à toute vitesse pendant que les mains pianotaient sur le clavier. Enfin, un synthétiseur de voix énonça le texte qui venait d'être écrit :

— Vous qui cherchez, entrez ; vous qui entrez, cherchez.

Sophie et Marie-Jo se regardèrent, interloquées. Les touches du clavier s'emballèrent dans un nouveau cliquetis.

— Ça ne veut rien dire, continua la Chose, c'est juste pour paraître mystérieux. J'aime bien faire ça avec de nouveaux visiteurs. C'est comme l'ouverture automatique de ma porte : classieux, non ?

Sophie et Marie-Jo esquissèrent un sourire de soulagement qui s'éteignit dès que le synthétiseur reprit la parole :

— Je suis ravi de vous rencontrer. Notre cher Félix Zac n'est pas avec vous ? Il fait la nounou avec Zoé aujourd'hui ?

Sophie ouvrit la bouche de stupéfaction.

— Comment connaissez-vous…

— Je connais beaucoup de choses, chère Sophie !

— Impressionnant, fit Marie-Jo.

— Continuez avec les compliments, j'adore.

— D'autant que vous n'avez pas dû quitter cette chambre depuis quelque temps déjà.

— Bien vu, docteur, je ne suis pas sorti d'ici depuis 1979. Même mes opérations ont eu lieu à l'étage. Cependant mes « pouvoirs » ont considérablement grandi ces dernières années…

— Grâce à Internet, je présume ? coupa Marie-Jo.

— Un outil fascinant, proclama le synthétiseur. J'ai le monde à portée de main, sans quitter ma tour d'ivoire !

— Vous avez fait des recherches sur nous ? demanda Sophie.

— C'est une habitude dès que j'entends un nouveau nom. Il y a quelques jours, par exemple, je me suis intéressé à un certain Félix Zac qui, selon le rapport de Ferdinand Bic, venait parler d'un « scénario sur les disparitions » à notre cher directeur. C'est ainsi que j'ai visité le blog du docteur Z, et que j'ai lu avec beaucoup d'intérêt l'hommage rendu à Émile Gariguette. Vous pourrez le féliciter de ma part ?

— Je n'y manquerai pas, assura Sophie.

— En ce qui vous concerne, j'ai découvert en trois clics que l'association « Bien vivre son âge d'or » n'avait jamais été enregistrée en préfecture, puis j'ai noté la parenté patronymique entre Marie-Jo et Félix Zac. Quelques jours après la visite de Félix, que venaient faire sa sœur et sa compagne à la Niche sous couvert d'une fausse association, sinon fureter pour trouver le fin mot de l'énigme ?

— Bravo, c'est imparable, s'exclama Marie-Jo.

— J'ai une question, ajouta Sophie. Comment avez-vous su que j'étais la compagne de Félix ? Nous ne sommes pas mariés, je me suis présentée aux pensionnaires sous mon nom, Sophie Hammer.

— Ma chère, savez-vous ce qu'on trouve quand on tape votre nom sur Google ? Le blog d'un de vos élèves du collège Pascal-Sevran avec des photos de la fête de fin d'année, notamment celles-ci…

Sur un écran géant s'affichèrent deux photographies légendées par un certain Caillera78 : « Sophie Hammer, prof de bio, essayant de ranimer son compagnon Félix qui a bu tout le punch » ; et « Sophie Hammer, juste après la destruction du gâteau par sa fille Zoé ».

— Très instructif, Internet, n'est-ce pas ? conclut l'Immortel.

Mardi 27 avril, 14 h 30 – Rue Mouffetard

Félix était vautré sur son canapé, dans sa position habituelle de cinéphile pantouflard. La seule différence, c'est qu'il ne pouvait pas manger ses cacahuètes en se grattouillant la couenne : il avait les pieds et les mains liés par une corde, et du Scotch de déménageur sur la bouche. Sur son ventre s'était installé Krasucki. D'un naturel peu câlin, l'animal semblait trouver réjouissante l'immobilité forcée de son esclave. Il exprima sa joie en lui plantant quelques griffes dans les poignées d'amour.

Le cagoulé passait en revue la vidéothèque de Félix en manifestant son enthousiasme par des exclamations enfantines. Chandail marron à losanges, pantalon de velours beige à grosses côtes, Félix savait qui se trouvait sous la cagoule. Il l'avait observé sur le trottoir d'en face. Le triplé.

— Félicitations pour votre collec ! Vous avez des films géniaux ! s'exclama-t-il en brandissant le boîtier d'*Itoka, le monstre des galaxies*. Au fait, vous auriez un bon policier à me conseiller ? J'adore la police. C'est si rassurant de savoir qu'on nous protège contre les bandits.

« Un fou », pensa Félix.

— *Les Rats de l'Apocalypse* ! Culte ! Vous pourrez me le prêter ?

« Mais un fou cinéphile. »

— Vous êtes fâché ? Oh, que je suis bête ! Vous ne pouvez pas me répondre avec ce Scotch ! Allez, je vous le retire, qu'on puisse discuter ciné, fit le triplé en épilant d'un coup sec la moustache de trois jours de Félix.

— Vous braquez les gens pour discuter ciné ? Vous ne seriez pas un peu ma… dit Félix avant de s'interrompre, car il avait pour principe de ne jamais vexer un homme qui le menaçait avec une arme.

— Un peu… malade ? poursuivit le triplé en riant. On me le dit souvent ! J'ai fait des recherches sur mon cas et je pense correspondre au profil du psychopathe schizophrène à tendance paranoïde.

— Vous n'avez pas pensé à vous faire soigner ?

— Surtout pas ! Je n'ai jamais compris pourquoi dans les films le méchant se met en colère quand le héros le traite de fou. C'est tellement confortable d'être irresponsable ! Vous n'aimeriez pas ça ?

— Je ne sais pas, j'ai du mal à réfléchir.

— Pourquoi ?

— Parce que j'ignore ce que vous allez me faire.

— Moi non plus je n'en sais rien ! C'est ça être psychopathe. Je peux vous faire n'importe quoi à n'importe quel moment. Je ne connais même pas la différence entre le bien et le mal ! C'est fascinant, non ? Je pourrais vous arracher les yeux ou vous bouffer la langue, je n'éprouverai aucune mauvaise conscience. Il est même possible que ça me procure un certain plaisir.

— De me bouffer la langue ?

— Rassurez-vous, c'était un exemple. D'autant que j'ai déjà mangé des protéines à midi et que j'essaie de faire régime. Vous ne me trouvez pas un peu enveloppé ?

— Euh… Non… Ça va…

— N'hésitez pas, dites ce que vous pensez. Il ne faut pas prendre des gants avec moi uniquement parce que votre vie est entre mes mains.

— Ça ne me serait pas venu à l'idée… Dites, sans vous froisser, vous pourriez m'expliquer ce que vous me voulez ?

— Je veux simplement que vous répondiez à une question, mais je suis sûr que c'est encore prématuré.

— Pourquoi ? lança Félix en essayant de se montrer motivé. Posez votre question, vous verrez, je suis coopératif !

Le cagoulé hocha la tête.

— Comme vous voulez… Où se trouve la fin du scénario d'Émile Gariguette ?

Mardi 27 avril, 14 h 35 – La Niche Saint-Luc

Dans la pénombre de la chambre numéro 1, les lumières clignotaient au rythme des paroles de l'Immortel telle une farandole hypnotique. Rouge, bleu, vert, rouge, jaune, bleu, rouge, vert, rouge, rouge, rouge…

— Excusez-moi, c'est l'alarme glycémique. Je lance une perfusion et je suis à vous.

L'Immortel tapa sur une touche, le rouge vira au vert, une machine se mit en branle, et un liquide blanchâtre coula dans un des multiples tuyaux qui l'alimentaient.

— Autogestion médicale, écrivit-il, l'air satisfait. Je suis relié à des capteurs qui me permettent de pallier toutes les défaillances de mon corps. Assisté de la sorte, j'ai toute la vie devant moi !

— À moins de subir le sort de vos camarades disparus, lança Marie-Jo qui commençait à s'impatienter.

— Vous êtes du genre direct, très chère. J'aime ça…

— Vous ne vous sentez pas concerné ?

— Je ne me sens pas menacé, nuance.

— Que savez-vous sur cette affaire ? intervint Sophie. Pouvez-vous nous dire quel est le rôle d'Émile dans tout ça ?

— Émile a quitté la Niche sans donner d'explications, fit l'Immortel après un long silence. Mais personne n'a été dupe *dfqserago xxsdq dgsdfgi*.

— Pardon ?

— Désolé, mon synthétiseur de voix a des ratés ces temps-ci. Je disais que si Émile est parti, c'est qu'il connaissait la vérité.

— Et vous ? Vous la connaissez ?

L'œil resta fixe. Les touches du clavier ne bougèrent pas. L'Immortel prenait le temps de la réflexion.

— *Dgfqdtgsfhgztrg*, reprit-il. C'est agaçant, *zerezkz*, ça débloque complètement.

L'Immortel montrait un vif mécontentement. À mesure que la colère bouillait à l'intérieur, son visage prenait une teinte cramoisie et s'enfonçait de plus en plus dans les triples mentons gélatineux.

— Je disais que le coupable était *¡Hola! ¿Que tal Carmen? ¿Esta buena la comida?*

L'Immortel tapa rageusement sur son clavier. Des lumières rouges clignotaient de plus en plus nombreuses. Un peu de fumée sortit de son oreille droite.

— Dites-nous ce que vous savez, supplia Sophie.

— C'est une longue histoire. Les morts sont une chose, mais *I can get no satisfaction* les victimes sont *chabadabada, chabadabada.*

La fumée sortait maintenant par les deux oreilles. Un vrombissement de plus en plus fort faisait vibrer toute la pièce. Les lumières rouges se reflétaient sur les visages paniqués de Marie-Jo et de Sophie comme une acné intermittente.

— Qu'avez-vous dit sur les victimes ? s'époumona Marie-Jo dont la voix était couverte par des crissements stridents.

— Pour comprendre cette affaire *è pericoloso sporgersi*, il faut connaître le secret de la série Z, car *l'amour est enfant de bohème qui n'a jamais xyxdqiahbtr de loi*, grinça l'Immortel au milieu de jappements canins.

— Qu'est-ce que vous entendez par « secret de la série Z » ? hurla Marie-Jo alors qu'une mousse visqueuse coulait des manches du Cyborg et se répandait sur le clavier de l'ordinateur.

— Pour la série Z, *Petrouchka, ne pleure pas*, il faut *djobi, djoba...*

Le visage de l'Immortel disparaissait dans sa graisse,

son corps était parcouru de soubresauts, sa perfusion explosa.

— Il faut quoi ? s'égosilla Sophie en essayant de couvrir le vacarme des machines qui s'emballaient.

— *Allons enfants de la patri-i-i-e-e-e-e ! ! !* vociféra l'Immortel dont la tête venait de tripler de volume.

— Attention ! cria Marie-Jo en poussant Sophie vers la porte.

Mais il était trop tard.

La science venait d'atteindre ses limites dans un grand « splouch » dégoûtant. Et ce n'était pas beau à voir.

CinéBisBlog – Les Zélucubrations du docteur Z

Chers camarades Zinéphiles, bien le bonjour. Aujourd'hui, puisque vous préférez risquer la crise d'épilepsie devant ce blog plutôt que de travailler plus pour travailler plus, que diriez-vous d'explorer la face cachée des scientifiques ?

Le cinéma bis est friand de scientifiques mégalos qui se décarcassent à plein temps pour devenir maîtres du monde. Le genre de frustrés qui veulent toujours montrer à leur maman comment qu'ils sont les plus forts. Ils mènent des expériences imbitables dans des laboratoires pouilleux en compagnie d'assistants bossus, et ils meurent à la fin en poussant un cri grotesque.

Le plus connu de ces savants fous est le baron Victor Frankenstein, qui s'amusait à redonner vie à des morceaux de bidoche cousus à la va-vite et surmontés d'une tête de rat d'égout finie au tournevis. Un malentendu persistant règne autour de son patronyme : beaucoup pensent que Frankenstein est le nom du monstre et non celui de son créateur. Confusion intéressante qui révèle une vérité soigneusement dissimulée : le monstre de Frankenstein n'existe pas.

Affirmons-le sans détour, le baron et sa créature ne sont qu'une seule et même personne. Pour le prouver, il suffit d'observer qui sont les premières victimes du soi-disant monstre : le meilleur ami de Frankenstein, sa future femme, son père… Pourquoi eux ? Parce que, en réalité, le baron a échoué dans sa tentative de redonner la vie à un corps mort et qu'il n'a pas supporté l'idée de lire son échec dans les yeux des gens qui l'aimaient. Alors il les a éliminés. Puis il s'est mis à raconter l'histoire de son monstre échappé du laboratoire, et tout le monde l'a plaint. Le baron Frankenstein était donc un piètre scientifique (a-t-il seulement eu son bac S ?), mais cette expérience lui a permis de découvrir où résidait son génie : dans l'art de raconter des histoires, d'inventer des monstres, de faire des contes.

La conclusion est simple : les savants fous sont des littéraires contrariés poussés à l'échec par des parents ne jurant que par les filières scientifiques.

Moralité : Faites gaffe à l'orientation de vos enfants.

Commentaires

fo te reposé docteur Z, pran dé vitamin é mé toi o li, t an surchof !

Commentaire n° 1 posté par : DJ RayBane

Urgent cause amputation, vends une tronçonneuse à cran d'arrêt, peu servi. Faites une offre.

Commentaire n° 2 posté par : La Scoumoune

J'ai bien connu Victor Frankenstein en colo à La Grande-Motte. Il tentait des expériences sur les filles qui dormaient dans la chambrée. À cette époque, il était efficace : elles revenaient vite à la vie !

Commentaire n° 3 posté par : Godzilla34

Moi je fais une eau-de-vie de quetsches qui réveillerait un mort.

Commentaire n° 4 posté par : Georgette en cuisine

tu mchof tro avek té cuetch mami ! tuva voir kom jvé tlé kuiziné si jtatrap !

Commentaire n° 5 posté par : DJ RayBane

Hi ! Je être toujours seule et pleurer. Qui vient voir mon webcam sur www.ohquelorgane.com (0,99 €/mn + frais de bouche) ?

Commentaire n° 6 posté par : Samantha

Mardi 27 avril, 14 h 35 – Rue Mouffetard

Résumé de l'épisode précédent : Félix est attaché sur son canapé, menacé par un triplé cagoulé qui cherche à récupérer la fin du scénario d'Émile. Notre héros parviendra-t-il à s'échapper de ce terrible guêpier ?

L'angoisse est à son comble, la parole est à Félix :

— Je n'ai pas la fin du scénario ! Émile n'a pas eu le temps de l'écrire, le dénouement n'existe pas !

La cagoule semblait satisfaite.

— Je savais que vous répondriez ça. Je vous avais dit que c'était prématuré de poser la question. Laissez-moi un peu de temps et vous verrez, vous deviendrez plus loquace.

Le triplé fit les cent pas dans le salon, absorbé dans ses pensées. Enfin, il se retourna en imitant le geste du cow-boy qui dégaine.

— Je pourrais peut-être découper votre chat en morceaux ?

Krasucki leva une paupière inquiète, Félix ne put réprimer un sourire.

— Si ça vous fait plaisir, ne vous gênez surtout pas.

La cagoule se plissa sous l'effet de la contrariété.

— Et si je torturais votre femme ?

— Elle s'est absentée. D'ailleurs, si j'étais vous, j'éviterais d'être là à son retour.

Le triplé se gratta la tête, puis s'approcha de la vidéothèque, s'empara d'une cassette et demanda d'un ton faussement détaché :

— Ça brûle, ces trucs-là ?

Puis, juste après, il hurla à la mort.

Mardi 27 avril, 14 h 45 – La Niche Saint-Luc

Suite à « l'incident », Sophie et Marie-Jo furent conduites à l'infirmerie de la Niche. Pas pour des soins – elles n'avaient pas été blessées – mais pour faire leur toilette.

Car elles en avaient partout. Des morceaux de l'Immortel.

Comment décrire cette scène sans risquer de voir le lecteur refermer le roman en traitant son auteur de pervers (on se calme) ? Avec une paraphrase biblique ? « L'Immortel était ferraille et il est retourné à la décharge. » Sous forme de constat scientifique ? « Ses molécules d'eau et de carbone ont opté pour l'autonomie. » À l'aide du voile poétique ? « Il était l'Immortel, il régnait sur la Niche/Il a rejoint le Ciel. Ô Terre, tu pleurniches. »

Inutile de cacher que ç'avait été ignoble. Comme si l'Immortel, dans le double mouvement des étoiles en fin de vie, avait d'abord *implosé*, en s'effondrant sur lui-même dans un bruit de bidet qui se vide, puis *explosé* en se dispersant aux quatre vents.

Sophie et Marie-Jo pourront témoigner : pas facile de récupérer un brushing après ça.

Pendant ce temps, à Knokke-le-Zoute…

M. Hubert C. pose son roman sur sa table basse, la mine contrariée. Il estime avoir été indulgent avec l'auteur depuis le début de sa lecture. D'accord pour l'intrigue tirée par les cheveux, l'humour potache à la limite du mauvais goût, les caricatures faciles ; d'accord pour l'hommage aux films de série Z auxquels le roman emprunte certaines facilités et invraisemblances ; mais là, franchement, de qui se moque-t-on ? Vouloir lui faire avaler l'explosion d'un homme-machine ! Même avec un nouveau cognac, ça va être difficile à faire passer ! Tant qu'on y est, pourquoi pas une scène gore avec Zoé en train d'amputer un des triplés avec ses dents ? « Auteur en roue libre, lecteur rend ton livre ! »

M. Hubert C. se rassoit en maugréant. Il jette un regard en coin au roman qui l'attend sagement sur la table basse. Va-t-il reprendre sa lecture en faisant fi de tous ses principes ? Va-t-il l'abandonner pour se plonger dans le dernier Goncourt ? Va-t-il allumer la télé ?

Le suspense est insoutenable.

Mardi 27 avril, 14 h 45 – Rue Mouffetard

Attention, ce qui suit est une scène de violence flirtant avec les cimes de l'abomination. Pour les moins de seize ans, la présence d'un responsable légal pendant la lecture est souhaitable. Tout le monde est prêt ? C'est parti.

Le triplé hurla à gorge déployée, dévoilant un empilement de chicots couverts d'une croûte de tartre orangé (j'avais averti que c'était une scène dégueulasse). Félix ferma un œil de dégoût mais ouvrit l'autre de surprise. Car la surprise était de taille.

Elle était accrochée à l'oreille droite du triplé par les dents. Et elle mordait fort, à travers la cagoule.

C'était un exploit, c'était Zoé.

Tout à la joie de son nouveau piercing, le triplé se lança dans une course effrénée autour du canapé avec son bébé-boucle d'oreille. Félix profita de la diversion pour gigoter façon vermisseau afin de se délivrer de ses liens, comme dans les films où les méchants ne savent pas faire des nœuds. Mais le triplé avait été scout avant de mal tourner (autour du canapé). Les nœuds, c'était son rayon. Plus que la course en salon, qu'il pratiquait en battant l'air de ses mains comme pour chasser les mouches, la tête dangereusement penchée sur la droite, Zoé affichant tout de même dix kilos hors couche.

Après quelques tours de piste, le triplé confirma son goût pour l'athlétisme en abordant une nouvelle discipline : le lancer de poids sans élan. Le geste fut magnifique, sûr et délié. Zoé s'envola en même temps que la cagoule, révélant le visage boursouflé de douleur du triplé. La trajectoire parabolique était de belle amplitude, dessinant dans l'espace un filet rougeoyant fort décoratif. Car il s'était détaché, en faisant « craftch ».

Le lobe de l'oreille.

Et depuis ça pissait dru.

La séquence vire au bon gros gore qui tache. Pendant que le triplé décore à l'hémoglobine le tapis équitable en nattes de raphia tressé, Zoé s'encastre dans la vidéothèque paternelle entre *L'Enfant du diable* et *Chucky la poupée sanguinaire*. Quant à M. Hubert C. de Knokke-le-Zoute, il referme définitivement son livre en se promettant de le revendre chez un bouquiniste (nous lui présentons toutes nos excuses pour le désagrément).

Félix regarde sa fille, paniqué ; Zoé lui sourit, le lobe entre les dents. À cet instant, le triplé unilobé se redresse en rugissant, un coussin népalais plaqué contre son oreille martyre. Il brandit son revolver et marche en direction de Zoé. On ira jusqu'à dire qu'il semble contrarié.

Félix, toujours saucissonné sur le canapé, regarde impuissant sa fille attendre son bourreau. Une émotion étrange le submerge. Comme si une poigne de fer lui serrait les entrailles et les faisait tourner à la façon d'une machine à laver. Comme si son cœur s'était arrêté de battre et préférait rebondir dans son corps tel un jokari. Comme si…

D'autres images ridicules lui viennent encore à l'esprit, puis il comprend. Ce qu'il éprouve est tout simple.

Pour la première fois. Pas de doute.

Il se sent papa.

Mardi 27 avril, 14 h 50 – La Niche Saint-Luc

Le professeur Schlockoff claqua la porte de l'infirmerie avec fracas, histoire de rappeler qui était le mâle dominant à la Niche. Il était furieux. Petit a, parce que la remise en état de la chambre de l'Immortel allait coûter bonbon. Petit b, parce que ça lui faisait un nouveau décès à grand spectacle à gérer et qu'il en avait ras le stéthoscope de ces acteurs qui en faisaient des tonnes même en mourant. Petit c, parce que les deux femmes qui s'épouillaient sur la table d'examen avec l'aide de Mlle Fisher s'étaient bien moquées de lui. Et il n'aimait pas qu'on lui titille la testostérone.

— Peut-on savoir, mesdames, ce que vous faisiez dans la chambre de l'Immortel ? demanda le professeur en forçant son ton le plus poli.

— Il voulait nous parler, répondit Sophie.

— Vous parler de quoi ? insista le professeur, le visage menaçant.

— Eh bien… hésita Marie-Jo. De notre intervention sur le thème du vieillissement… Il semblait concerné par le problème et…

— Rien d'autre ? l'interrompit Schlockoff.

— Disons qu'il n'a pas eu… le temps de… essaya Sophie.

— De vous parler des disparus ? lâcha Schlockoff.

— Les disparus ? tenta Marie-Jo en imitant les yeux du mérou rencontrant ceux du pêcheur au bout de la canne.

— Arrêtez votre cinéma, fit-il en levant la voix, doigt accusateur et regard de tueur. Je sais ce que vous faites là !

— Mon Dieu, le shérif nous a démasquées ! surjoua Sophie en levant les mains en l'air.

— Qu'est-ce qu'il est fort ! renchérit Marie-Jo en battant des paupières.

— Non mais… vous vous moquez ! fulmina Schlockoff.

— Ne me regardez pas comme ça, supplia Sophie, je vais m'évanouir !

— Nous ne sommes que de pauvres femelles ! couina Marie-Jo.

— Je… tenta Schlockoff, au bord de l'apoplexie.

— Vous êtes si viril !

— Tellement mâle !

— Quand vous avez claqué la porte, j'ai failli avoir un orgasme !

Sophie et Marie-Jo éclatèrent de rire devant la mine décomposée du professeur. Paralysé, des tics nerveux ravageant son visage, il implorait du regard l'aide de Mlle Fisher qui pouffait en silence, la tête dans l'armoire aux médicaments.

— Bon, lança Marie-Jo en retrouvant son sérieux, maintenant que les hormones se sont exprimées, on va peut-être pouvoir s'expliquer ?

— Je… tenta Schlockoff.

— Rappelons que nous ne serions pas là si vous aviez fait votre boulot, continua Sophie.

— Non mais…

— Quatre morts, compta Sophie.

— Et quatre mensonges ! ajouta Marie-Jo.

— Non mais, je…

— Imaginez le scandale.

— La presse va se régaler.

— Non mais, je vais pouvoir en placer une ? hurla le professeur en fracassant d'un coup de poing un miroir et trois de ses phalanges.

Mlle Fisher quitta l'infirmerie en courant, secouée d'un fou rire. Sophie et Marie-Jo se firent un clin d'œil, puis répondirent ensemble :

— Faites donc, professeur. Nous sommes tout ouïe.

Mardi 27 avril, 14 h 50 – Rue Mouffetard

La tension atteignait son paroxysme (ou « Le suspense était à son comble », au choix). Félix en saucisson, Zoé en rayon, le triplé en colère. La distance entre le futur exterminateur et la bientôt pulvérisée n'était que de deux mètres, mais un bon narrateur peut tenir des plombes avec ça. Abrégeons cependant par égard pour les lecteurs qui se demandent, affligés, comment l'auteur a pu écrire des horreurs pareilles avec un bébé (pardon, j'étais saoul).

Le triplé s'approcha de la vidéothèque, leva le poing vers Zoé, et ne comprit pas ce qui lui arrivait. C'était en haut du dos, juste sous l'omoplate, et ça piquait pas mal. Ça ne pouvait pas venir du nabot cinéphile, il n'avait pas bougé du canapé. Il fallait regarder, en avoir le cœur net. Le triplé tourna la tête, et son visage afficha une moue d'incompréhension bien compréhensible.

Il vit d'abord le parapluie rose fuchsia, enfoncé profond dans sa chair tendre d'urbain grassouillet. Puis le visage revêche d'une mémé peroxydée qui tenait le manche dans sa main. Et enfin le doigt, sur le bouton.

Tout se passa alors très vite. La mémé tira la langue. Le doigt appuya.

Et le parapluie s'ouvrit.

La première fois que ta mère a lu un de tes scénarios (l'histoire d'un vampire qui organise des collectes de sang en se faisant passer pour un médecin de l'ESF), elle t'a demandé pardon pour t'avoir fait tomber de la table à langer quand tu avais un an.

La deuxième fois qu'elle s'est intéressée à ton travail (c'était la biographie du savant fou qui inventa le slip élastique permettant à Hulk, le monstre vert, de ne pas se retrouver la courgette à l'air chaque fois qu'il se transforme), elle t'a rappelé que beaucoup d'adolescents rencontraient des problèmes de drogue et qu'il n'y avait pas de honte à en parler.

La troisième fois qu'elle a feuilleté une de tes œuvres (un péplum racontant la disparition de l'Atlantide à la suite d'une invasion de marmottes extraterrestres), elle s'est mise en colère et t'a dit qu'il était temps d'arrêter la série Z et de se mettre à vivre.

Ce que tu n'as pas osé lui avouer, c'est que tu as souvent l'impression que ta vie est une série Z.

Les retrouvailles familiales furent émouvantes entre Félix, sa fille et sa mère. Par pudeur sans doute, le triplé ne s'attarda pas. Acceptant le parapluie comme cadeau d'adieu, il quitta l'appartement des Zac en lançant un contre-*ut* déchirant d'émotion qu'il réussit à tenir jusqu'au trottoir.

En le voyant dévaler l'escalier avec ses baleines roses dans le dos, la voisine du dessous crut à un bizutage et proposa une piécette, car il faut soutenir la jeunesse qui va payer nos retraites. Enfin, le gémellaire visiteur se perdit dans la foule indifférente, éphémère touche de couleur dans la grisaille de la toile parisienne, laissant dans le salon des Zac un souvenir impérissable, quelques litres de sang et un pistolet. En plastique.

Rideau.

Mardi 27 avril, 14 h 55 – La Niche Saint-Luc

Le professeur Schlockoff, drapé dans sa dignité blessée, exigea des explications. Sophie et Marie-Jo, se rappelant qu'un homme humilié au dernier degré par une femme avait tendance à bouder un peu, décidèrent d'adopter un profil bas. Elles parlèrent de Félix, du scénario et de leur enquête. Elles démontrèrent à Schlockoff qu'il était dans son intérêt de les laisser agir. Les pensionnaires savaient des choses, l'Immortel en était la preuve, malheureusement il était mort avant de pouvoir les révéler. Il fallait donc les laisser poursuivre leurs investigations.

Sophie et Marie-Jo furent claires dans leurs propos, convaincantes dans leur argumentation. D'ailleurs, le professeur les écouta avec beaucoup d'attention. Avant de les mettre à la porte.

Non mais, pour qui elles se prenaient ces gonzesses ?

En sortant de l'infirmerie, un peu décontenancées par la réaction du mâle bafoué, Sophie et Marie-Jo heurtèrent Ferdinand Bic qui renouait son lacet par hasard juste derrière la porte. À quelques mètres de là, elles aperçurent les Vétérans Vigilants au grand complet qui laçaient eux aussi leurs chaussures. Mine affligée, Ferdinand se redressa en crissant du ménisque.

— Mesdames, lança-t-il d'un ton éploré, vous avez donc assisté à la fin de l'Immortel ?

— Malheureusement, répondit Sophie.

— Son enveloppe charnelle a quitté ce triste monde, enchaîna le chef des VV en variant les trémolos. Mais son esprit reste vivant en vous. Il vous a parlé, vous êtes ses héritières.

— Ne nous emballons pas, fit Marie-Jo.

— Nous comptons sur vous pour continuer la recherche de la vérité, l'Immortel l'aurait voulu ainsi. Vous a-t-il livré des informations sur les événements qui secouent nos murs ?

— Il a parlé du « secret de la série Z », commença Sophie, et…

— Il a dit ce que cela signifiait ? l'interrompit Suzanne.

— Il n'en a pas eu le temps. Vous savez de quoi il voulait parler ?

— Pas du tout, répliqua Suzanne d'un ton sec. Cela ne nous dit rien.

— Hum, hum… intervint Ferdinand. Permettez-moi, mesdames, de vous présenter ma camarade Suzanne Borniol.

— Bonjour, j'ai tourné avec Alfred Hitchcock, déclara Suzanne.

— Coupée au montage, marmonna Madeleine.

— Pardon ? dit Sophie.

— Non, rien, je toussais, toussa Madeleine.

— Vous connaissez sans doute Charles et Madeleine Desflanelles ? demanda Suzanne. Dans le métier, on les appelait « les cascadeurs de la braguette ».

— Cette chère Suzanne plaisante, grinça Charles. Nous fûmes, Madeleine et moi, les acteurs d'une certaine avant-garde artistique redéfinissant la représentation des corps et des relations hommes-femmes.

— On les connaît aussi sous le nom de « Cuisse-Légère et Os-à-Moelle », ajouta Suzanne.

Sentant la tension monter sous les yeux inquiets de Sophie et de Marie-Jo, Ferdinand joua la diversion.

— N'oublions pas notre chère Odette Flonflon, honorée par l'Académie des Arts comme recordwoman du nombre d'apparitions à l'écran dans un rôle de servante.

— Quatre-vingt-quatre ! annonça fièrement Odette. Et j'arrive deuxième pour le rôle de la concierge.

— Juste derrière Suzanne, glissa Madeleine. C'est bien simple, la Grande Borniol est à la concierge ce que Sean Connery est à James Bond. À quand un césar d'honneur ?

— À propos de récompenses, renchérit Suzanne, tu pourrais montrer à ces dames la « Gâterie d'or » que tu as obtenue en 32.

— Tu as raison, je suis sûre qu'elles préfèrent les gâteries aux gâteuses.

— Tu vas prendre ma béquille quelque part, ça va te rappeler des souvenirs !

— Un peu de tenue, mesdames ! intervint Ferdinand. Que vont penser nos visiteuses ?

— Ne vous inquiétez pas, rassura Marie-Jo. Je suis médecin, j'en ai vu d'autres.

— Moi, je suis enseignante, déclara Sophie, et j'en ai vu des pires.

— Merci pour votre compréhension, dit Ferdinand. Maintenant, parlons de notre entreprise : que pouvons-nous faire pour vous être utiles ?

Sophie et Marie-Jo regardèrent les Vétérans Vigilants un par un. Odette, qui secouait ses cheveux bleus avec une élégance toute parkinsonienne. Suzanne, chez qui les joues couperosées mettaient en relief le voile blanc de la cataracte. Madeleine et Charles, qui mêlaient amoureusement les pieds de leurs déambulateurs. Et Ferdinand, bombant le torse dans une posture de tragédien qui mettait en valeur de petites auréoles autour de sa braguette.

— Pour l'instant, firent-elles d'une seule voix, s'il vous plaît, ne faites rien.

Les carnets de l'inspecteur Galachu

Affaire Niche Saint-Luc – Application de la Grille Statistique Galachu

Hypothèse « Marie-Jo et/ou Sophie » (Indice de Culpabilité : 13 %)

Argument : Elles traînent dans les couloirs de la Niche en se faisant passer pour les membres d'une association d'aide au troisième âge. Elles restent dix minutes en compagnie d'un pensionnaire et il clamse sur place. Marie-Jo est médecin, donc capable d'administrer les piqûres létales. Sophie est prof, donc capable de tout.

Objection : Quel serait leur mobile ?

Examen du Profil de Culpabilité n° 25 : « Le coupable est un proche du principal suspect. »

Dans 9 % des romans policiers, le coupable est intime avec le suspect le plus probable. Plein de compassion pour ce proche incriminé à tort, sa perversité est proportionnelle à son empathie apparente. Il poignarde allègrement son ami/compagnon/frère dans le dos pour se débarrasser de celui qu'il considère comme un gêneur.

Conclusion : Je ferais mieux de retourner voir ma poupée russe.

Mardi 27 avril – Rapport de l'agent Virgile Galachu
Objet : Filaturisme du projectionniste du Brady
23 h – Finitude des séances. Le projectionniste quitte le cinéma en scooter.
23 h 1 – Je suis à pied. Fin du filaturage.
Conclusement : Le projectionniste est rusé.

Mardi 27 avril, 20 h – La Niche Saint-Luc

Le repas du soir à la Niche était un spectacle surprenant pour les visiteurs non avertis. D'abord, à cause des valises de pilules ingurgitées par les pensionnaires pour se maintenir plus ou moins en vie jusqu'au lendemain. Ensuite, parce que c'était le moment où les vieux exprimaient le mieux le profil « GGG » théorisé par le professeur Schlockoff dans sa thèse de doctorat : *Goinfre, Glouton, Goulu, approche psychogériatrique du retour au stade oral*. De son côté, Mlle Fisher expliquait la voracité vespérale par cette évidence : quand on n'est pas sûr de passer la nuit, le souper prend vite des allures de dernier repas… Mais, pendant que les dentiers dégommaient les biscottes dans l'allégresse, une tablée affichait des visages graves de conspirateurs. Celle des Vétérans Vigilants.

— Je ne sais pas ce que le professeur complote avec les policiers et le jeune Zac, mais ça ne me dit rien qui vaille, confia Suzanne qui râpait deux comprimés de Variçoïde aux oméga-3 sur sa tartine de Vache qui rit.

— Ça sent le roussi, confirma Ferdinand en pilant un Tranquillizac 500 dans sa soupe.

— Qu'est-ce que vous pensez de ces deux femmes que l'Immortel a voulu rencontrer ? demanda Madeleine en sifflant un flacon d'Hémorroïdyl 150 ml. Vous croyez qu'on pourrait leur faire confiance ?

— Certainement pas, assura Suzanne. Je me méfie

d'elles, et c'est pour les avoir à l'œil que j'ai annulé la sortie avec mes enfants cet après-midi.

— Pourtant, l'Immortel leur a parlé du secret de la série Z, reprit Ferdinand.

— Il ne leur a rien expliqué du tout ! rétorqua Suzanne.

— Elles ont dit qu'il n'en avait pas eu le temps, rappela Madeleine.

— Ou alors il s'est rendu compte qu'on devait se méfier d'elles aussi, assena Suzanne. Mettez-vous bien ça dans la tête, nous sommes vieux et les vieux n'ont que des ennemis.

— Tu exagères, protesta Madeleine, les aides-soignantes sont gentilles…

— Ce n'est pas de la gentillesse, c'est de la compassion !

— Elles veulent notre bien, insista Madeleine.

— Bien sûr ! s'emporta Suzanne. C'est pour ça qu'on nous infantilise, qu'on nous met sous tutelle, qu'on nous bourre de médicaments ! Les vieux n'inspirent que deux sentiments, la pitié ou la peur. Nous offrons aux jeunes l'image de ce qu'ils vont devenir et ça n'est pas beau à voir ! Je le sais de source sûre, c'est ce que je pensais quand j'étais jeune !

— Vous m'avez vu prendre mes cachets roses ? intervint Odette.

— Vous voyez ce que je veux dire ? s'agaça Suzanne en montrant sa voisine de table en pleine quête existentielle.

— Je ne me souviens plus si j'en ai pris deux ou trois, pleurnicha Miss Alzheimer 2006.

— Il faut faire quelque chose ! s'exclama Charles qui sortait d'un minicoma digestif.

— Pour mon médicament ? fit Odette.

— Non, pour nous défendre ! précisa Charles.

— Qu'est-ce que tu veux faire ? soupira Ferdinand. Regarde dans quel état nous sommes…

— Il faut voir les choses en face, dit Madeleine, on est à leur merci…

— Vous vous trompez, tout n'est pas perdu, affirma Suzanne en tapant du poing sur la table. Croyez-moi, nous avons encore une carte à jouer.

Tous les regards convergèrent vers Suzanne, sauf celui d'Odette qui cherchait ses pilules à quatre pattes sous sa chaise.

— Qu'est-ce que tu veux dire ? demanda Ferdinand.

Suzanne regarda ses amis un par un, se pencha sur son bol de chicorée-Toplexil et susurra d'un air énigmatique :

— Faites-moi confiance, n'oubliez pas que j'ai tourné avec Alfred Hitchcock. Donnez-moi une semaine et on en reparle.

III

Une semaine plus tard…

(car les désirs de Suzanne sont des ordres)

1

La créature est parmi nous (John Sherwood, 1956)

Mardi 4 mai, 7 h – Rue Mouffetard

Les premiers rayons du soleil effleurèrent les moustaches de Krasucki. Répandu dans son panier, à la limite de la liquéfaction, l'animal grogna. Il avait horreur qu'on lui change ses habitudes, et là, depuis une semaine, quel chambardement ! D'abord cette bataille rangée dans le salon qu'il avait observée du haut de la bibliothèque, puis cette terrible dispute entre le distributeur de croquettes et la préposée au brossage qui avait irrité ses tympans délicats. Résultat, le distributeur de croquettes dormait à présent dans la chambre de la naine hurlante, et la naine hurlante dans la chambre de la préposée au brossage ! Le grand n'importe quoi ! C'était toujours pareil avec les esclaves humanoïdes, pensa Krasucki en allant mettre en route son distributeur de croquettes, dès qu'on leur lâchait un peu la bride, on s'en mordait les coussinets. Il fallait y mettre bon ordre…

Mauvaise nouvelle, Sophie est fâchée contre toi. Résultat des courses, tu dors depuis une semaine dans la chambre de ta fille entre Paquito, le clown équitable péruvien, et Jojo le blanchon bourré à la main par des handicapés mentaux albanais. Si ça continue, demain tu te remets à sucer ton pouce et, dans trois jours, c'est pipi au lit. Tout ça à cause de « l'événement ».

Acte I – Retour de Sophie juste après la visite du triplé. Première erreur, c'est ta mère qui l'accueille. Deuxième erreur, elle lui conseille de ne pas entrer au salon. Le coup de boule est évité de justesse.

Acte II – Sophie arrive au salon. Tu as eu le temps de défaire tes liens, mais pas de faire le ménage. Erreur n° 3, tu lui souris. Elle te demande « Que fait ta mère ici ? » et « Où est Zoé ? ». Erreur n° 4, tu lui souris.

Acte III – Ta mère réapparaît. Elle pose une main sur ton épaule et un regard noir sur Sophie. Un iceberg passe.

Ta mère (ton pincé) : Heureusement que j'étais là, moi.

Sophie (froide) : Plus pour longtemps, j'espère.

Ta mère (offusquée) : J'ai sauvé Félix !

Sophie (froide au carré) : On l'écrira sur votre tombe.

Ta mère (en montrant la vidéothèque) : J'ai sauvé Zoé !

C'était la cinquième erreur.

Acte IV – Sophie aperçoit Zoé parmi les DVD à un mètre quatre-vingts de hauteur.

Acte V – Censuré. (Un indice : ça finit mal.)

Mardi 4 mai, 7 h – La Niche Saint-Luc

Le professeur Schlockoff se réveilla fatigué. Il avait couru toute la nuit, poursuivi par un Virgile déguisé en grosse loutre et une horde de vieillards qui réclamaient des bisous. Pas besoin d'avoir une spécialité en psychiatrie pour comprendre que les fusibles étaient en train de fondre.

Cela faisait des semaines qu'il faisait bonne figure avec la noblesse du capitaine tenant le cap en pleine tempête. Pourtant, ce matin-là, il comprit à quelques signes discrets que le naufrage était proche. Comme le fait d'écrabouiller le nez de Mlle Fisher en croyant éteindre le réveil, de se laver les cheveux avec la crème dépilatoire de sa maîtresse, ou encore de répondre au « Bonjour » catarrheux d'Odette Flonflon par un vibrant « Dégage, mamie ! ».

Lui, Jocelyn-Gustave Aldebert Schlockoff, troisième du nom, professeur émérite en gériatrie clinique, membre éminent du Rotary-Club de Barges-les-Gonesse, secrétaire perpétuel de l'Académie des Bourreurs d'Opossums, descendant en ligne directe du neveu de la cousine du frère de lait de l'écuyer adjoint de Charlemagne, il se sentait au bord de la dépression. Et ça lui fichait le bourdon.

La Niche Saint-Luc, l'œuvre de sa vie, sa fierté, son bijou, n'allait pas résister encore bien longtemps à la houle. Elle prenait l'eau de tous côtés, elle n'avait plus de gouvernail. Et à force de filer la métaphore, il sentit qu'il commençait à avoir le mal de mer.

Au moment où il entra dans la salle à manger, tout se remit à tanguer.

— Il y a un problème, vint lui dire une des aides-soignantes.

— De quoi s'agit-il ? fit Schlockoff avec un goût d'eau salé à la bouche.

— C'est l'abbé Saint-Freu. Il raconte de drôles de choses à table à propos du décès de l'Immortel. D'après lui, ce n'est pas un accident…

— Qu'est-ce que c'est encore que cette histoire ? s'agaça Schlockoff. Il accuse quelqu'un ?

— Oui. Lui.

Mardi 4 mai, 7 h 30 – Rue Mouffetard

Félix partageait avec Krasucki la haine du changement. Par exemple, il n'avait pas apprécié que l'animal changeât son mode de réveil. Il trouvait que, chercher à asphyxier son maître en s'asseyant sur son visage dès potron-minet, c'était limite insolent. À noter en haut de la liste des courses : « Trouver vétérinaire complaisant pour piquouse salvatrice. » Mais Félix avait bien conscience que ce n'était pas le meilleur moment pour une extermination krasuckienne. Sophie ne lui parlait plus depuis une semaine. Elle était grave vénère, comme disent les anciens jeunes, il était donc inutile de passer une seconde couche.

Tout en remplissant le bol de croquettes, Félix se demandait comment il pourrait redresser la barre. Sophie n'avait pas digéré l'échec de sa mission secrète à la Niche avec Marie-Jo. Il aurait fallu du nouveau dans l'affaire pour réchauffer l'ambiance. L'Immortel avait parlé du « secret de la série Z », mais Félix avait beau se creuser la tête depuis une semaine, il n'aboutissait à rien. « Secret de la série Z », ça ne correspondait à aucun titre de film, ni à rien qu'il connaissait… De son côté, l'inspecteur Galachu pataugeait. Aucune trace des triplés, pas de nouveaux témoignages, pas d'indices supplémentaires, l'enquête était au point mort.

Quant à l'écriture du scénario… Félix savait qu'il était en train de laisser passer la chance de sa vie. Isidore Boudini allait finir par se lasser, et l'ultimatum de Sophie arriverait bientôt à échéance. Il sentit une boule se former dans son estomac, et « ANPE » clignoter dans sa tête.

Les carnets de l'inspecteur Galachu
Affaire Niche Saint-Luc – Application de la Grille Statistique Galachu
Hypothèse « Triplés » (Indice de Culpabilité : 78 %)
Argument : Les triplés sont louches par nature (ils ne sont pas comme nous). Ils ont réussi à me semer dans Paris (indice d'un surentraînement propre au grand banditisme). L'un d'eux a agressé Félix pour récupérer la fin du scénario d'Émile (avec un pistolet en plastique, signe d'un excès de confiance typique des grands pervers).
Objection : Leur culpabilité est trop évidente pour être honnête.
Examen du Profil de Culpabilité n° 4 : « Le coupable est tout désigné. »
Dans 23 % des romans policiers, le coupable agit à visage découvert, des témoins l'identifient, il fait volontiers des aveux. Mais l'enquêteur soupçonne que tant d'évidence cache quelque chose. Il mène donc de longues investigations pour dépasser les apparences. Lors du coup de théâtre final, on découvre que le coupable était bien le type évident du début, et le lecteur se demande si ça valait la peine de faire tout ce cirque.
Conclusion : Je vais prendre une aspirine.

Mardi 4 mai, 8 h – La Niche Saint-Luc

Le professeur Schlockoff aperçut l'abbé Saint-Freu qui haranguait la foule en faisant voltiger sa canne, tel le sorcier Gandalf devant les orques du *Seigneur des anneaux*, mais en un peu moins impressionnant. Autour de lui, les invectives pleuvaient comme à Gravelotte (ou comme « vache qui pisse », mais ça fait tout de suite moins classe comme comparaison).

Le professeur s'avançait vers l'abbé, pendant que

son esprit remontait le cours du temps. Chez les Schlockoff, on était médecin de père en fils depuis les Croisades, et la geste familiale était intarissable sur Johan Schlockoff sacré « Roi de la saignée » sous Louis XIII. Le poids du passé… Le professeur revoyait le jour de ses quinze ans où il avait annoncé à ses parents son intention de devenir apprenti chez un taxidermiste. On lui avait répondu « Passe ta thèse de médecine d'abord », et voilà le résultat… Dix ans d'études et trente de Rotary, tout ça pour s'occuper d'un abbé Saint-Freu. Misère…

— Dieu vous punira tous, chiens d'infidèles ! aboya l'abbé.

— D'accord, pacifia Schlockoff, mais finissez votre tartine d'abord.

— Le châtiment de votre « Immortel » est un avertissement ! Le nom qu'il s'attribuait était une insulte à Jésus-Christ-Roi-Notre-Seigneur-Amen !

— Qu'est-ce que vous lui avez fait ? interrogea le professeur.

— Dieu m'a soufflé l'idée du court-circuit ! Une bonne surtension et paf ! Parti griller en enfer, le suppôt de Belzébuth ! débagoula l'abbé qui bavait sur la confiture.

— Mais pourquoi avoir fait ça ? reprit Schlockoff.

Saint-Freu ferma les yeux comme pour se connecter à son fournisseur d'accès divin. La salle à manger se figea. Un courant d'air froid fit remonter les châles sur les épaules.

— Parce que la vie est sacrée ! écuma le soutané en exhibant des yeux révulsés. Parce que les hérétiques qui prétendent la prolonger, comme ceux qui osent l'abréger, doivent savoir que le Tout-Puissant veille !

Trois infirmiers approchèrent l'abbé avec le sourire

bienveillant du dentiste affirmant que tout va bien se passer. L'un mangea sa canne, un autre sa tartine, le troisième réussit à lui passer la camisole.

— Il a loupé sa vocation, notre curé, dit Ferdinand. Il aurait fait un tabac dans les films d'horreur.

— Il ne mange pas son Flanby ? s'inquiéta Charles pendant que Saint-Freu était évacué sous une pluie de mie de pain.

— On joue à quoi ? s'enquit Odette.

— À rien, fit Suzanne, ne t'en fais pas. Mâche bien tes pilules.

Mardi 4 mai, 8 h – Rue Mouffetard

Nom de code : Dernière chance. Objectif : Réconciliation conjugale. Cible : Soso furioso. Séquence répétition, en pyjama dans la cuisine.

— Coucou, chérie, v'là le p'tit déj ! Bof… Mamour, un p'tit croissant ? Mouais… Trésor adoré, tu aimes toujours les miettes dans ton lit ?

— Je suis là, Félix.

En entendant la voix de Sophie dans son dos, Félix lâcha son accessoire de scène : le plateau du petit déjeuner, rempli.

— Je ne… je ne t'avais pas entendue entrer…

— J'arrive encore au mauvais moment ? Ça devient une habitude.

— Ah, ah, fit Félix d'un ton qui se voulait complice et détendu, mais qui n'était rien de tout ça. Tu fais référence au malentendu avec ma mère ?

— Je pensais surtout à mon bébé rangé parmi tes vidéos.

— Ah, ça…

— Avec un lobe d'oreille à la main.

— Tu sais, j'ai lu un article qui disait qu'avant trois ans, on ne gardait pas en mémoire les…

— Les lobes arrachés avec les dents ?

— Je suis désolé, je voudrais m'excuser…

— Tu l'as déjà fait, ce n'est pas ça que je veux.

— Dis-moi ce que tu veux ! proposa Félix en imitant à la perfection les yeux du cocker au moment où son maître hésite à lui filer du rab de pâté. Je suis prêt à tout pour me faire pardonner.

— Je veux me venger.

— Ah… de moi ?

— Oui, et de ta mère aussi. Je vais faire un « pack spécial Zac » et je suis sûre que je me sentirai mieux après.

— La colère est mauvaise conseillère. Ma grand-mère disait toujours une phrase en patois qui…

— Félix, s'il te plaît ! Les gamineries, c'est terminé. Si tu tiens à moi, il va falloir que tu grandisses !

— Pas de problème, je grandis quand tu veux, dit Félix en se mettant sur la pointe des pieds (juste avant qu'un éclair de lucidité lui suggère qu'il avait connu des moments plus propices à la blague que celui-ci).

— Hilarant, fit Sophie, sinistre.

— Pardon… Qu'est-ce que tu veux que je fasse ?

— Premièrement, tu vas le virer.

— Qui ça ?

— Ne recommence pas à faire l'idiot ! Ça fait une semaine qu'on est enfermés dans l'appart avec lui ! Tu vas le dégager fissa !

— C'est l'inspecteur Galachu qui a pris cette décision le temps de retrouver les triplés…

— Je t'avertis, je ne le supporterai pas une journée de plus.

— Il est là pour nous protéger !

— S'il reste, c'est toi qui vas devoir le protéger !

Les carnets de l'inspecteur Galachu

Affaire Niche Saint-Luc – Application de la Grille Statistique Galachu

Hypothèse « Félix Zac » (suite)

Question : Et si Félix avait inventé cette histoire d'agression par un triplé pour crédibiliser la version selon laquelle il n'est pas l'auteur du scénario ? Seuls témoins de la scène : sa mère et sa fille… Comme par hasard.

Décision : Protection rapprochée de Félix par Virgile (mission officieuse : surveillance du suspect).

Rapport de l'agent Virgile Galachu
– Surveillage de Félix Zac

Objet : Bilan de la 1re semaine

Mercredi 28 – Journée d'installage. Mise au point avec Sophie, la compagne du suspect (n'ayant pas été avertie, m'a cassé un balai sur la tête en me voyant dans son salon), collectation d'informations (horaire des repas), prise de contact avec le canapé-lit (correct).

Jeudi 29 – Les Zac sont de sortie (partis sans prévenir alors que je réfléchissais sur le canapé). Je fouille l'appartement et acquiers la certitude que le triplé ne se planque pas chez eux (ou alors il est super fort à cache-cache).

Vendredi 30 – En matinée, j'accompagne les Zac dans une tournée des boutiques pour enfants. Trois heures d'exposage à plus de cent cinquante décibels, frôlation de l'accident de travail. Après-midi de récupérage. En soirée, investigages discrets auprès de Zoé, la fille du suspect. Je la joue copain-copain pour lui tirer les vers du nez. Stratégie payante : je sais déjà tout sur ses programmes télé préférés (elle a bon goût).

Samedi 1er – Jour férié, repos. Matation de films d'horreur avec Félix en buvant des bières.
Dimanche 2 – Jour du Seigneur, repos. Buvation de bières avec Félix en matant des films d'horreur.
Lundi 3 – Je rédige mon rapport. Bilan : rien d'anormal à signaler chez Félix, garçon sympathique. Par contre, doutes sur sa femme, Sophie. Elle n'aime pas la bière, elle n'aime pas *Massacre à la tronçonneuse*, elle se nourrit de graines. S'il y a quelqu'un de louche dans cette maison, c'est bien elle.

Mardi 4 mai, 8 h 15 – Rue Mouffetard

Sophie sursauta en entrant au salon. Ça durait depuis une semaine, mais elle ne s'y habituait pas. Affalé dans le canapé, Virgile regardait des dessins animés. L'œil vide et les doigts collés aux chips, il faisait du lard intensément. Le pire, c'est que tous les matins Zoé se calait sur ses genoux et regardait *Les Aventures de Poupette et Gros Boubou* en sa compagnie. Ça lui faisait mal aux ovaires, mais Sophie était obligée de constater que tous les deux s'entendaient à merveille. « Monte un peu le son », « Passe-moi des chips », « T'as vu ? Trop fendard la tête à Poupette ! » : ils se comprenaient d'un regard. Et surtout, il fallait se rendre à l'évidence, Zoé n'avait jamais été aussi calme que dans les bras de Virgile…

Après avoir jeté à Félix un regard en biais d'une rare limpidité sémantique, Sophie préféra s'exiler à la cuisine plutôt que de subir ce spectacle contre nature. Félix savait qu'il était au pied du mur. Il s'était senti père devant Zoé en danger, il lui fallait maintenant devenir un homme adulte pour sauver son couple. Certes, ça faisait beaucoup pour un Félix, mais c'était ça ou demander l'asile politique à maman.

Alors il eut une idée.

Mardi 4 mai, lettre de Mireille Zac à son fils Félix

Mon chéri,

Puisque ta délicieuse compagne ne me permet toujours pas d'approcher de votre chaleureux foyer, j'en suis réduite à t'envoyer une lettre. Quand je pense que je t'ai mis au monde sans péridurale, ça fait quelque chose…

Tu remarqueras que j'ai glissé mon courrier dans une enveloppe des Impôts pour éviter d'éveiller les soupçons. J'ai l'impression de rajeunir, ça me rappelle les histoires que ton grand-père me racontait sur la Gestapo. Sauf que les Nazis, eux, au moins, ils ne faisaient pas semblant d'être de gauche…

C'est pourquoi je te l'annonce tout de go, mon petit : j'entre en Résistance. Je ne peux te laisser plus longtemps dans les griffes de cette fonctionnaire ! Regarde ce qu'elle a fait de toi ! Tu te nourris d'algues, tu t'hydrates au thé vert, tu t'es pacsé (Seigneur, prends pitié), et tu es même devenu homme au foyer ! Elle t'a tellement dévirilisé que c'est un miracle que tu sois devenu papa (rendons grâce à Dieu). Ah, elle est belle la femme libérée qui ne songe qu'à emprisonner l'homme ! Tu ne réagis même pas quand elle maltraite ta pauvre mère usée par la vie ! Moi qui t'ai allaité pendant deux ans alors que j'avais les tétons douloureux…

Quant à ma petite-fille, je ne parlerai pas de son éducation. La pauvre serait élevée en forêt par des sangliers que ça ne serait pas pire ! Heureusement que le Seigneur nous apprend la compassion, sinon je serais capable de dire des choses méchantes. Pour finir, j'aimerais comprendre dans quelle histoire sordide ta Sophie a réussi à t'entraîner. Elle passe ses énièmes vacances de prof à traîner on ne sait où, pendant que tu te fais agresser dans ton salon ! Grâce à Dieu, j'étais là pour te libérer de tes liens.

Mais je me rends compte que je n'ai pas fini le travail.

Encore un peu de patience, mon chéri, ta maman s'occupe de toi.

Les carnets de l'inspecteur Galachu

Affaire Niche Saint-Luc – Application de la Grille Statistique Galachu
Hypothèse « X » (Indice de Culpabilité : 11 %)
Examen du Profil de Culpabilité n° 16 : « Le coupable est indétectable. »
Dans 9 % des romans policiers, le coupable est un personnage secondaire sans lien apparent avec l'intrigue. On découvre sa culpabilité à la faveur d'une révélation finale qu'il était impossible de prévoir (connue sous le nom de « cheveu sur la soupe »). En général, le lecteur reste sur sa faim et ne recommande ce roman pourri qu'à ses proches ennemis. Conclusion : On n'est pas couché.

Mardi 4 mai, 8 h 15 – La Niche Saint-Luc

Suite du petit déj à la Niche. Encore hébétés de s'être réveillés vivants, les pensionnaires fixaient leur café au lait d'un œil vide, pendant que leurs cervelles ankylosées téléchargeaient les informations de base : « Comment je m'appelle ? », « Où suis-je ? », « Que dois-je faire avec ce bol ? »

À la table des Vétérans Vigilants, l'ambiance était morose. Odette Flonflon était en larmes, comme tous les matins depuis des semaines.

— Je n'en peux plus, ma mémoire est en lambeaux. Hier soir, j'ai voulu penser à ma carrière au cinéma et je ne me souvenais d'aucun de mes rôles !

— Ah oui, c'est dur, compatit Madeleine.

— En même temps, ça ne veut rien dire, fit Suzanne. Personne ne se souvient des rôles d'Odette, même les gens qui n'ont pas l'Alzheimer.

— Suzanne, sois gentille ! lança Ferdinand en faisant les gros yeux.

— C'était pour l'aider ! marmonna Suzanne. De toute façon, elle a déjà oublié ce que j'ai dit…

— Moi, je me souviens d'un joli personnage, intervint gentiment Madeleine. Tu faisais une femme calamar dans *Le Continent des hommes-poissons*.

— Un calamar ? chercha Odette. Peut-être… J'avais une belle robe ?

— Euh… Oui… bien sûr…

— Je ne me souviens plus… En revanche, il y a une chose que je n'ai pas oubliée ! s'écria Odette en mettant son coude dans le pot de confiture. Suzanne nous a dit la semaine dernière qu'elle avait un plan pour nous aider. Je n'en peux plus d'attendre. Où ça en est ?

— Je voulais vous faire la surprise, répondit Suzanne. Je vois mes enfants cet après-midi, ils doivent m'apporter des infos. Si tout se passe comme prévu, il n'y a plus que deux ou trois jours à attendre.

— Deux ou trois jours ? s'écria Odette, la mine rassérénée.

Suzanne hocha la tête d'un air satisfait.

— On te fait confiance, firent les VV en chœur.

— Vous pouvez, affirma Suzanne en mordant dans un croissant.

Mardi 4 mai, 12 h 30 – Rue Mouffetard

— Bravo Félix, je te félicite, c'était une idée géniale.

Sophie regardait Félix avec admiration. Comme c'était la première fois depuis leur rencontre, Félix regretta de ne pas avoir d'appareil photo. Un tapis de velours rouge recouvrit soudain le carrelage ébréché, lambris et dorures effacèrent les murs lépreux, le hall de l'immeuble revêtit les ors d'un palais de conte de fées, car dans un bon roman le décor reflète toujours l'état d'âme du héros. Et Félix buvait du petit-lait.

— Enfin débarrassé du gros Virgile ! continua Sophie. Grâce à toi ! J'aime quand tu prends des initiatives comme ça.

À ces mots, le Félix ne se sent pas de joie ; et pour montrer sa belle voix, il ouvre un large bec.

— Tu as tendance à me sous-estimer, ramagea-t-il en agitant son plumage. Je ne suis pas démonstratif, mais je sais être ferme quand il faut.

— Continue comme ça, c'est parfait. Tu t'occupes de la poussette ? Je vais prendre le courrier.

— Donne ta fille à l'homme de la maison, plastronna Félix.

— Alors... dit Sophie en détaillant le contenu de la boîte aux lettres. Que de la pub, comme d'hab... « La pizza choucroute, un nouveau concept chez vous en quinze minutes », « Dieu vous aime : envoyez-lui un chèque, ça lui fera plaisir ». Tiens ? Il y aussi une lettre des Impôts, pour toi.

— Pour moi ? Je n'ai jamais gagné un centime !

— Je ne me serais pas permis de le rappeler, mais c'est bien d'en être conscient, mon chéri.

— Ça doit être une erreur... Tu peux l'ouvrir ?

Mardi 4 mai – Rapport de l'agent Virgile Galachu
10 h 30 – Les Zac vont à la gare dire au revoir à un ami. Ils me demandent de les accompagner pour les protéger, je cite, « des méchants qui pullulent ».
10 h 45 – Nous prenons un autobus parce que « Zoé crie dans le métro ».

10 h 46 – Zoé crie dans l'autobus.
11 h 15 – Arrivation à la gare du Nord. Les Zac montent dans un train à la recherche de leur ami. Ils me proposent de les attendre au wagon-bar où ils m'offrent un en-cas.
12 h – Je commence à m'inquiéter pour les Zac, ils ne sont toujours pas repassés au wagon-bar et je n'ai plus d'argent pour d'autres en-cas. En plus, j'ai l'étrange sensation que le train bouge.
12 h 30 – De plus en plus bizarre, un tunnel vient de passer au-dessus du train.
13 h 30 – Un homme en uniforme m'aborde. Il ne parle pas comme nous, je ne comprends rien. Il s'énerve ; moi aussi. Il appelle des amis à lui ; moi aussi (mais je n'ai pas d'amis). Je me retrouve sur le quai avec des menottes, je vois un panneau « London », puis une matraque, puis plus rien.
18 h – Je suis dans une cellule depuis des heures. J'ai peur d'être un nouvel otage d'al-Qaida. Surtout penser à ne pas réclamer du jambon.
20 h – Un intégriste vient de m'apporter un sandwich au concombre. C'est le début de la torture psychologique, la piste terroriste se confirme.
Papa, au secours.

Mardi 4 mai, 12 h 35 – Rue Mouffetard

En se débarrassant de Virgile, Félix avait conquis le statut envié de « celui qui porte la culotte », comme disaient nos ancêtres les Gaulois misogynes. Statut qu'il garda une petite heure, entre le départ de la gare du Nord et le moment où Sophie découvrit la missive de maman Zac maquillée en courrier des Impôts. Après ça, les témoignages divergent quant au déroulement exact de ce que les habitants de l'immeuble ont appelé par la suite « le drame », « la tragédie », ou encore « la chose que vous savez, mon Dieu, c'est atroce ».

À ce stade du roman cependant, un problème se pose – soulevé en ce moment même par M. Hubert C. de Knokke-le-Zoute qui a finalement repris sa lecture (ce dont nous le remercions). En effet, bien que le conflit belle-fille/belle-mère, exposé ici avec délicatesse et retenue, ne manque pas de vertus cathartiques pour nombre de nos lectrices, cette histoire nous éloigne de l'intrigue principale sur les disparitions à la Niche Saint-Luc.

C'est pourquoi, dans l'intérêt supérieur du lecteur, il nous semble préférable de nous recentrer sur l'essentiel à partir de la page suivante.

2

Si vous n'aimez pas ça, n'en dégoûtez pas les autres
(Raymond Lewin, 1978)

Mercredi 5 mai, 16 h – La Niche Saint-Luc

— Bon, et si on se recentrait sur l'essentiel ? dit le professeur Schlockoff à l'inspecteur Galachu. Il nous faut un coupable, et vite !

— Vous croyez que ça pourrait être l'abbé Saint-Freu ? demanda Galachu.

— Ça m'étonnerait, tous les pensionnaires ont peur de lui. S'il entrait dans une chambre avec une seringue, ça gueulerait sous les lambris ! Or vous m'avez dit qu'il n'y avait pas de traces de lutte dans les chambres et que le meurtrier avait dû gagner la confiance de ses victimes.

— C'est vrai…

Mercredi 5 mai, 16 h – Rue Mouffetard

— Bon, et si on se recentrait sur l'essentiel ? dit Sophie à Félix qui se tenait sur le canapé, la tête entre les mains. On ne va pas rester enfermés ici jusqu'à ce qu'un de tes triplés revienne nous égorger. Maintenant qu'on est débarrassés de tous les parasites, il faut prendre les devants !

— Non… Ce n'est pas possible… se lamenta Félix.

Mercredi 5 mai, 16 h – La Niche Saint-Luc

— Bon, et si on allait goûter ? dit Ferdinand à Suzanne (qui venait d'être exclue de l'atelier poterie après avoir mis les lunettes de l'abbé Saint-Freu au four). C'est l'heure de s'hydrater le dentier à la Ricorée.

Mercredi 5 mai, 16 h 1 – La Niche Saint-Luc

— C'est une enquête difficile, remarqua l'inspecteur Galachu.

— Et la piste Félix Zac ? demanda le professeur Schlockoff.

— On y travaille, mon fils est sur le coup.

— Il y a du nouveau de ce côté-là. Venez avec moi au réfectoire, je vais vous montrer.

Mercredi 5 mai, 16 h 1 – Rue Mouffetard

— Comment as-tu osé faire ça à ma mère ? gémit Félix.

— Ne joue pas l'innocent, répliqua Sophie. On savait tous les deux que ça finirait comme ça. On l'a su le jour où elle s'est installée au-dessus.

— Quand même… C'est horrible…

— C'est ce qui pouvait lui arriver de mieux. Elle se plaignait de la solitude, elle avait de plus en plus de mal à monter les étages.

— Je me sens coupable… C'est affreux…

— T'inquiète, la mauvaise conscience, ça ne dure pas. Tu verras, tu me remercieras un jour.

Mercredi 5 mai, 16 h 3 – La Niche Saint-Luc

— Laissez-moi vous présenter une nouvelle pensionnaire, dit Madeleine en fracassant un verre à la cuillère pour réclamer le silence.

— Tu la connais ? chuchota Suzanne à l'oreille de Ferdinand.

— Jamais croisée dans les studios de Joinville, en tout cas. C'est peut-être une théâtreuse de province…

— Ou une abonnée du doublage…

— Une obscure, quoi…

Mercredi 5 mai, 16 h 3 – La Niche Saint-Luc

— Vous voyez cette femme debout à côté de Madeleine Desflanelles ? fit le professeur Schlockoff.

— J'aurais préféré ne pas la voir, on dirait le croisement entre une chèvre naine et un poisson-chat, répondit Galachu.

— Vous vous sentez bien, inspecteur ?

— Je sature. Ça existe, une allergie aux vieux, docteur ?

— M'en parlez pas, vous allez réveiller mon prurit… Bref, vous la voyez votre chèvre des mers ?

— Oui, qui est-ce ?

— C'est Mireille Zac, la mère de Félix.

Mercredi 5 mai, 16 h 3 – Rue Mouffetard

— Maman à la Niche ! Avec un serial killer qui rôde ! Et s'il lui arrivait quelque chose ?

— Oh, je m'en voudrais toute ma vie, déclara Sophie avec un large sourire. Allez, ne fais pas cette tête ! Ne t'inquiète pas, j'ai tout prévu. Ta mère va dormir avec la corne de brume des supporters du PSG. À la moindre intrusion nocturne, elle réveille toute la Niche.

— Elle ne connaît rien au cinéma, comment va-t-elle faire pour s'intégrer ?

— Elle est tellement aimable, ça ne posera pas de problème.

— Je sens une légère ironie dans ta voix.

— Ça veut dire que tu deviens perspicace. Des progrès ce trimestre, élève Zac, vous avez les encouragements du conseil de classe.

Mercredi 5 mai, 16 h 4 – La Niche Saint-Luc

— Qu'est-ce qu'elle fait là ? demanda Galachu.

— Bonne question ! répondit Schlockoff. Hier après-midi, j'ai reçu un coup de fil de Sophie, la compagne de Félix. Elle m'a demandé de prendre sa belle-mère en urgence.

— Elle était actrice ?

— Pas du tout, mais Sophie m'a menacé de balancer tout ce qu'elle savait à la presse si je refusais.

— Je la reconnais bien là… Pour que vous vous sentiez moins seul, sachez qu'elle m'a incendié hier soir au téléphone parce que je n'avais pas encore mis la main sur les triplés.

— Charmant… On verra ce que donnera la belle-doche, mais avec la désertification actuelle de notre tissu grabataire, je ne fais plus le difficile. Il y a urgence, je prends n'importe quoi pour enrayer l'exode.

— Vous croyez qu'ils l'ont mise là avec une idée derrière la tête ?

— Ce que je crois, c'est qu'ils sont capables de tout.

— Vous avez raison, reconnut Galachu, la mine chiffonnée. Je me demande si j'ai bien fait de laisser mon Virgile entre leurs griffes…

Mercredi 5 mai, 16 h 4 – Rue Mouffetard

— Comment as-tu réussi à la convaincre ? demanda Félix.

— Au début, je suis montée avec l'idée de lui faire bouffer sa lettre aux Impôts. Le projet était basique, je te le concède, mais il faut savoir profiter des plaisirs simples. Puis, j'ai pensé à une autre stratégie pendant qu'elle criait en essayant de me défigurer avec ses ongles.

— Tu arrives à penser pendant que ma mère te taillade la face ? Tu sais que tu es mon idole ?

— Je lui ai dit qu'elle était notre dernier espoir, qu'elle seule pouvait éviter la prison à son fils. J'ai même versé quelques larmes, elle n'y a vu que du feu !

— Vous vous détestez parce que vous êtes pareilles, c'est ça que je vois, moi !

— Je lui ai expliqué qu'il nous fallait une taupe à la Niche pour démasquer le coupable et te disculper. C'était la meilleure façon de lui faire mettre un pied là-bas, et comme c'est le premier pas qui coûte…

— Tu es machiavélique !

— Hum… J'aime bien quand tu me parles comme ça, mon chéri. Allez, tu verras, ta mère sera bien là-bas. D'ailleurs, elle prend sa mission à cœur, elle m'a dit qu'elle avait une idée pour se faire accepter sans difficulté.

— Une idée de ma mère ? Aïe…

Mercredi 5 mai, 16 h 5 – La Niche Saint-Luc

— Mesdames, Messieurs, merci pour votre accueil chaleureux. Je m'appelle Mireille et je suis ravie d'être parmi vous. Je ne suis pas une actrice et c'est avec beaucoup d'admiration que je croise dans cette salle tant de visages célèbres. Cependant, je connais bien le monde du cinéma…

— Ah oui ? marmonna Suzanne, soupçonneuse.

— Je l'ai côtoyé toute ma vie…

— Ben voyons, dit Ferdinand.

— Dans l'ombre de mon oncle bien-aimé…

— Son oncle ? ricana Suzanne.

— Car, voyez-vous, je suis la nièce d'Alfred Hitchcock.

3

Les Insatisfaites Poupées érotiques du docteur Hitchcock
(Fernando Di Leo, 1971)

Jeudi 6 mai, 14 h – La Niche Saint-Luc

Suzanne rongeait son frein. Depuis la veille, elle observait cette Mireille en coin. Quelques heures lui avaient suffi pour devenir l'attraction de la Niche. La nièce d'Alfred Hitchcock ? Pourquoi pas sa belle-mère tant qu'on y était ? Ça sentait la mytho à plein nez, l'heure de la confrontation était venue.

Mireille était en pleine conversation avec Madeleine Desflanelles devant l'aquarium où quelques poissons vaguement exotiques rêvaient d'un suicide à l'hameçon. Suzanne s'approcha en tendant l'oreille.

— Rien n'est plus comme avant, soupira Madeleine.

— Surtout nous, renchérit Mireille.

— Vous avez remarqué comme les gens ne savent plus articuler ? s'énerva Madeleine. Je ne comprends plus personne !

— Exactement, ils ne font plus d'efforts ! C'est comme les nouvelles pommes qu'ils nous fabriquent avec l'énergie atomique. On dira ce qu'on voudra, elles sont beaucoup plus dures qu'avant !

— Bien sûr ! Et les marches d'escalier ? Vous avez vu comme ils les font hautes maintenant ?

— C'est la faute aux normes européennes.

— Tout ça pour s'aligner sur les Allemands qui font deux têtes de plus que nous ! C'était bien la peine de gagner la guerre.

— Que voilà d'intéressantes réflexions ! fit Suzanne en s'approchant. Vous êtes Mireille ? Je suis Suzanne Borniol, cinquante ans sous les feux de la rampe.

— Et dix sous les néons de la Niche, ajouta Madeleine avant de se prendre un coup de coude dans les côtes.

— Enchantée, minauda Mireille.

— J'ai bien connu votre oncle, attaqua Suzanne. Je ne savais pas qu'il avait une nièce française.

— C'était un homme de mystères, contra Mireille. Vous le savez puisque vous l'avez bien connu…

— J'ai eu le privilège de tourner avec lui.

— Ah oui ? Comment vous a assassinée ce cher tonton ?

— Il m'a coupée au montage.

— Original. D'habitude, il poignarde les actrices, pas leur carrière.

Suzanne encaissa le coup. La Mireille avait la réplique acerbe, il fallait reprendre la main.

— Vous êtes sans doute la fille de son frère ?

— Si vous me permettez une confidence, nos histoires de famille sont douloureuses. Je préfère ne pas m'étendre.

— C'est amusant, rétorqua Suzanne, j'avais à peu près la même réplique dans un film d'espionnage.

Suzanne marqua un temps d'arrêt en fixant Mireille d'un regard aussi pénétrant que sa cataracte le lui permettait, avant d'ajouter :

— J'y jouais le rôle d'une menteuse.

Mireille prit le temps de sortir un mouchoir de sa poche et de se tamponner les narines avec élégance, puis demanda d'un air détaché :

— Coupée au montage ?

Jeudi 6 mai, 16 h – Boulevard de Strasbourg

« Galachu est un incapable, il est temps de mener nous-mêmes la contre-attaque. » Sophie s'était replongée dans son trip « détective amateur » au petit déjeuner. Elle partait pour une journée pleine de rires et de chants au collège Pascal-Sevran où c'est toujours le printemps, mais elle avait prévu une mission pour son cher et tendre : « Tu vas reprendre le circuit de ta filature de la semaine dernière et questionner les gens qui ont croisé le triplé. » Sous le coup de l'émotion, Félix avait customisé son pyjama au Nesquick pour la plus grande joie de Zoé qui s'était empressée d'imiter son papa. Puis Félix avait proposé à la place de faire le ménage à fond, mais Sophie était déjà partie éduquer la nation.

C'est pourquoi il se trouvait à présent devant le cinéma Le Brady, les deux mains sur la poussette de Zoé, à se demander comment faisaient les détectives quand ils ne trouvaient pas de nounou.

Derrière la caisse, un homme remplissait une grille de Loto. Félix avait l'impression de l'avoir déjà vu dans un film dc Jean-Pierre Mocky.

— Hum, excusez-moi… Vous… êtes bien acteur ? bredouilla Félix, qui avait toujours du mal à entamer une conversation sans écran d'ordinateur interposé.

L'homme regarda autour de lui d'un air consterné avant de déclarer :

— Bien vu. D'ailleurs, là, je suis en plein one-man-show. Ça vous plaît ?

— C'est que… Je voulais dire… Je croyais…

— Merde ! couina Zoé qui voulait aider son papa à trouver le mot juste.

— Elle a de la conversation, votre petite, dit l'homme.

— Et déjà beaucoup d'humour, ajouta Félix en se forçant à rire.

— À part ça, fit l'homme, vous voulez un ticket pour la prochaine séance ou vous veniez juste me demander un autographe ?

— Ah, ah, continua de s'enfoncer Félix, excellent ! En fait, je venais pour avoir des informations sur… un triplé…

À ce mot, l'homme se dressa en montrant les dents.

— Ça suffit maintenant avec votre triplé ! J'ai déjà eu droit à votre taré de copain l'autre jour !

— Quel copain ? Je n'ai pas…

— Le gros ! Avec une tête d'otarie ! Vous faites partie d'une secte ou quoi ?

— Vous vous méprenez, je cherche seulement…

Quelques secondes plus tard, Félix dévalait le boulevard de Strasbourg en slalomant avec sa poussette. Il pestait sous les yeux d'une Zoé hilare qui venait de clore la discussion en griffant le nez du caissier, histoire de lui apprendre qu'il ne fallait pas crier sur son papa, non mais !

Félix se réfugia dans un square pour reprendre son souffle, bien planqué derrière un gros massif. À cet instant, son téléphone portable sonna. C'était maman Zac, en direct de la Niche. D'une voix excitée, elle expliqua qu'elle venait d'avoir une grande conversation avec une certaine Suzanne Borniol, et qu'elle avait quelque chose de capital à dire à son fils.

À condition qu'il s'excuse d'avoir jeté dans un mouroir sa sainte mère qui s'est toujours sacrifiée pour lui.

Jeudi 6 mai – Rapport de l'agent Virgile Galachu
10 h – Libérage de ma geôle par des barbus d'al-Qaida sans barbe, sans doute par crainte des pressions internationales. Papa, tu peux être fier, je n'ai rien dit malgré la torture au concombre (mon avantage : je n'avais rien à dire).
10 h 30 – Je recours à la ruse pour me procurer de l'argent : en rentrant mon ventre, je me déguise en chanteur des rues affamé.
14 h – Grâce à mon répertoire varié de chansons à boire, j'obtiens de quoi me payer un hamburger-frites. Les affaires reprennent.
14 h 15 – Un couple de Français m'aborde alors que j'enchaîne sur *La Madelon*. J'en profite pour leur demander de m'aider à rentrer au pays. Ils me parlent d'un ferry-boat et m'avancent de l'argent contre la promesse d'arrêter de chanter.
17 h – Arrivage au port en autobus. Je monte dans le ferry où je sympathise avec un groupe de Hollandais amateurs de bières. Nuit d'échanges culturels.
7 h – Au moment de payer ma dernière tournée, je me rends compte que je n'ai plus d'argent. Un homme en uniforme m'aborde. Il ne parle pas comme nous, alors je ne comprends rien. Il s'énerve, alors moi aussi. Il appelle des amis à lui, alors moi aussi (mais les miens sont partis pisser). Je me retrouve sur le quai avec des menottes, je vois un panneau « Amsterdam », puis une matraque, puis plus rien.
23 h – Je suis dans une cellule depuis des heures. Ils sont forts chez al-Qaida.

Message de <docteurZ@cinebisblog.fr> à <columbo75 @hotmail.com
Objet : Urgent !

Coup de théâtre à la Niche, inspecteur ! J'ai un nouveau point commun entre les victimes à vous communiquer, et là c'est du lourd ! J'espère que vous aurez ce mail rapidement, car il est impossible de vous joindre sur votre portable (un message m'indique que mon numéro est interdit ! La blague !).

Le tuyau me vient de ma mère. Elle s'est infiltrée à la Niche et, dès son deuxième jour, elle a obtenu une information capitale de la bouche de Suzanne Borniol. Tenez-vous bien : les victimes ont toutes joué dans un film érotique de Jean-Pierre Mocky intitulé *Les Couilles en or*. C'est un film mythique qui a été détruit et dans lequel – c'est ça le plus troublant – Émile Gariguette jouait le premier rôle !

De plus, cette révélation nous donne la clé du « secret » des pensionnaires. La fameuse « série Z » dont l'Immortel avait parlé à Sophie et à Marie-Jo, c'étaient les *Couilles* de Mocky ! Peut-être nos respectables pensionnaires se sont-elles toutes déshabillées dans ce chef-d'œuvre inconnu ? Ça expliquerait que personne ne veuille en parler.

Quelle conclusion tirer de tout ça ? Qu'Émile a été assassiné lui aussi ? Qu'un malade élimine tous les acteurs de ce film perdu ? Dans quel but ferait-il ça trente-cinq ans plus tard ? Il faut le savoir très vite, car il y a une bonne raison pour que Suzanne Borniol connaisse si bien le casting des *Couilles en or* : elle en fait partie elle aussi.

Question : Et si Suzanne était la prochaine sur la liste du tueur ?

Message de <columbo75@hotmail.com> à <docteurZ @cinebisblog. fr

Objet : Re : Urgent

Cher Félix, merci pour votre nouvelle hypothèse.

Nous allons prendre toutes les dispositions nécessaires pendant que vous continuerez à vous reposer. À part ça, est-ce que tout se passe bien avec mon fils ? Pourriez-vous lui demander de me contacter au plus vite ? Merci d'avance.

Message de <docteurZ@cinebisblog.fr> à <columbo75 @hotmail.com

Objet : pas d'objet

Rebonjour et merci pour votre réponse rapide. Ne vous inquiétez pas pour ma santé, j'aime aider la justice. Quant à Virgile, je ne peux pas vous répondre car nous l'avons perdu il y a deux jours, à la gare du Nord. Vous n'avez pas de nouvelles ?

Message de <columbo75@hotmail.com> à <docteurZ @cinebisblog. fr

LA GARE DU NORD ? VOUS VOUS FOUTEZ DE MOI, ZAC ?

Message de <docteurZ@cinebisblog.fr> à <columbo75 @hotmail.com

Hi ! Je être Samantha, 22 ans, do you want to enlarge your penis ?

Message de <columbo75@hotmail.com> à <docteurZ @cinebisblog. fr

ZAC, TU ES MORT.

Message de <docteurZ@cinebisblog.fr> à <columbo75 @hotmail.com

Mille excuses, inspecteur ! J'ai un virus dans ma boîte mail ! Il envoie des spams à tout mon carnet d'adresses ! Ce n'est pas ma faute !

Hi ! Je être Vanina, l'amie de Samantha, do you want to…

CinéBisBlog – Les Miscellanées Zinéphiliques du docteur Z

Cinéma et questions existentielles…
Mais qu'est-ce qui fait courir les crocodiles ?
(Jacques Poitrenaud, 1969)
Mais qu'est-ce que je viens foutre au milieu de cette révolution ? (Sergio Corbucci, 1972)
Mais qu'est-ce que j'ai fait au bon Dieu pour avoir une femme qui boit dans les cafés avec les hommes ?
(Jan Saint-Hamont, 1980)
À tourner : *Mais pourquoi ça tombe toujours sur toi, Félix ?*

Vendredi 7 mai, 10 h 50 – Rue Mouffetard

Félix déprimait devant son ordinateur en jouant à Pacman. Se faire bouffer par des fantômes dans un labyrinthe, voilà qui résumait tout le charme de son existence.

Isidore Boudini venait d'appeler pour prendre des nouvelles du scénario. Félix, qui n'avait jamais su mentir, avait menti. Isidore, qui prenait facilement la mouche, avait pris la mouche. Et ils s'étaient engueulés. Enfin, surtout Isidore, Félix ayant choisi d'opposer aux viles éructations du barbare la noble réserve de l'homme civilisé. En clair, il avait répété plusieurs fois « désolé » pendant qu'Isidore menaçait de le transformer en boudin.

Un message vocal annonça l'arrivée de nouveaux commentaires sur le CinéBisBlog. Là aussi, il y avait matière à être désespéré… Félix avait créé cette page personnelle pour échanger avec des passionnés, et le bilan était à pleurer. « Sophie et Marie-Jo ont raison, se dit Félix, le cinéma ne te mènera à rien. Peut-être est-il temps que tu entres dans la vraie vie et que tu aies un vrai boulot ? » À ce moment-là de son monologue, Félix s'examina dans un miroir en se demandant s'il était malade. Ou alors possédé par un démon de droite ? « Sors de mon corps, succube capitaliste ! » rugit-il avant d'aller se chercher des chips, histoire de dissoudre un peu l'angoisse dans la graisse. Il aurait bien parlé à quelqu'un, mais Sophie était en plein cours sur la reproduction devant des ados boutonneux en rut, Marie-Jo avait emmené Zoé à la piscine pour un stage de bébés commandos, et Mireille furetait à la Niche dans la peau d'une espionne hitchcockienne… Tout seul dans son salon, Félix se surprit à regretter Virgile. Entre inutiles, ils se seraient compris. Ils auraient visionné un petit Jésus Franco bien charnu avec deux, trois binouses, et la journée aurait fini par passer.

L'église Saint-Médard sonna l'heure de l'apéro et il n'y avait même plus de chips dans le placard. Félix prit la courageuse décision d'aller s'approvisionner à l'épicerie du coin avant de se pendre.

Sans se douter que neuf minutes et trente-sept secondes plus tard sa vie allait basculer. Définitivement.

CinéBisBlog – Les Zélucubrations du docteur Z

Chers camarades Zinéphiles, bien le bonjour. Aujourd'hui, puisque vous préférez vous bousiller les yeux devant ce blog plutôt que de muscler vos abdos, que diriez-vous de plonger au cœur des fantasmes de Jesus Franco ?

« Mais qui est Jesus Franco ? » demanderont les plus novices d'entre vous. Tout simplement le réalisateur le plus généreux de l'histoire du cinéma. Comparez : là où un Stanley Kubrick affiche mesquinement une moyenne d'un film tous les cinq ans, Jesus Franco tient le rythme de quatre productions annuelles ! Pas moins de cent quatre-vingt-dix films en cinquante ans de carrière ! Ça s'appelle de l'altruisme cinématographique, du don de soi. C'est beau.

Réalisateur le plus généreux, mais aussi, et de loin, le plus timbré. À quoi ce stakhanoviste espagnol doit-il sa célébrité ? À une hallucinante succession d'actes sadiques perpétrés sur grand écran. Qui est cet homme auquel les cinémathèques les plus sérieuses rendent aujourd'hui hommage ? Quelqu'un qui a consacré une vie à réfléchir aux différentes façons de torturer de jeunes innocentes dénudées, en explorant toute la gamme des perversions dans des œuvres aux titres explicites : *Femmes en cage, Une vierge chez les morts vivants, Vampiros Lesbos* ou encore *L'Éventreur de Notre-Dame.*

Qu'en conclure ? Que Jesus Franco – comme Alfred Hitchcock dans son style plus british mais pas moins pervers – a compris qu'il était plus rentable d'être réalisateur que meurtrier, plus confortable de passer à l'acte par procuration. N'ayons pas peur des mots : Jesus et Alfred comptent parmi les serial killers les plus intelligents de l'histoire du crime. Ils n'ont jamais eu besoin de sortir la nuit dans des ruelles mal famées, ils n'ont jamais gâché leur manucure dans de salissants étripages et, en plus, ils ont eu droit aux applaudissements.

Moi je dis : chapeau, les gars.

Commentaires

tem bien lé C rial kiler docteur Z ? tem kan sa Dgoulin ou kan sa éklabous ?

Commentaire n° 1 posté par : DJ RayBane

Urgent cause accident. Je vends deux grilles de calandre collector pour Renault 12, état quasi neuf. Faites une offre.

Commentaire n° 2 posté par : La Scoumoune

J'ai bien connu Alfred Hitchcock au camping Les Marsouins d'Argelès-sur-Mer où il venait chaque année incognito. Pour les amateurs d'infos croustillantes : Alfred était une bille à la pétanque, mais c'était pas le dernier pour faire le con à la piscine.

Commentaire n° 3 posté par : Godzilla34

Peut-on faire cuire des côtelettes mexicaines sur des grilles de calandre ?

Commentaire n° 4 posté par : Georgette en cuisine

fo du kouraje pour lir lé komenter 2 ce blog ! dr Z t tro 1 kaïd !

Commentaire n° 5 posté par : DJ RayBane

Ici Robert, un copain à Samantha. J'ai un message pour ton pote Ernest Galachu : il s'est gouré en donnant son numéro de carte bleue. Merci de faire passer, ce serait dommage qu'il lui arrive des bricoles.

Commentaire n° 6 posté par : BobEnlarge

Vendredi 7 mai, 11 h 9 min et 37 s – Rue Mouffetard

Volets fermés, téléphone débranché, chat claquemuré, Félix s'était constitué un cocon protecteur, avec son PC dans le rôle du doudou rassurant. Seul dans le noir, devant l'écran magique, il laissait libre cours à sa vieille addiction pour le jeu Tetris. Une bonne séance d'empilage de briques, rien d'autre à penser qu'à combler des trous, quelle meilleure voie vers la plénitude ? Du moins, jusqu'à ce que tout dérape… Un rien suffit : un T de travers, un Z de guingois, et c'est le drame, le mur qui monte, le *game over*. L'espoir s'écroule et la terrible misère de la condition humaine nous apparaît sans fard. D'ailleurs, si Nietzsche avait fait l'effort de s'intéresser aux jeux vidéo, il aurait dit : « Dieu est mort. Et c'est Tetris qui l'a tué. »

Félix vécut douloureusement le retour à la réalité. Il resta quelques instants hagard, les yeux rougis, puis sursauta quand son écran se mit soudain à clignoter : « Vous avez un message urgent. »

Félix faillit cliquer sur « Ouvrir », puis il se ravisa. Mauvais pressentiment. Il vivait une de ces journées où l'on sent que rien de positif ne peut nous arriver. Une de ces journées dont on aimerait s'absenter pour qu'elle se passe sans nous, comme si on descendait d'un train pour prendre le suivant le lendemain. Le problème, c'est que le train ne s'arrête jamais… Il allait falloir l'ouvrir ce mail, et après il faudrait agir… Ou alors le jeter à la corbeille sans le lire ? Ça revenait au même… Le message existait, le processus était enclenché. D'ailleurs, est-ce que, retarder l'ouverture, ce n'était pas prendre le risque d'empirer les choses ?

Ça devenait compliqué. Félix prit sa respiration et une décision ferme, il arma son geste et fit ce qu'il avait à faire.

Téléphoner à Sophie.

Les carnets de l'inspecteur Galachu
Affaire Niche Saint-Luc – Application de la Grille Statistique Galachu
Hypothèse « Moi-même » (Indice de Culpabilité : 5 %)
Argument : Le policier qui mène l'enquête ne fait parfois qu'un avec le coupable. Tel le pompier pyromane, il vient se délecter de ses actes sur les lieux même du crime.
Objection : Si c'était moi, je le saurais !

Examen du Profil de Culpabilité n° 18 : « Le coupable est schizophrène. »
Dans 8 % des romans policiers, le coupable souffre d'un dédoublement de la personnalité. Il découvre sa culpabilité en même temps que le lecteur lors du coup de théâtre final, et en général tous les deux font une drôle de tête.
Conclusion : Il ne manquerait plus que ça.

Vendredi 7 mai, 11 h 15 – Rue Mouffetard

Sophie était énervée. Presque autant que le jour où les troisièmes d'insertion avaient versé du sirop de menthe dans son sac alors qu'elle faisait un exposé émouvant sur la théorie de l'évolution.

— Quelle idée de m'appeler en plein cours ! J'ai cru qu'il était arrivé quelque chose à Zoé !

— C'est important ! se justifia Félix.

— Tu n'as qu'à l'ouvrir, ton maudit message ! ragea Sophie pendant qu'un élève en profitait pour jeter par la fenêtre le cartable du souffre-douleur de la classe.

— Et s'il contient quelque chose de mauvais pour moi, je te rappelle ?

— N'y pense même pas ! cria Sophie à la fois pour Félix et pour l'élève qui tentait maintenant de défenestrer le souffre-douleur. Si tu as un problème, demande à ta mère. Elle t'a refilé ses gènes, qu'elle assume !

— Pff ! Si tu crois que j'ai besoin de quelqu'un, tu me fais bien rire, ah, ah, ah, répondit Félix après avoir raccroché.

Quelques briques de Tetris plus tard, il décida de se prendre en main.

Et il téléphona à sa sœur.

Les carnets de l'inspecteur Galachu
Affaire Niche Saint-Luc – Application de la Grille Statistique Galachu
Liste des Profils de Culpabilité non retenus (Indice inférieur à 0,05 %)
PC n° 18 : Le coupable est un officier nazi caché depuis soixante-dix ans dans une cave et qui s'occupe en attendant la renaissance du Reich.
PC n° 75 : Le coupable est une momie égyptienne revenue à la vie après la profanation de son tombeau par des Occidentaux colonialistes.
PC n° 222 : Le coupable est un gros lézard en plastique qui fait un break entre deux destructions de Tokyo.

Vendredi 7 mai, 11 h 20 – Rue Mouffetard

Félix avait bon espoir en composant le numéro de Marie-Jo. Elle avait tendance à malmener son frère mais, en bon saint-bernard, elle répondait toujours présent dans les moments difficiles.

— Allô, Marie-Jo ?

— Arrrgggg ! fit un râle abominable.

— Allô ? Allô ? s'affola Félix.

— C'est toi, Félix ? dit Marie-Jo. Je ne peux pas te parler, j'ai une trachéotomie sur le feu.

— Une quoi ?

— Je vais ouvrir la gorge d'un type qui ne respire plus. Tu sais, le noyé qui m'avait invitée sur un bateau-mouche ? Il voulait me revoir, mais, cette fois, il est resté trop longtemps à jouer avec les poissons. Je lui avais pourtant laissé mon numéro de téléphone, mais il doit trouver plus romantique le coup du sauvetage. Donc, là, j'attaque au scalpel, un bon coup dans la trachée et…

— C'est bon, épargne-moi les détails !

— Tu fais bien ta mijaurée pour un fan de films d'horreur ! Qu'est-ce que tu voulais ? Des nouvelles de Zoé ? C'est un ancien de l'antiterrorisme qui la garde dans le camion. T'inquiète pas, il a le profil pour s'occuper du phénomène. Allez, je te laisse, mon amoureux a viré au violet. Bisous !

Félix raccrocha, contrarié. Personne n'était disponible ? Personne ne voulait l'aider ? Puisque c'était comme ça, il se débrouillerait tout seul ! Et pas plus tard que tout de suite, non mais, c'est vrai quoi !

Il se saisit du téléphone, et il appela sa mère.

Les carnets de l'inspecteur Galachu

Affaire Niche Saint-Luc – Application de la Grille Statistique Galachu

Liste des Profils de Culpabilité non retenus (Indice inférieur à 0,05 %)

PC n° 38 : Le coupable est un extraterrestre qui change tout le temps de forme, tellement qu'à la fin lui-même ne sait plus qui il est.

PC n° 81 : Il n'y a pas de coupable, toute l'affaire est un cauchemar et on ne va pas tarder à se réveiller.

PC n° 15304 : Le coupable est M. Hubert C. de Knokke-le-Zoute, mais alors là, on ne comprendrait plus rien.

Vendredi 7 mai, 11 h 30 – Rue Mouffetard

— Maman ? Je suis content de t'entendre ! C'est Félix, je…

« Bonjour, vous êtes bien au 06 05 12… »

— Maman ?

« Mireille Zac ne peut pas vous parler pour le moment… »

— Qu'est-ce que c'est que ça ? C'est bien la première fois que…

« Merci de laisser un message après le bip sonore… »

— Elle sait à peine l'allumer, son portable… Comment a-t-elle pu enregistrer un message ?

« Je vous rappellerai dès que possible… »

— Elle est bien capable de… Maman ? Je sais que c'est toi qui parles, maman !

« Je vous rappellerai dès que possible, sauf si vous êtes un fils indigne… »

— Maman, écoute-moi !

« Qui abandonne sa mère qui s'est saignée aux quatre veines pour lui… »

— Je t'en prie ! J'ai besoin d'un conseil !

« Un ingrat, un égoïste, qui aura ma mort sur la conscience… »

— Maman ! ! !

« Bip, bip, beurp, bip… »

Félix balança son téléphone à travers la pièce. « Ta propre mère te laisse tomber ! » ragea-t-il en s'effondrant dans le canapé pour joindre le geste à la parole. « Tu as atteint les tréfonds de la solitude ! » s'exclama-t-il avec un lyrisme un peu outrancier qu'on lui pardonnera, vu les circonstances. « Ton malheur est tel que plus rien ne pourra jamais te faire de mal ! » continua-t-il sur sa lancée, parce que ça fait du bien de pleurnicher parfois. « Mais dans ce cas, conclut-il, il n'y a plus aucun risque à lire le mail ? »

Il cliqua sur « Ouvrir ».

Vendredi 7 mai, 11 h 30 – La Niche Saint-Luc

Fermée. La porte était fermée. Heureusement.

Le professeur Schlockoff rajusta sa cravate, Mlle Fisher sa blouse, le renard empaillé rien du tout. Quelqu'un essayait d'entrer dans le bureau alors que le professeur avait allumé l'ampoule rouge signalant qu'il besognait un animal à la paille ou une infirmière à la va-vite. Il se préparait à lâcher quelques cassantes mercuriales sur l'importun, mais comme c'était la police derrière la porte, il décida de garder ses réprimandes au frais pour la prochaine aide-soignante qu'il croiserait.

— Inspecteur ? Vous avez fait vite ! Vous m'aviez dit que vous ne seriez pas là avant midi, s'étonna le professeur dont les joues couperosées témoignaient d'une élévation récente de la température corporelle.

— J'ai pu me libérer, fit Galachu. Je dérange ?

— Pas du tout ! Nous classions des dossiers avec Mlle Fisher. D'ailleurs, nous avions terminé. Vous êtes venu seul ?

— Mes hommes sont déjà à l'œuvre.

— Parfait, dit Schlockoff. Voulez-vous que nous les rejoignions ?

— Oui, mais j'ai d'abord quelque chose à vous dire.

— Je vous écoute, assura le professeur pendant que Mlle Fisher sortait les mains vides en précisant qu'elle avait pris tous les dossiers.

— J'ai passé la nuit à réviser la Grille Statistique Galachu, commença l'inspecteur dont les cernes vert-de-gris soulignaient joliment un fond d'œil jaunâtre.

— Ah oui ?

— J'ai vérifié mes sources, j'ai affiné mes calculs.

— Hum, hum…

— Et je me suis rendu compte que j'avais fait une erreur.

— Laquelle ?

— J'avais laissé de côté un Profil de Culpabilité.

Extrait du scénario de L'Hospice de l'Angoisse

MAISON DE RETRAITE/BUREAU DU DIRECTEUR – INT. JOUR

Plan général sur le professeur Schlockoff en train de rafistoler une mangouste mangée par les vers avec l'application d'un premier de la classe. Le téléphone sonne. Le professeur regarde le combiné d'un air dégoûté, laisse passer dix coups, puis décroche d'un air furieux.

PROFESSEUR SCHLOCKOFF, *essayant de se maîtriser*
Oui ?
Écran divisé en deux, mettant face à face les interlocuteurs.

FÉLIX ZAC, *affolé*
Allô, professeur ? Il va se passer quelque chose de terrible ! Un nouveau meurtre !

PROFESSEUR SCHLOCKOFF, *affligé d'entendre la voix de Félix*
Calmez-vous, monsieur Zac, et expliquez-moi.

FÉLIX ZAC
Il faut mettre à l'abri Odette Flonflon ! Elle est la prochaine sur la liste ! Elle va être assassinée !

PROFESSEUR SCHLOCKOFF, *écrabouillant sa mangouste*
Qu'est-ce qui vous fait penser ça ?

FÉLIX ZAC
Je… je ne peux pas vous expliquer maintenant, c'est compliqué. Faites le nécessaire pour Odette Flonflon et je dirai tout à l'inspecteur Galachu.
[…].

Vendredi 7 mai, 11 h 45 – Rue Mouffetard

Félix fixait son écran d'ordinateur avec le regard vif d'un lobotomisé sous Prozac. Qu'est-ce que c'était que cette blague ? L'ingestion à haute dose de séries Z pouvait-elle créer des phénomènes hallucinatoires ? Il se mit deux claques, un doigt dans l'œil et un coup de stylo dans la cuisse avant de comprendre qu'il ne rêvait pas. Quelqu'un venait de lui envoyer par mail une scène inédite de *L'Hospice de l'Angoisse*. Une scène bien particulière… qui annonçait la mort d'Odette Flonflon…

Et dans laquelle il apparaissait, lui, Félix !

La panique s'empara de Félix pendant que Félix s'emparait du téléphone (nous offrant ainsi un joli chiasme). Il composa le numéro direct que Schlockoff lui avait donné.

— Professeur ? Félix Zac à l'appareil. Il va se passer quelque chose de terrible ! Un nouveau meurtre !

Un silence se fit à l'autre bout du fil, puis Félix entendit des chuchotements.

— Professeur ? Vous êtes là ?

— Je vous écoute.

— Odette Flonflon va être assassinée !

— Comment le savez-vous ?

— Ce… ce serait trop long à expliquer… Occupez-vous d'Odette et je raconterai tout plus tard à l'inspecteur Galachu.

— Ça tombe bien, il est à côté de moi.

— Ah ?

— Que se passe-t-il ? fit la voix sourde de Galachu. Vous avez des visions à propos de Flonflon ?

— C'est sérieux, inspecteur ! Elle est menacée, j'ai reçu un document qui ne laisse aucun doute là-dessus.

— Un document ?

— Un… un extrait de scénario…

— Intéressant. Qui vous l'a envoyé ?

— Je ne sais pas, on a utilisé une adresse mail anonyme.

— Vous allez m'attendre bien sagement chez vous, monsieur Zac, j'arrive.

— Et pour Odette, vous allez faire quelque chose ?
L'inspecteur marqua une pause avant de lâcher :
— Il n'y a plus rien à faire pour elle.
— Pardon ? s'étrangla Félix.
— Elle a été assassinée la nuit dernière.

*

Odette Flonflon est assise dans un fauteuil, vêtue d'une longue robe pourpre et d'un étroit corset. Elle porte une perruque d'un noir de jais aux longs cheveux étalés sur le dossier. Son visage est penché sur le côté, sa peau est d'une pâleur extrême, sur son cou on distingue deux traces de morsure.

Face à elle, une affiche du *Cauchemar de Dracula*.

À sa gauche, un écran de télévision diffuse en boucle la fameuse scène où Christopher Lee, la bouche gourmande, honore de ses crocs la gorge offerte de sa victime.

Traits reposés, paupières closes, Odette semble en paix pour l'éternité.

Elle a une marque de piqûre au bras droit.

4

Les temps sont durs pour les vampires (Steno, 1959)

CinéBisBlog – Les Zélucubrations du docteur Z

Chers camarades Zinéphiles, bien le bonjour. Aujourd'hui, puisque vous préférez vous acculturer devant ce blog plutôt que de relire *Madame Bovary*, que diriez-vous d'une visite de courtoisie au comte Dracula ?

« Dracula ? Mais on ne connaît que ça ! » Je vous entends d'ici regimber contre le thème du jour. Et pourtant… Au fond de vous, êtes-vous bien sûr de ne pas rêver d'être mordu par un vampire ?

Le roman *Dracula* de Bram Stoker met en scène la lutte victorieuse du docteur Van Helsing, fier représentant de la société civilisée, contre le comte sanguinaire, incarnation du mal absolu. Le cinéma s'est emparé très tôt de ce chef-d'œuvre de la littérature fantastique et, en nuançant sensiblement le personnage de Dracula, il a su révéler le véritable enjeu du combat de Van Helsing.

En effet, Dracula au cinéma a toujours les traits d'un personnage séduisant, à l'érotisme trouble, une version gothique de Don Juan. Pourquoi ? Parce que le comte des Carpates est l'expression fantasmatique de notre désir de liberté. Sa morsure prométhéenne affranchit hommes et femmes de leur esclavage, elle leur offre l'espoir de s'accomplir hors de la caverne où ils vivent enchaînés. Dracula est un libérateur, c'est pourquoi il doit être mis à mort.

Le docteur Van Helsing, ce « héros », est en réalité l'agent des forces réactionnaires, le garant de l'ordre social, l'homme de main de l'Église et des puissances économiques. Van Helsing fait de Dracula un épouvantail pour maintenir l'homme dans ses peurs primitives, l'empêcher de progresser, et pour permettre à ceux qui ont le pouvoir de le garder.

L'Histoire est toujours écrite par les vainqueurs. Les films sur Dracula ont le mérite de montrer que la lutte du Bien contre le Mal, c'est juste un problème de répartition des rôles…

La conclusion, chers camarades Zinéphiles, c'est qu'au lieu de vous amollir le neurone devant ce blog, vous feriez mieux de relire *Madame Bovary*. En effet, qu'attendait-elle, cette pauvre Emma, sinon la morsure du vampire ?

Vendredi 7 mai, 12 h 30 – Rue Mouffetard

Depuis que l'inspecteur Galachu lui avait demandé de ne pas bouger de chez lui, Félix ne tenait pas en place. « Tu es fichu, il va venir t'arrêter, ta mère en mourra de chagrin, ta fille grandira dans la honte, on peut emmener son lecteur DVD en prison ? » Les idées se bousculaient dans sa tête comme des billes de flipper juste avant le tilt fatal. « Celui qui t'a envoyé l'extrait du scénario savait que tu allais contacter la Niche ! Il a tout manigancé pour te faire porter le chapeau ! Et tes compagnons de cellule n'aimeront peut-être même pas Jesus Franco ! »

Alors qu'il cherchait un billet dégriffé pour Rio

sur www.exilmonamour.com, Félix entendit le signal l'avertissant qu'il avait de nouveaux commentaires sur son blog. Encore un chapelet d'absurdités, se dit-il, affligé devant son extraordinaire capacité d'attraction des crétins en tout genre. Ça commençait par DJ RayBane, l'abonné au langage SMS : *coooool dr Z, jador lé vanpyr ! é georgette ? té là ? tu veu pa te fèr kroké ? g lé Knine en fire !* Ben voyons, lâchez-vous, c'est gratuit. Et la Georgette qui répondait… *Cher DJ, vous allez me faire perdre la tête, grand voyou. Moi qui cuisine souvent à l'ail, j'espère que vous n'êtes pas un vrai vampire.* Et l'autre illettré qui renchérissait… *jte rassur, jkif laï ! chui pa 1 vampyr mé jan koné bien 1. Un vrai. Un homme qui a vampirisé le scénario d'un autre. N'est-ce pas, docteur Z ? Qu'est-ce que vous en pensez ? Oh pardon : keske tu an pans ?*

Félix s'arrêta de respirer. Il sentit un truc bizarre au niveau du ventre, comme si l'un de ses organes venait de se détacher. Incrédule, il relut le message de DJ RayBane. Cela faisait trois semaines que ce débile profond laissait des commentaires en phonétique, et tout d'un coup il se montrait capable d'écrire tout à fait normalement ?

Mais surtout, il semblait au courant pour le scénario volé à Émile…

Une bise glacée souffla dans la pièce, Félix pianota sa réponse en frissonnant : *Cher DJ, bravo pour vos progrès en orthographe. Vous avez pris des cours de soutien ?* Le retour fut instantané : *Cher docteur, bravo pour votre humour irrésistible. Vous avez bien reçu la suite du scénario dans votre boîte mail ?*

Un autre organe se liquéfia à l'intérieur de Félix. DJ RayBane était donc l'auteur de la séquence sur la mort d'Odette Flonflon ? Mais s'il en était l'auteur… il était aussi… le meurtrier ?

Une giboulée d'angoisse s'abattit sur Félix. DJ Ray-Bane se faisait passer pour un adolescent dégénéré, alors qu'il était en réalité un manipulateur sournois tapi derrière son clavier…

Un nouveau message s'afficha. *Vous vous êtes endormi, doc ?*

Félix prit quelques secondes pour paniquer tranquille.

Que voulez-vous ?

Réplique immédiate du DJ.

Vous voir.

Vendredi 7 mai, 12 h 30 – La Niche Saint-Luc

Tous les vendredis, dans la salle à manger de la Niche, le professeur Schlockoff déjeunait en tête à tête avec Mlle Fisher. Au menu : bilan de la semaine, projets à venir, cancans divers, et plus si affinités.

— Et vous, mademoiselle Fisher ? demanda Schlockoff. Qu'est-ce que vous pensez du dernier suspect de l'inspecteur Galachu ?

— Je trouve que ça se tient, pas vous ?

— Je n'ai pas bien saisi le mobile.

— Parce que vous êtes trop rationnel ! Il vous faut toujours de bonnes raisons pour faire les choses, s'amusa Mlle Fisher, avant de se pencher au-dessus de son assiette et de murmurer : « Et si vous vous laissiez aller un peu ? Hum ? Pas envie d'une petite sieste pour digérer ? »

— Digérer ? s'empourpra Schlockoff en jetant autour de lui des regards anxieux. On n'a pas encore mangé !

— Viens me voir, mon gros matou empaillé, chuchota Mlle Fisher en passant sa langue sur ses lèvres. Je vais te donner la béquée.

— Arrêtez tout de suite, Fifi ! s'énerva le matou empaillé à voix basse. Vous voulez que les pensionnaires se mettent à jaser ou quoi ?

— Qu'est-ce que ça peut faire ? Tu as honte de nous ? Combien de temps encore devra-t-on se cacher ?

— Ce n'est pas le moment !

— Ce n'est jamais le moment ! rétorqua Fifi. Écoute bien, ajouta-t-elle d'une voix menaçante, je veux que tu t'engages pour de bon, sinon…

— Sinon quoi ? s'effraya Schlockoff devant le regard fou de sa maîtresse.

— Tu verras bien ! Tu ne sais pas de quoi est capable une femme blessée !

Vendredi 7 mai, 13 h 30 – On the road again

Félix chevauchait son scooter poussif en direction de Barges-les-Gonesse, où DJ RayBane lui avait donné rendez-vous. Il n'avait rien dit à personne, comme DJ l'avait exigé. De toute façon, qui aurait-il pu appeler ? Ni Sophie, ni Marie-Jo, ni sa mère n'étaient disponibles, elles le lui avaient bien fait comprendre. Quant à l'inspecteur Galachu, comment aurait-il pu croire une telle histoire ? Il n'y aurait vu qu'une tentative pitoyable pour se disculper…

Boulevard Roger-Corman, avenue Vincent-Price… Félix roulait vers l'adresse indiquée par DJ RayBane : la rue Peter-Cushing, au nord de Barges-les-Gonesse, à moins d'un kilomètre de la Niche Saint-Luc… On se rapprochait de l'épicentre.

Félix avait bien conscience de se jeter dans la gueule du loup, mais il n'avait pas le choix. Il devait affronter la vérité, et retarder le moment fatidique n'aurait servi à rien. Car il connaissait maintenant l'identité du meurtrier… DJ Raybane l'avait mis sur la voie en lui parlant de leur passion commune pour les anagrammes. Une fois le puzzle reconstitué, Félix avait été foudroyé sur place. Aller à ce rendez-vous était le seul moyen de comprendre.

Et de s'échapper de ce scénario diabolique.

En pénétrant dans la rue Peter-Cushing, Félix eut un choc esthétique. C'était une rue en friche dans un quartier en pleine restructuration urbaine, comme disent ces poètes des temps modernes que sont les promoteurs immobiliers. Ici, un « remodelage de l'espace collectif » à coups de pelleteuse, là une « gestion des dynamiques intersociales » au bulldozer, là encore une « requalification concertée du tissu péri-prout-prout » à l'excavatrice. En clair, ils avaient tout pété.

Partout des grues, des maisons en ruine et des immeubles en train de monter en graine, photocopiés à la queue leu leu. Félix avait l'impression de traverser un décor de film postapocalyptique style *2020 Texas Gladiators*. Il n'en menait pas large sur son scooter en fin de vie au milieu de cette zone irradiée. Limite s'il ne se préparait pas à se faire racketter par des barbares mutants à crête vert fluo et combinaison moule-pecs. Avec sa veine habituelle, il était sûr que, si un troupeau de lapins géants radioactifs traînait dans les parages, il allait servir de quatre-heures.

Par chance – et aussi parce qu'il avait adressé une prière à saint Putters, le patron des Zinéphiles – Félix arriva sain et sauf au lieu de rendez-vous. Un vieil édifice en sursis, noyé dans l'ombre menaçante d'une grue monstrueuse. Une façade décrépie, aux moulures rongées par le temps.

Un cinéma de quartier, désaffecté.

Félix esquissa un sourire. Le dénouement approchait, et celui qui l'attendait à l'intérieur avait décidément le sens de la mise en scène.

Au-dessus de la porte, le nom du cinéma agonisait sur une enseigne en lambeaux : « Le Royal Gariguette ».

Les carnets de l'inspecteur Galachu
Affaire Niche Saint-Luc – Application de la Grille Statistique Galachu
Hypothèse « Émile Gariguette » (Indice de Culpabilité : 50 %)
Argument : Il a décrit dans son scénario la disparition de Marinette Chaminou avant qu'elle ait lieu.
Objection : Il était déjà mort quand Chaminou a été assassinée.
Examen du Profil de Culpabilité n° 12 : « Le coupable est un mort. »
Dans 7 % des romans policiers, le coupable met en scène sa propre mort pour se disculper. Personne ne le soupçonne et il peut continuer ses coups en douce. En général, il ne peut s'empêcher de réapparaître lors d'un coup de théâtre final, parce que ça ne sert à rien d'avoir tué des gens si c'est pour tomber dans l'oubli. Et il se fait arrêter, ce couillon.
Conclusion : Patience.

Vendredi 7 mai, 14 h – Le Royal Gariguette

Au moment d'entrer dans le cinéma, Félix revit dans sa tête le film des événements. Trois semaines de flou artistique à se faire manipuler comme un vulgaire personnage dans un scénario à suspense. La solution de l'intrigue était sous ses yeux depuis le début, et il n'avait rien vu. DJ RayBane était quelqu'un qu'il connaissait bien. Quelqu'un qui avait utilisé un autre pseudo pour laisser des commentaires sur son blog. Avant de mourir. Officiellement.

DJ RayBane, c'était l'anagramme de « Jean Brady ». Alias Émile Gariguette.

CinéBisBlog – Les Miscellanées Zinéphiliques du docteur Z

Les méchants sont coriaces… (Cherchez l'intrus.)
Le Retour de Godzilla (Koji Hashimoto, 1984)
Le Retour de Frankenstein (Terence Fisher, 1969)
Le Retour de Jack l'éventreur (E. Swackhamer, 1985)
Le Retour de Don Camillo (Julien Duvivier, 1953)

Vendredi 7 mai, 14 h 15 – Le Royal Gariguette

Félix avançait dans un long couloir à peine éclairé par quelques ampoules préhistoriques. Un boyau en décomposition, comme enfoui sous la terre, couvert d'affiches de cinéma. *Karaté à mort pour une poignée de soja, Hercule à la conquête de l'Atlantide, Quand Satana empoigne le colt…* Ces vestiges de la grande époque du cinéma bis émoustillèrent Félix le collectionneur jusqu'à lui faire oublier qu'il était venu pour autre chose que réviser son *Histoire du nanar*. Mais un bruit soudain, derrière une porte à double battant, l'arracha à sa rêverie. Il s'approcha, colla son oreille, entendit des éclats de voix, une musique stridente, des grognements. Mais oui… quelqu'un projetait un film !

Félix retint son souffle, eut une pensée émue pour Sophie, Zoé et le reste du gynécée, puis poussa la porte. Il savait qu'il était à un tournant de sa vie, et il pria pour que ce ne soit pas le virage de trop.

La salle était plongée dans l'obscurité, mais des éclats de lumière en offraient des fragments à la vue : une moquette étoilée de crottes de rats ; des fauteuils défoncés au velours mité ; un balcon éventré, expirant en pluie de plâtre. Et puis l'écran. Encadré de longues tentures brunes, immense et déchiré comme un empereur déchu.

Félix avait l'impression de pénétrer dans un sanctuaire sacré. Le tombeau du cinéma bis, inviolé depuis des lustres. Il resta immobile quelques minutes sur le seuil, puis s'avança vers l'écran d'un pas lent, le visage sans expression, hypnotisé par les images.

C'était un film de science-fiction des années soixante. Tout y était : les invraisemblables décors en carton, les ahurissants costumes en plastoc, les trognes grimaçantes d'acteurs de troisième zone venus cachetonner. Fasciné, Félix s'installa dans un fauteuil rescapé au milieu d'un cimetière de strapontins. Mais il ne put profiter longtemps du chef-d'œuvre.

Car le projecteur s'éteignit brusquement, la lumière se fit dans la salle, des voix retentirent, et *ils* apparurent. Un par un, *ils* s'avancèrent, *ils* traversèrent l'écran.

Et Félix comprit qu'il n'avait rien compris du tout.

Vendredi 7 mai – Rapport de l'agent Virgile Galachu

11 h – Je viens de me réveiller dans l'aéroport d'un bled bizarre.

11 h 15 – On m'informe que le bled s'appelle Bichkek (??).

11 h 30 – Il paraît que c'est la capitale du Kirghizistan (???).

11 h 31 – Questionnage : Comment j'ai fait pour me retrouver là ?

IV

Les dépositions

Samedi 8 mai – Affaire Niche Saint-Luc
Extraits des dépositions recueillies
par l'inspecteur Galachu

Mireille – Je n'ai qu'une chose à dire : mon fils est un héros ! J'ai toujours su que c'était un être d'exception, comme sa mère !

Félix – L'anagramme de DJ RayBane n'a fait que confirmer ce dont je me doutais depuis un moment. Émile n'était pas mort, il avait tout mis en scène et il tirait les ficelles dans l'ombre.

Sophie – Félix nous a sauvées et j'avoue que je n'en reviens pas. D'ordinaire, c'est quelqu'un de si hésitant… Il m'a épatée ! Mea culpa.

Félix – Émile n'était plus le vieil homme fatigué que j'avais connu. Tout chez lui exprimait la fierté d'avoir manipulé son monde. Une lueur de folie brillait dans ses yeux quand il m'a demandé de terminer le scénario de *L'Hospice de l'Angoisse* sous sa dictée et de l'apporter à Isidore Boudini. Il voulait que son histoire soit connue de tous, que son nom devienne célèbre. C'est pour ça qu'il avait commis tous ces crimes. Il m'a même confié avoir fait disparaître les triplés, de vulgaires complices qui avaient la prétention de le faire chanter, lui, le « Grand Gari-guette ». Il disait qu'au cinéma, on ne se souvenait que des méchants mégalomanes…

Marie-Jo – Félix a tout pris en main, il s'est mis en danger, je pense qu'il est fin prêt pour le stage de secourisme. Cette fois, il ne pourra pas y couper.

Félix – J'ai refusé le marché d'Émile. Il m'a répondu qu'il s'y attendait et qu'il avait prévu une « surprise pour me motiver ». Il a sorti une arme, m'a ligoté et m'a gardé toute la nuit dans la salle de cinéma. Au réveil, il m'a annoncé que nous allions avoir la visite de mes « femmes ».

Marie-Jo – Quand Sophie m'a appelée ce matin, elle était affolée. Félix n'était pas rentré de la nuit et elle venait de recevoir un coup de fil d'un homme qui prétendait le retenir prisonnier. L'inconnu avait fixé un rendez-vous en exigeant que Sophie soit accompagnée de ma mère et de moi. Et, surtout, la police devait rester en dehors de tout ça.

Sophie – Marie-Jo est arrivée avec Mireille, j'ai déposé Zoé chez la concierge en promettant d'énormes étrennes, on s'est entassées dans la Punto et on a filé.

Félix – Émile parlait beaucoup, il vidait sa rancœur contre le monde du cinéma qui l'avait toujours ignoré. À d'autres moments, il délirait sur les mises en scène macabres de ses meurtres en expliquant qu'assassins et metteurs en scène cherchaient tous la même chose : devenir des dieux, l'espace de quelques instants.

Mireille – L'immeuble du rendez-vous était désaffecté. Mais à peine ai-je posé ma main sur la porte recouverte de tags que mon instinct maternel a sonné l'alerte. Félix était passé par là et il était en danger ! Alors je me suis lancée la première pour sauver mon fils !

Félix – Pendant qu'Émile parlait en faisant les cent pas, je m'employais à couper mes liens à l'aide d'un morceau de métal qui dépassait d'un strapontin défoncé. C'est au moment où la corde allait céder que nous avons entendu du bruit dans le couloir…

Mireille – C'était noir de crasse, une horreur ! Je me suis mise à prier pour que Félix ne me fasse pas une crise d'asthme.

Sophie – Au fond, il y avait une porte à battants, à côté d'un guichet à moitié détruit.

Félix – Émile a lancé « elles arrivent » d'un air satisfait, puis : « Elles serviront d'otages, le temps que vous fassiez ce que j'attends de vous. »

Marie-Jo – Plus on se rapprochait de la porte, plus on entendait du bruit. Il y avait du monde de l'autre côté.

Félix – Dès que mes liens ont cédé, je me suis jeté sur Émile. Mais il a fait preuve d'une vivacité surprenante, il a esquivé mon attaque et a pointé son arme sur moi.

Marie-Jo – La porte était fermée. Derrière, on entendait deux hommes en train de se menacer. Et l'un des deux, c'était Félix…

Sophie – L'autre voix m'était familière car Félix m'avait fait écouter les enregistrements de son interview avec Émile Gariguette. Il n'y avait pas de doute, c'était bien lui !

Marie-Jo – « Vous êtes faits comme des rats, infâmes envahisseurs Zoglongues ! » a crié Émile, qui ne devait plus avoir toute sa tête. « Vous m'obéirez ou mon rayon X bêta-mortel vous réduira en miettes ! »

Mireille – « Vous avez perdu la partie, Émile ! Laissez tomber ! » a rétorqué mon fils parce que je lui ai appris à ne pas se laisser faire.

Sophie – Marie-Jo et moi nous avons essayé de défoncer la porte, mais sans succès. La dispute était de plus en plus violente.

Marie-Jo – Émile a crié : « Fais ta prière, coyote de l'espace ! » puis il y a eu des bruits de lutte, des cris, des objets qui se brisaient.

Mireille – J'ai prié la Vierge Marie qu'elle intervienne.

Marie-Jo – C'est alors que nous avons entendu le coup de feu.

Sophie – Il y eut un silence de mort.

Marie-Jo – Nous étions pétrifiées par l'angoisse.

Sophie – Une clé a tourné dans la serrure. Nous avons retenu notre souffle. Qui allait-on voir apparaître ?

Mireille – La Vierge Marie. C'est grâce à elle que Félix est sorti sain et sauf. Il avait un air martial quand il a ouvert la porte, comme si sa lutte contre le Mal l'avait transformé.

Sophie – Il nous a regardées d'un air grave, puis nous a dit qu'il fallait partir, qu'Émile avait tout piégé. Il s'est emparé du bras de sa mère, il a foncé vers la porte d'entrée en nous entraînant à sa suite.

Marie-Jo – C'était moins une. Quelques secondes plus tard, nous avons entendu une explosion, et le feu s'est propagé à une vitesse phénoménale.

Mireille – Félix était d'un calme impressionnant. Il nous a mises à l'abri de l'autre côté de la rue. Il était superbe quand il a attrapé son portable pour appeler les pompiers.

Marie-Jo – Le temps qu'ils arrivent, l'incendie dévorait tout l'immeuble.

Sophie – C'était une vision d'apocalypse. Les planchers s'écroulaient les uns sur les autres comme dans un château de cartes.

Marie-Jo – Puis le toit a été englouti dans le magma rougeoyant.

Sophie – L'immeuble n'était plus qu'un tombeau. Le tombeau d'Émile Gariguette, l'homme qui est mort deux fois.

Pendant ce temps, à Knokke-le-Zoute…

« Coupable désigné, on peut se pieuter », se dit M. Hubert C. en regardant sa pendule. « Enfin… Tout ça pour un meurtrier que j'avais identifié depuis trois plombes, c'était bien la peine… »

M. Hubert C. continua à fustiger ce dénouement cousu de fil blanc, mais sans se résoudre à rejoindre sa chambre. Quelque chose le gênait dans sa préparation au sommeil. Il regarda le livre qu'il tenait encore à la main, le feuilleta, puis il fronça les sourcils, perplexe. Il restait encore une bonne trentaine de pages à lire… Qu'est-ce que ça voulait dire ? Qu'on allait avoir une fin à tiroirs ? Encore cette manie héritée des *page-turners* américains ? L'auteur avait donc vraiment décidé de ne rien lui épargner ?

Dans un de ces grands moments d'abnégation qui font honneur à l'espèce humaine, M. Hubert C. décida de boire jusqu'à la lie la décadence de la littérature française, et il tourna la page…

V

Neuf mois plus tard...

1

On n'est pas sortis de l'auberge (Max Pécas, 1982)

Mardi 4 février, 14 h – Rue Mouffetard

Énooorme. Une vraie baleine. Un monstre dilaté. Voilà ce que se disait Sophie en observant son reflet dans le miroir des toilettes. Là où elle courait vingt fois par jour en se dandinant façon canard. Là où elle se lamentait vingt fois par jour sur feu sa taille de guêpe. Vingt-cinq kilos. Si elle avait su…

Sophie se leva du canapé avec difficulté et alla se chercher un Coca pour accompagner son sandwich saucisses-frites-mayo. Elle ne se reconnaissait plus. Plus les semaines passaient, plus elle devenait accro aux colorants et aux conservateurs. Au gras et au sucre. Et aux DVD de Félix.

Elle avait tellement honte qu'elle n'avait pas osé lui dire qu'elle occupait ses journées à regarder des films puisés dans sa collection. La Sophie d'avant, la mince et dynamique Sophie, n'était même pas capable de voir le générique d'un de ces nanars. La nouvelle avait enchaîné sans ciller *Dracula contre Frankenstein*, *Frankenstein contre le loup-garou* et *Le loup-garou contre le yéti*. Et encore, elle n'avait arrêté que parce qu'elle n'avait pas trouvé d'autre adversaire au yéti…

Elle était devenue obsessionnelle, irrationnelle, caractérielle. En un mot : enceinte.

Elle se rappela la nuit, neuf mois plus tôt, qui avait suivi le sauvetage héroïque de Sophie, de Marie-Jo et de Mireille par Félix. Son compagnon infantile et angoissé s'était révélé ce jour-là. Le danger l'avait obligé à sortir de sa coquille régressive. Il avait affronté un serial killer, il avait protégé ses proches, il était enfin devenu adulte. Et Sophie devait bien l'admettre, ça l'avait sacrément émoustillée…

Résultat : une nuit de folie. Et vingt-cinq kilos neuf mois après. Pas sûr que ce soit rentable…

Sophie regardait chaque jour son ventre avec la même consternation. Ce n'était que le fruit du hasard, mais, après toute cette histoire à la Niche Saint-Luc, la coïncidence était ahurissante. Et Félix qui n'avait rien trouvé de mieux que de lui parler d'un film où des enfants étaient la réincarnation de criminels… Elle n'arrivait pas à penser à autre chose. Elle qui avait si souvent rêvé d'une deuxième fille…

Elle allait avoir des triplés. Trois garçons.

Mardi 4 février, 14 h – La Niche Saint-Luc

L'effervescence régnait à la Niche. De mémoire d'anciens, on n'avait jamais vu ça (ce qui ne veut rien dire quand on connaît l'état de la mémoire des anciens). Les pensionnaires s'agitaient de tous côtés, les neuf mois qui venaient de passer avaient changé leur vie, et ce soir c'était l'apothéose.

L'avant-première de *L'Hospice de l'Angoisse*.

Un film d'Isidore Boudini Junior, sur un scénario de Félix Zac. Avec les pensionnaires de la Niche Saint-Luc dans leurs propres rôles.

— Ce soir, je serai la plus belle pour aller au ciné-é-é-é-é, chantonnait Madeleine qui avait revêtu une robe de soirée échancrée pour mettre en valeur la poitrine flambant neuve qu'elle s'était offerte avec son cachet.

— C'est du 95 B ? demanda Suzanne qui passait par là en faisant virevolter ses toutes nouvelles boucles d'oreilles en or avec sonotone intégré.

— Du 90. À nos âges, on ne peut plus tout se permettre, fit Madeleine en bombant le torse.

— Vous êtes courageuse, persifla Suzanne. Je connais quelqu'un qui a eu une remontée de silicone. Ça lui a fait un joli goitre.

— Quelqu'un a-t-il vu Mireille ? demanda Ferdinand en traversant la salle polyvalente avec des escarpins lamés à la main.

— Je suis là, mon bébé ! cria Mireille Zac à genoux dans un coin de la salle. Je récite un rosaire pour le succès de mon Félix, ce soir.

— J'ai trouvé les chaussures ! lança Ferdinand avec fierté. Les répliques de celles portées par Grace Kelly dans *La Main au collet* de tonton Alfred !

Madeleine regardait l'échange d'un air attendri tout en malaxant son sein gauche d'un geste machinal.

— Ne sont-ils pas mignons ? fit-elle en soupirant. Moi, les jeunes couples, ça me donne toujours une émotion.

Puis elle tourna la tête vers Suzanne et lâcha d'un ton mielleux :

— Il faudrait vous trouver quelqu'un, chère Suzanne. Ce n'est pas bon la solitude.

— Ne vous inquiétez pas pour moi, pensez plutôt à votre goitre.

— Vous avez raison, reprit Madeleine en faisant mine d'ignorer l'attaque, après votre grand retour sur le devant de la scène dans le film de Félix, vous allez crouler sous les prétendants.

— En parlant de crouler, surveillez votre sein gauche, j'ai l'impression qu'il se dégonfle.

— Jalouse ! siffla Madeleine en avançant d'un pas.

— Vipère ! grogna Suzanne en se rapprochant à son tour.

— Cette fois, je vais te faire bouffer ton sonotone en toc !

— Appelle l'abbé Saint-Freu, il va te falloir l'extrême-onction !

— Tu vas prendre ma… Oh non ! gémit Madeleine dans une grimace, en se pliant en deux, une main sur la poitrine.

— Qu'est-ce que tu as ? s'affola Suzanne. C'est le cœur ? Au secours, infirmière !

Toute la salle accourait déjà vers Madeleine alors que celle-ci essayait de faire taire Suzanne :

— Mais non, chut ! C'est mon sein gauche ! Tu as raison, il part en sucette !

Mardi 4 février, 14 h 15 – Rue Mouffetard

La délivrance était proche, voilà ce que se répétait Sophie. Mais fallait-il s'en réjouir ? D'ici la fin de la semaine, ils seraient là. Trois garçons. En plus de Zoé. Que Marie-Jo garderait ce soir car elle était une des rares à pouvoir la maîtriser grâce à son entraînement militaire. Zoé… Pour fêter son entrée dans la petite adolescence, elle avait fait faire du parachute à Krasucki. Par la fenêtre de la cuisine. Après lui avoir attaché un parapluie autour du cou. Un hommage à Mary Poppins.

Pauvre Krasucki… Félix prétendait ne pas voir de différence, mais il était quand même beaucoup moins vif depuis que le professeur Schlockoff l'avait empaillé…

Sophie alla choisir un nouveau DVD. Cela faisait

des semaines qu'elle ne voyait plus Félix qu'en coup de vent, accaparé qu'il était par le montage de son film. Vivement ce soir, pensa-t-elle, que tout soit terminé et qu'il puisse être à mes côtés. En attendant, un nanar était le meilleur moyen pour ne plus penser à rien. Plus c'était idiot, mieux ça vous vidait la tête. Et cette fois, vu l'angoisse qui montait, il allait falloir taper dans le bas de gamme.

Le Justicier contre la reine des crocodiles, mouais… *Les Surdoués de la première compagnie*, tiens ? Sophie avait pris l'habitude de faire confiance au titre, en général c'était un bon indicateur du degré de crétinerie. *Jesse James contre Frankenstein…* Ah, là, on se rapprochait des perles. *Le Diabolique Docteur Z...* Voilà ce qu'elle attendait ! En hommage à Félix, son docteur Z à elle. Elle regarda les photos de la jaquette : maquillages à la truelle, décors en carton-pâte, c'était du lourd, du pur jus. Le top.

Sophie mit le DVD dans le lecteur, cala son ventre, apprécia la musique grinçante de l'ouverture, les couleurs criardes, et nota au générique une nouvelle source de satisfaction : c'était Émile Gariguette qui jouait le rôle du docteur Z.

Ce serait la première fois qu'elle le découvrirait dans ses œuvres.

Elle allait bien rigoler.

Mardi 4 février, 14 h 15 – Rungis

Félix se débattait avec le stress. Dans quelques heures, sa carrière allait se jouer. Tous les critiques de Paris, arrosés de crépinettes et de saucissons par Isidore Boudini, avaient été conviés à l'avant-première de *L'Hospice de l'Angoisse* au cinéma Le Brady.

Il y avait juste un léger problème, le film n'était pas terminé.

Boudini avait fait installer un studio de montage dans un ancien frigo à Rungis. Félix y était enfermé depuis des semaines avec Isidore Junior pour éviter que le jeune réalisateur ne fasse n'importe quoi. Déjà que le tournage avait été un cauchemar, avec un Boudini omniprésent qui plaçait des pots de pâté Bidoche & Cie partout dans les décors pour « créer un effet subliminal chez le spectateur »... Quant au fiston, uniquement intéressé par les effets gore, il s'était révélé incapable de mettre en scène quoi que ce soit. Enfin, les vieux comédiens de la Niche avaient rivalisé de caprices, sentant bien que c'était la dernière fois qu'ils pouvaient espérer jouer les divas.

C'était un miracle si le tournage avait échappé au désastre total. Mais, à quelques heures de l'avant-première, Félix avait encore le nez dans la pellicule. Boudini avait visionné le produit fini et n'était pas satisfait. Il était revenu à la charge pour qu'on insère quelques plans supplémentaires. D'après lui, ça manquait de rillettes, ça manquait de nichons.

Ça manquait de poésie, quoi.

Mardi 4 février, 15 h – Quai des Orfèvres

Dans son bureau, Ernest Galachu essayait le smoking qu'il avait loué pour la soirée de gala. Il se sentait fébrile. Le cinéma s'était emparé de l'affaire de la Niche Saint-Luc, et il allait se voir sur grand écran. Ou plutôt il allait voir un acteur l'incarner, et c'était ça qui l'inquiétait le plus.

La première désillusion avait eu lieu lors des essais. Ernest s'était montré motivé, mais Boudini Junior avait eu le culot de lui dire qu'il ne serait pas crédible dans un rôle de flic ! Le pire, c'est que cet incapable était prêt à prendre Virgile à qui il trouvait « beaucoup de charisme » sur les photos ! Mais le gamin n'avait pas voulu quitter le Kirghizistan où il vivait avec sa fiancée depuis leur incroyable coup de foudre à l'aéroport de Bichkek (mais c'est une autre histoire).

Deuxième déception pour Ernest, et non la moindre : Gérard Depardieu, un temps pressenti pour incarner son rôle, n'était pas libre. Tout comme Daniel Auteuil, Gérard Lanvin, et l'ensemble des acteurs français et européens, ce qui n'était quand même pas de chance. On avait finalement retenu un comédien inconnu dont le CV ne comportait qu'une apparition en mandarine géante dans une pub pour un jus de fruits.

« Une mandarine ! ruminait Galachu en nouant sa cravate. Quelle misère ! N'empêche, il a intérêt à assurer, l'agrume… Sinon je lui décolle la pulpe ! »

Mardi 4 février, 15 h – Rue Mouffetard

Après une demi-heure de film, Sophie sentit le coup de pompe arriver. *Le Diabolique Docteur Z* avait un problème de rythme. Il était tellement mou que ça en était contagieux, les paupières de Sophie venaient d'être atteintes.

Pour se reprendre, Sophie pensa à *L'Hospice de l'Angoisse*. Félix n'avait pas voulu lui montrer les rushes, elle aurait la surprise ce soir. Elle espérait que le film serait réussi, ou tout du moins que Félix ne serait pas trop déçu… Il avait gagné en confiance et en maturité depuis neuf mois. Le pire serait que tout ça soit englouti par la déprime.

Sophie se remémora la période du tournage. L'énergie de Félix, qui avait dû s'improviser réalisateur officieux pour encadrer Boudini Junior et éviter la multiplication des monstres marins. L'enthousiasme des pensionnaires de la Niche, qu'elle avait appris à mieux connaître et qui s'étaient révélés assez touchants (sauf sa belle-mère, bien sûr, il ne fallait quand même pas exagérer). Enfin la dextérité de Zoé, qui avait démonté deux caméras et un projecteur en un rien de temps. Mais tous ces bons souvenirs ne suffisaient plus à lutter contre le sommeil, Sophie était en train de sombrer. Il n'y avait rien à tirer de ce film.

En tout cas, c'est ce qu'elle pensait jusqu'au moment où une réplique d'Émile faillit la faire accoucher sur place…

Mardi 4 février, 15 h – La Niche Saint-Luc

Le professeur Schlockoff savourait les derniers instants passés dans son bureau. La soirée d'avant-première allait être le point d'orgue de sa carrière, il partirait le lendemain pour une retraite bien méritée. Il ne regrettait pas sa décision, il ne faisait pas partie de ces notables accrochés à leur charge. Au contraire, il allait enfin pouvoir se consacrer à plein temps à sa passion pour la taxidermie, loin de la médecine, loin des vieillards, loin de tout. Libre.

Il partait en pleine gloire, après neuf mois sous les feux de l'actualité. L'affaire de la Niche Saint-Luc avait fait grand bruit dans les médias, le film était très attendu et Schlockoff avait multiplié les interviews. Une seule chose le tracassait. Un cauchemar qu'il avait fait pendant la nuit, après le pot organisé pour son départ. Il avait bu plus que de raison et ne se souvenait plus des détails de la soirée. Ensuite, il avait rêvé : c'était la fin du pot, il était éméché, il parlait avec Mlle Fisher et, dans l'enthousiasme, il lui disait un truc absurde…

Seul dans son bureau, le professeur se mit à rire en pensant que, décidément, les rêves… À cet instant, Mlle Fisher entra dans la pièce en chantonnant, déposa un baiser sur son front et une enveloppe sous ses yeux.

— Qu'est-ce que c'est ? fit Schlockoff en sentant sa gorge se nouer.

— Le faire-part du mariage ! J'en ai trois cents dans le coffre. Dis, chéri, tu m'aides à faire les envois ?

Mardi 4 février, 15 h 15 – Rue Mouffetard

Sophie se repassa la scène plusieurs fois. Elle appuyait sur la touche « retour » de la télécommande à la manière d'un automate, sans arriver à en croire ses yeux et ses oreilles. Émile Gariguette, affublé d'une perruque rouge et d'un faux nez, faisait face à des Martiens gélatineux ligotés à un totem en polystyrène. Il ricana en lissant sa barbe fourchue, puis tendit son index vers ses prisonniers en proférant d'une voix terrible : « Vous êtes faits comme des rats, infâmes envahisseurs Zoglongues ! Vous m'obéirez ou mon rayon X bêta-mortel vous réduira en miettes ! » Puis, à l'attention du chef extraterrestre : « Fais ta prière, coyote de l'espace ! »

Les dialogues provoquèrent des contractions.

Sophie avait déjà entendu ça quelque part.

2

Le Secret de la momie
(Ivan Cardoso, 1982)

Mardi 4 février, 22 h 30 – Cinéma Le Brady

Le générique de fin s'égrenait sur l'écran. « Les productions Bidoche & Cie remercient les porcs qui ont fourni l'hémoglobine pour les effets spéciaux. » De la salle s'élevait un faible murmure. « Aucune personne âgée n'a été maltraitée pendant le tournage. » Les premiers applaudissements retentirent. « Ce film est dédié à la mémoire de Krasucki, le chat parachutiste. » Enfin la lumière revint dans la salle qui fit une ovation à l'équipe.

Sophie se joignit aux bravos, mais sans parvenir à masquer son désarroi. La fin du film n'avait fait qu'aviver ses angoisses. Elle avait retrouvé dans la bouche de l'acteur incarnant Émile Gariguette les répliques du *Diabolique Docteur Z* qu'elle avait entendues dans l'après-midi. Les « envahisseurs Zog-longues », le « rayon X bêta-mortel », les phrases exactes qu'Émile avait prononcées neuf mois plus tôt au cinéma Royal Gariguette, pendant qu'il menaçait Félix. Les mêmes termes, sur le même ton.

Une idée terrifiante s'imposait peu à peu à l'esprit de Sophie. Félix était le seul témoin de la résurrection d'Émile… L'incendie avait détruit tous les indices… Aucun corps n'avait été retrouvé dans les décombres… Et Félix avait changé… Qu'est-ce qu'il fallait en déduire ? Sophie refusait d'y croire, elle cherchait désespérément une autre explication, mais c'était toujours la même conclusion qui surgissait : l'épisode du Royal Gariguette était une mise en scène de Félix.

Émile ne se trouvait pas ce jour-là dans la salle de cinéma désaffectée. Il n'y avait que Félix et les dialogues d'un film qui passait à l'écran. Émile était bien mort depuis le début… Par conséquent, Félix avait caché la vérité à tout le monde, il avait tout manigancé. Et surtout, il avait…

Sophie, qui pourtant était pleine, ressentit un grand vide en elle.

Elle allait avoir des triplés avec un psychopathe manipulateur.

Mardi 4 février, 22 h 35 – Cinéma Le Brady

Assis au premier rang, Félix n'osait pas se retourner. Les applaudissements crépitaient dans la salle, il avait peur d'affronter les regards. Et si un spectateur se doutait de quelque chose ?

Isidore Boudini le fit se lever en lui empoignant le bras. Félix avait l'impression que tout tournait autour de lui. Boudini Junior vint le rejoindre sur la scène, Isidore leur mit des pots de rillettes dans les bras, et les photographes mitraillèrent. Des journalistes s'approchèrent pour poser des questions que Félix ne comprenait pas. Il voyait des lumières clignoter devant ses yeux. À son côté, Isidore était intarissable : « J'espère que vous avez apprécié le chef-d'œuvre. Je peux vous annoncer qu'il n'est que le premier d'une longue série pour les productions Bidoche & Cie ! Je vous donne d'ores et déjà rendez-vous l'année prochaine pour *L'Hospice de l'Angoisse* 2. Titre provisoire : *La Vengeance sanglante de la fille topless d'Émile Gariguette*. Que du bonheur ! »

Mardi 4 février, 22 h 40 – Cinéma Le Brady

— Ça ne va pas ? demanda la voix bienveillante de Suzanne Borniol, assise à côté de Sophie. Vous n'avez pas aimé le film ?

— Si, si, fit Sophie en essayant de se reprendre. D'ailleurs, vous étiez parfaite, Suzanne. Permettez-moi de vous féliciter et…

— C'est gentil à vous, mais vous essayez d'esquiver, ma petite Sophie. Je vous ai observée et je sais que quelque chose vous tracasse.

— C'est… hésita Sophie. Ce sont… les triplés… Ma grossesse…

— Bien sûr, c'est angoissant… Mais vous êtes sûre que c'est tout ?

Sophie essaya d'échapper au regard inquisiteur de Suzanne. Que devait-elle faire ? Elle n'arrivait pas à se décider. En même temps, elle avait besoin de parler, de se décharger du poids de l'angoisse, à défaut de celui des triplés… Sophie prit son inspiration, puis murmura :

— Vous allez me dire que je suis folle, mais je crois que la fin de l'histoire n'est pas la bonne…

— Ah ? Que voulez-vous dire ?

— J'ai découvert quelque chose cet après-midi… Quelque chose qui me fait penser qu'Émile était bien mort et enterré, qu'il n'est jamais revenu et qu'il n'a jamais tué personne.

Une ombre passa sur le visage de Suzanne. Elle lança autour d'elle quelques regards furtifs, puis recomposa un sourire sur son visage.

— Chère Sophie, je crois que nous avons à parler. Voulez-vous que nous allions faire un tour dehors ?

— Vous ne croyez pas que je suis en train de délirer ? C'est peut-être à cause de la grossesse ? Ce sont les triplés qui…

— Ne vous inquiétez pas, Sophie, et faites-moi confiance. Nous allons parler de tout, même des triplés. Vous verrez, je connais bien la question.

Puis Suzanne marqua une pause, regarda l'écran sur lequel venait de s'éteindre le générique, avant de susurrer à l'oreille de Sophie :

— Car, voyez-vous, je suis moi-même mère de triplés.

Mardi 4 février, 22 h 45 – Cinéma Le Brady

Ernest Galachu resta de longues minutes figé dans son fauteuil. Il venait de vivre une expérience unique, se voir incarné à l'écran avait été une révélation. Il se sentait empli d'une chaleur nouvelle, la certitude qu'il allait laisser une trace de son passage sur cette terre. Il y aurait son fils et ce film. Il n'avait pas vécu pour rien.

Ernest se tourna vers Virgile, qui avait fait le voyage du Kirghizistan avec sa fiancée pour l'événement. Il le regarda, l'œil embué, puis lui demanda, en étouffant un sanglot :

— Alors fiston, qu'est-ce que ça t'a fait ?

Virgile fixa longuement son père dans un moment inédit de communion filiale, puis répondit :

— Ben, tu sais, de voir tous ces pots de pâté, ça m'a filé une sacrée dalle !

Mardi 4 février, 22 h 50 – Eurociné Café

Suzanne et Sophie s'installèrent dans un café en face du Brady, puis Suzanne commença à parler, d'une voix assurée. Elle reprit l'histoire depuis le début, bien avant qu'Émile y fasse son apparition, bien avant même que Félix ou Sophie soient nés. Sophie l'écouta avec attention, en sentant peu à peu l'émotion la submerger. Puis, lorsque Suzanne en eut terminé, le silence s'installa. Les deux femmes se regardèrent, émues, comme si chacune voulait prolonger cet instant le plus possible. Enfin, Sophie lâcha dans un souffle :

— Suzanne… Je crois que je suis en train de perdre les eaux.

3

Et la tendresse, bordel ? (Patrick Schulmann, 1979)

Mercredi 5 février – Hôpital Broca

Le défilé des visites dans la chambre des triplés dura toute la journée. Sophie en profita pour réfléchir à ce qu'elle dirait à Félix au moment où elle se retrouverait seule avec lui. Suzanne lui avait conseillé de bien peser le pour et le contre. Le silence était parfois le meilleur des alliés. Félix n'était-il pas devenu un autre homme depuis qu'il avait son secret ? Que se passerait-il lorsqu'il apprendrait que sa femme connaissait la vérité ? Et si cela remettait en cause leur couple ? Et si Félix redevenait comme avant ? En même temps, Sophie avait bien envie d'en discuter ! Pouvait-elle avoir confiance en un homme qui lui avait menti ? Elle méritait des explications, tout de même ! Et des excuses aussi, pourquoi pas !

Sophie lutta toute la journée avec elle-même puis, en fin d'après-midi, quand le dernier visiteur se retira, elle regarda Félix. Il faisait des gazouillis aux triplés, avec Zoé dans les bras, heureux. Depuis qu'il était considéré partout comme le sauveur de ces dames, il avait arrêté son blog, il ne tenait plus son carnet mémoire, il s'investissait à fond dans l'écriture d'un nouveau scénario…

— Pourquoi tu me regardes comme ça ? demanda Félix.

— Pour rien.

— À quoi tu penses ?

Sophie sourit.

— Je pense que tu es très beau en papa.

ÉPILOGUE

À la Niche...

Suzanne Borniol faisait du rangement à la Niche Saint-Luc. La garde-robe, les albums photos, quelques cartons de souvenirs, le peu qu'une chambre en maison de retraite vous permet de garder avec vous.

Elle pensait à Sophie et à tout ce qu'elle lui avait raconté la veille au soir. Elle avait commencé par la rassurer en lui disant que son Félix n'avait commis aucun meurtre et que s'il avait menti, c'était pour une bonne cause. Sophie avait eu l'air soulagée, Suzanne avait enchaîné.

Elle avait révélé qu'elle était la mère des triplés que Félix et les Galachu avaient suivis dans tout Paris. C'était même elle qui avait demandé à l'un d'eux d'aller faire peur à Félix chez lui. Suzanne était désolée que Zoé ait vécu une scène de violence, mais son fils n'avait pas de mauvaises intentions. Son arme était un jouet en plastique, il voulait seulement impressionner Félix pour protéger les Vétérans Vigilants. Il fallait s'assurer qu'Émile n'avait pas écrit la fin du scénario, n'avait pas révélé leur secret. Le secret de la série Z.

Pauvre Émile qui espérait relancer sa carrière avec cette histoire… Il avait quitté la Niche pour éviter les pressions, mais les fils de Suzanne étaient allés le voir pour lui demander de ne rien dire. Émile leur avait expliqué que c'était trop tard, qu'il avait déjà passé un exemplaire du manuscrit à un jeune passionné de cinéma, Félix Zac. Puis il est mort subitement, le lendemain de la visite des triplés. De mort naturelle, Suzanne pouvait le jurer. À partir de là, tout s'est enchaîné. Les triplés ont récupéré les archives d'Émile, puis ils se sont mis à surveiller Félix afin de découvrir ce qu'il savait. Ils sont ainsi devenus des lecteurs assidus de son blog, laissant des commentaires sous le nom de DJ RayBane, l'anagramme de Jean Brady. Car les Vétérans Vigilants avaient prévu dès le début de se servir d'Émile si cela devenait nécessaire…

Suzanne repensa à la réunion des Vétérans Vigilants où la décision avait été prise. Tout le monde cherchait un coupable ? Eh bien, ils allaient leur en fabriquer un de toutes pièces. Après tout, la fiction, c'était leur domaine ! Décédé, Émile avait le profil idéal. Suzanne était sûre qu'il aurait été fier de son dernier rôle. Celui du type qui met en scène sa propre mort pour commettre des crimes sans éveiller les soupçons. On avait déjà vu ça au cinéma, ce serait une conclusion crédible, Émile allait servir de leurre.

Les VV avaient rajeuni de vingt ans en montant leur stratagème et en distillant les indices : l'anagramme de DJ RayBane, l'extrait de scénario annonçant la mort d'Odette, le faux casting des *Couilles en or* de Mocky, livré à une Mireille Zac qui n'avait pu cacher bien longtemps qu'elle était la mère de Félix… Tout le monde était tombé dans le panneau. Émile en coupable tout désigné, Galachu satisfait dans ses statistiques, affaire close.

Suzanne repensa aux doutes qui les avaient assaillis après la disparition de l'Immortel. Ce dernier pensait que les VV avaient besoin d'alliés pour soutenir la thèse de la culpabilité d'Émile. Il avait décidé de parler à Sophie et à Marie-Jo. Des femmes médecin et prof pouvaient peut-être les comprendre ? Mais l'abbé Saint-Freu ne lui avait pas permis de mener son projet à terme, et cela avait bien arrangé Suzanne qui se méfiait de tout le monde. Puis elle avait réfléchi et s'était rendu compte que l'Immortel avait raison, un allié extérieur était indispensable. C'est elle qui avait proposé Félix.

Félix… Les Vétérans Vigilants lui devaient une fière chandelle. Non seulement il leur avait offert les plus grands rôles de leurs carrières dans *L'Hospice de l'Angoisse*, mais il avait sauvé le secret de la série Z. En le faisant convoquer au Royal Gariguette par DJ RayBane, Suzanne savait qu'elle jouait gros. Mais la participation de Félix allait être décisive.

Il s'était avancé dans ce cinéma désaffecté en croyant revoir Émile. Suzanne n'oublierait jamais sa tête quand il les avait vus apparaître un par un devant l'écran. Les Vétérans Vigilants, accompagnés des triplés. Il les avait écoutés, il avait appris la vérité sur le secret de la série Z, et il avait eu assez de cœur pour accepter de mentir, même à ses proches, pour le bien de tous. Le reste, Suzanne n'y avait pas assisté. Félix et les triplés s'étaient occupés de toute la mise en scène ; Sophie, Marie-Jo et Mireille n'y avaient vu que du feu, jusqu'à ce que l'incendie efface toutes les traces.

Les traces… Que restera-t-il de tout ça ? se demanda Suzanne en rangeant le dernier carton. Les mémoires s'effaçaient peu à peu, ou mêlaient fiction et réalité jusqu'à ce que plus personne ne soit capable de distinguer le faux du vrai… Suzanne referma son placard. Elle eut une pensée pour tous ceux qu'elle avait aidés. Et pour Odette Flonflon, la dernière en date.

Elle l'avait aidée à partir. Elle, comme tous les autres.

Tout le monde s'était trompé dans cette affaire, car en réalité il *n'y avait pas* d'affaire. Pas de meurtres, pas de victimes. Que des gens libres et bien décidés à l'être jusqu'au bout. Tous avaient choisi le jour de leur départ et le dernier rôle qu'ils incarneraient. Marilyn Monroe, Michèle Morgan… Un soupçon de cette célébrité qu'ils n'avaient jamais connue. Ils étaient partis heureux sous leur masque de comédien, et Suzanne s'était chargée de la piqûre. Comme quelqu'un d'autre s'en chargerait un jour pour elle.

Ils appelaient ça entre eux la « série Z ». Et c'était leur secret.

Parce que ça ne regardait personne. Parce que les jeunes ne pouvaient pas comprendre ce que c'était d'être vieux.

Parce que « euthanasie » était un bien vilain mot.

Suzanne s'allongea sur son lit en pensant au jour où son tour viendrait. Elle avait donné ses instructions. Ce serait tout simple, sans rapport avec le cinéma, cette chimère. Elle demandait juste qu'on lui amène une galette et un petit pot de beurre avant de l'endormir pour toujours. Elle ne se souvenait plus très bien pourquoi – sa mémoire commençait à lui jouer des tours – mais elle savait que c'était ce qu'elle voulait.

En se couchant, Suzanne eut la vision fugace d'un enfant couvert d'une longue cape rouge. Elle le vit au chevet d'une vieille femme mourante. Elle le vit courant dans une forêt épaisse sous un ciel sans lune. Elle le vit rire et pleurer en même temps. Puis elle ne vit plus rien.

Et on se demande bien qui pourrait en tirer une moralité.

Ce roman est dédié...

À tous les réalisateurs, scénaristes, producteurs, acteurs, techniciens qui, de séries B en séries Z, ont fait vivre un cinéma « différent ».

Aux journalistes, écrivains, cinéphiles passionnés, qui ont donné au cinéma bis la place qu'il mérite : Laurent Aknin, Christophe Bier, Stéphane Bourgoin, Jean-Pierre Bouyxou, Stéphane du Mesnildot, François Forestier, Francis Lacassin, Christophe Lemaire, Gérard Lenne, Francis Moury, Norbert Moutier, Jean-Pierre Putters, Jean-François Rauger, Jean-Claude Romer, Alain Schlockoff, Nicolas Stanzick, Jacques Zimmer et bien d'autres...

Aux rédacteurs érudits des sites *nanarland.com, clubdesmonstres.com, devildead.com, psychovision.net, cinetrange.com, horreur.com, thehammercollection.net*, ainsi que *coinducinephage. canalblog. com* pour l'unique critique au monde sur *Les Couilles en or* de Jean-Pierre Mocky.

Aux éditeurs de DVD, dénicheurs de perles rares, qui redonnent vie au cinéma bis : Bach Films, Neo Publishing, Artus Films, Le Chat qui Fume...

Et pour terminer, bien sûr, à M. Hubert C. de Knokke-le-Zoute, qui referme à l'instant son livre et que nous remercions pour sa participation.

À une prochaine fois, peut-être ?

Imprimé en France par

CPI
BRODARD & TAUPIN

à La Flèche (Sarthe)
en décembre 2013

POCKET – 12, avenue d'Italie – 75627 Paris Cedex 13

N° d'impression : 3003616
Dépôt légal : janvier 2014
S24493/01